PRAISE FOR BERNARD BECKETT AND *GENESIS*

'Warning: This book may change your life!...the idea of everything will be thrown into doubt and profound uncertainty.' *Guardian*

'Sophisticated sci-fi that explores thorny issues in philosophy and science...Beckett presents a series of philosophical conundrums with lucid and penetrating intelligence, and weaves them into a bleak but compelling futuristic vision.' *Age*

'Beckett accelerates the pace and heightens the tension until his narrative reaches a conclusion so shocking, it's like a blow to the head.' *Weekend Australian*

'Highly original...It gripped me like a vice.' Jonathan Stroud

'Anaximanda is a brilliant creation.' *New Zealand Books*

'This is a story rich in resonance and more than a few good plot twists.' *Courier-Mail*

'An intricate enquiry into the nature of human consciousness and artificial intelligence.' *Financial Times*

'Beckett raises enough philosophical questions to keep an intelligent reader thinking for weeks.' *Independent on Sunday*

'A thriller, with secrets uncovered and a brilliant twist. It's a novel that will make clever teenagers cleverer still.' *Scotsman*

PRAISE FOR BERNARD BECKETT AND *AUGUST*

'*August* is a remarkable novel, a powerful creation of an alternate universe...it shows Bernard Beckett at the height of his storytelling powers.' *Magpies*

'Stunning and beguiling...This is superb fiction—thoughtful, clear, well-written and engrossing... Beckett's characterisation, as ever, is sharp...*August* is compelling, fascinating and very thought-provoking.' *Sunday Star Times*

'Enthralling...clever, compelling, at times edge-of-your-seat stuff...it is easy to stay absorbed until the last word.' *Courier-Mail*

'An intense, intelligent novel...If you want a cleverly written character narrative underpinned by serious theological considerations and a dystopian dysfunctional theocracy, *August* is the book for you.' *Listener*

'A compelling story about freedom, love and destiny... a fascinating exploration of what it means to have free will and to live fully in the moment.' *Herald Sun*

'Unlike any teen thriller I have ever read...Bernard Beckett has cleverly plotted his novel, and the moments in the car wreck made the book impossible to put down...full of unpredictable twists and turns. The underlying menace in *August* makes it a gripping read.' *Guardian*

'This is clever, provocative, intriguing stuff.' Adelaide *Advertiser*

LULLABY

OTHER TITLES BY BERNARD BECKETT

Lester

Red Cliff

Jolt—finalist 2002 NZ Post Book Awards

No Alarms

Home Boys

Malcolm and Juliet—winner 2007 NZ Post Book Award; winner 2005 Esther Glen Award

Deep Fried (with Clare Knighton)—finalist NZ Post Book Awards

Genesis—winner 2010 young adult category of the Prix Sorcières, France; winner 2007 Esther Glen Award; winner 2007 NZ Post Book Awards

Falling for Science: Asking the Big Questions

Acid Song

August

Bernard Beckett is a multi-award-winning author of books for adults and young adults and one of New Zealand's most outstanding writers. He lives near Wellington with his wife and two sons.

bernardbeckett.wordpress.com

Bernard Beckett

Lullaby

TEXT PUBLISHING
MELBOURNE AUSTRALIA

textpublishing.com.au

The Text Publishing Company
Swann House
22 William Street
Melbourne Victoria 3000
Australia

First published by The Text Publishing Company 2015
Design by W. H. Chong
Typeset by Text

Printed in Australia by Griffin Press, an Accredited ISO AS/NZS 14001:2004 Environmental Management System printer

National Library of Australia Cataloguing-in-Publication
Creator: Beckett, Bernard, 1968– author.
Title: Lullaby / by Bernard Beckett.
ISBN: 9781922182753 (paperback)
9781925095678 (ebook)
Target Audience: For young adults.
Subjects: Suspense fiction.
Twins—Fiction.
Dewey Number: NZ823.2

This book is printed on paper certified against the Forest Stewardship Council® Standards. Griffin Press holds FSC chain-of-custody certification SGS-COC-005088. FSC promotes environmentally responsible, socially beneficial and economically viable management of the world's forests.

This book was started during my time as
Writer in Residence at Victoria University.
Thanks to Creative New Zealand and the
International Institute of Modern Letters
for their support.

1

I remember the machine by his bed. It made a sound like sighing. Numbers twitched, unable to settle. A jagged line sawed across the screen. At least it was something to look at. Something that wasn't him. They'd brushed his hair, as if he were already dead. A song came into my head, I couldn't chase it away. 'Girlfriend in a Coma'. I pretended to smile, pretended to be brave. Twin brother in a coma, I mouthed, I know it's serious. He would have laughed. He would have been better at this.

'Maybe you'd like some time alone with him,' the doctor had said. I knew it would be like this, not knowing what to do or say, stranded. Watching his ventilator fog up every time he exhaled, humming some stupid song our grandfather used to sing.

'Hi.' She stood at the open door. 'I'm Maggie.'

'Rene,' I said. 'This is my brother.' I pointed. 'He's pleased to meet you.' Still trying to impress. How far gone do you have to be, before that stops?

'I'm a psychologist here at the hospital, did the doctor explain?'

I nodded.

He'd talked, I'd listened. His words had been lost in the fog.

'So, when you're ready, there'll be some questions we need to—'

'I'm ready.' Probably I shrugged. I don't remember.

Maggie held the door open.

'Can't we just do it here?' I asked.

'It's best we go to my office.'

Her voice was gentle. It wouldn't last. Her hair was pulled back so tightly it must have hurt. I wondered if she really needed her glasses. She was watching, to see how I'd say goodbye. The interview had already started.

I shuffled closer to the bed and took Theo's hand in mine, tried to pretend the warmth of his flesh didn't shock me. I leaned forward and kissed him on the forehead, whispered 'Wish it was me.'

I didn't mean it. I almost broke, but didn't. Couldn't.

Maggie's office was cool and sharp after the humidity of the ward. It suited her. Her blouse was off-white, her hair was as dark as her eyes. I looked at her elbows. The skin there droops as you age, there's no way of hiding it. Theo told me that. Hers were tight, youthful. A small ear piece sat unobtrusive behind a stray strand of hair, filling her head with unseen voices. There was a framed diploma on her wall, telling the world she knew how young she looked, how unlikely. I was offended that they'd give me someone just starting out. When your world is falling apart, you want it to at least feel important.

'I'd like to start by talking about your past.'

Maggie's chair had been pulled in front of her desk, angled to mine. If I'd stretched out my leg, it would have touched her knee. Her legs were crossed, one foot tucked behind the calf, the way boys can't.

'How far into the past?' I asked her.

'How about the beginning?'

'I don't remember the beginning. I think they had to pull us out. I imagine there was screaming.'

I was nervous.

'You don't have to try to impress me.'

Her words were carefully formed, every sound in its place, as if she had trained for the stage.

'You know why we have to do this, don't you?'

'Of course I do,' I said.

'So tell me.'

'It's a big decision. You have to make sure I've thought it through.'

That much I understood.

'You understand the nature of your brother's injuries?'

'He's fried.' Covering up, the only way I knew how.

'The electricity massively disrupted his brain function. It was thirty minutes before he got here.'

'I know, I—'

'His body, however…'

She talked over me. She had a job to do, and only six hours to get it done. Any longer than that, and it wouldn't matter what I decided.

'His body, however, is entirely unaffected. Physically, he's as healthy as you or I. But his brain—'

'Is fried.'

She unfolded her legs, brought her hands together on her lap, and looked at me.

'I've read your manuscript. I know you're clever. But I'm not your professor. I'm not your girlfriend. I'm not here to grade your wit. My job is to assess your state of mind. Why not help me?'

Because I don't know how, I thought. Because right now I feel more alone than I ever knew I could feel, and the only thing there is left to care about is this. But I don't know what it is you're looking for, and you're not allowed to tell me, so I'm just trying not to say the wrong thing, and that means trying to avoid the questions you need me to answer. Because this is impossible.

I shrugged. I think she understood.

'People must have told you things, your parents for instance, about how they found it, having twins. You were their only children, is that right?'

'There'd been an earlier pregnancy, I think.' Talking about other people was easier. 'Our mother had a miscarriage.'

'Do you always do that?'

'What?'

'Say our mother, instead of my mother. Did you notice?'

'Don't tell me that,' I said.

'What?'

'Don't tell me when you're working things out.'

Her stare was unblinking. She would have been the most terrifying date. And men would have tried.

'And after the miscarriage?'

'She was told to wait,' I said.

'By whom?'

'The doctors. They said there was a chance of it happening again, if she didn't get treatment.'

'Treatment for what?'

'That's not the sort of thing you ask your mother.'

'But she had the treatment?' Maggie asked.

'No, she took a risk. That's how my story begins, eighteen years ago, my mother took a risk with our lives.'

'That's a bit a dramatic, isn't it?'

Maggie's eyebrows arched. They were carefully shaped, but thick and strong. Another day, I might have thought about that long enough to like it. I looked out the window to the garden, and thought roses were a strange choice for a hospital. Fine in summer, but what about the rest of the year?

'I want to see him again.' My words caught me by surprise.

If you cry, she'll think you're breaking up. She'll tell them you're not fit.

If you don't cry, she'll think there's something wrong with you.

That's the way I remember it starting, a game I couldn't win—had to win. I had to make her believe I hadn't gone out of my mind, and I couldn't let her know why it mattered. Because only an incompetent mind would want what I wanted. That was the first problem. Second problem, I was exhausted: that part of me not numbed by shock was beginning to fracture. Even forming simple sentences took effort. But I was a long-distance runner. I knew how to guts it out, make it to the finish line.

'You can see him any time you like,' Maggie said. 'But we're on a deadline. You understand that?'

'He'll deteriorate,' I said.

She gave an approving smile, to show she'd noted the change in my language.

'Yes, he will.'

I thought then, I remember this so clearly, I thought, *Theo would have liked you.*

'So, do you want to go back to him?'

'No, we should keep talking.'

'Thank you.'

Another smile. I was using them to keep score.

'What was it like for your mother, having twins?'

'I don't know.'

'That's not entirely true, is it?' Maggie said.

'I don't remember what it was like early on. Nobody does.'

'But she wrote it down for you. She kept a diary.'

There was a time, we were maybe nine or ten, when Theo and I read from it every night. And another time, when neither of us could bear to look at it.

'How do you know that?' I asked.

Maggie swivelled back to her desk. The side of her thigh was split by the line of the quadriceps.

I wondered what sport she played, for her legs to look that way. Racketball, I guessed: away from the sunlight, nowhere for her opponent to run. She peeled off a sheet and handed it to me.

'You've been in my files.'

'Of course.'

'That's an invasion of—'

'The law allows it.'

I knew, if I started to read, I'd end up crying.

> October 21
>
> Well, you're eight months old now, and people keep telling me that very soon you'll be sleeping through the night. I'm trying hard not to listen to them, because I'm pretty sure you're not listening to them either. I lie to those people, so they don't feel obliged to give me advice. I tell them that most nights you do six or seven hours. In truth, some nights, one of you does six or seven hours. Last night it was your brother's turn. You woke five times. Twice to be fed, the other times because you can, I suppose, or because your stomach hurt, or your brain was fizzing or something—who knows what it's like in there. I saw a woman yesterday, at the pool, whose little boy is only ten

> months old, and already walking. You're still commando crawling, like you're sure we've strung barbed wire across the room just above the level where your bum sticks up. If you could see yourself, you'd know your head is higher than your bottom, even with the nappies. It's a big head. That might explain the way you move, holding it up must be difficult. Today you and your brother had your very first food fight. He won, by vomiting his carrot on your shoulder. Some day, when you're old enough to read this, you'll probably think he cheated. So do I.

Tears plopped onto the text; one, two, three. I didn't sniff, or look up.

'It sounds like she enjoyed being a mother.'

'How many of them have you read?'

'It's only an hour since I was notified. I've skimmed a few things, that's all.'

'She didn't enjoy it,' I said.

'Did she tell you that?'

'No. We didn't talk about it. I think, by the time I was old enough to understand, the pain had mostly passed.'

'What pain?' Maggie asked.

I looked up and felt the sting of my bloodshot eyes. 'I don't know. It just seems like she's trying too hard to make it sound good. That she's writing it the way she wishes it was. That's just how it feels to me. But I'm not a psychologist.'

'What about your father?'

Maggie took the sheet back. There was a moment when the ends of our thumbs brushed against one another. Funny, the things you remember. A thousand little anchors, holding you in place.

'He wrote lists, maybe you read them.'

'No.'

'He liked lists. Actually, it was a spreadsheet. The number of times he got up in the night for us, how long we fed for, whether we burped or pooed, how many minutes it took to get us back to sleep.'

'Why do you think he did that?'

'I dunno,' I said.

Maggie waited. She was very good at waiting.

'I think he liked the idea of being the very best father he could be, that a part of him wanted to believe he worked harder than other fathers. I think he probably liked having twins, because the game's got more points in it that way.'

'You make it sound like pride,' Maggie said.

'It was pride.'

'Perhaps it was just generosity.'

'I think it was both.'

I didn't want to her to understand him. I've always felt the need to keep him for myself, and for Theo.

'Tell me how your parents died.'

'I don't see how that's—'

'It's an important part of your story.'

'I thought this was about my brother.'

Maggie shook her head. 'It's about you. You're his closest living relative. We can't proceed without informed consent.'

'If this was about informed consent,' I said, 'you'd be informing me. But you're not, you're asking me questions.'

'Okay, it's about more than consent.'

'You lied.'

'Sure, if you like.' It didn't seem to worry her. 'It's not about informed consent, it's about capacity for informed consent. That's my job, to see if you are capable of knowing what you want.'

'Is anybody?' I asked.

'There's a scale.'

'You have to make sure the trauma hasn't affected me.'

'Your twin brother is dying,' she answered. 'If the trauma hadn't affected you, there would be something seriously wrong.'

'You need to be sure my decision can't be challenged in a court.' I knew a little bit.

'That's part of it.'

'How am I doing?'

'Until you asked that question, very well.'

This time her smile was different. Like she'd just realised how nervous I was, how much I needed her to like me.

'So how did they die?'

'Picnic, lightning.' Her fault, for encouraging me.

'You know, I'm sure I've read that book.'

'I only saw the movie. It was lightning though. We don't know the circumstances. Only that Dad was driving, and for some reason he stopped and got out, even though it was pouring with rain. He was in the middle of the road when they found them, and she was half in, half out. Like she'd got out to drag him back in, or to see what he was doing, or...He had a torch. People had theories. I don't think they were arguing. Neither does Theo. They didn't argue much. With everybody else, all the time, but not with each other.'

'What did they argue with other people about?'

'How do these questions help?' I asked. 'What do they have to do with judging whether I'm in my right mind?'

'If I have to explain every question—'

'Just this one.'

Maggie considered it, or considered me. I've never been that good at holding eye contact, especially when there's silence. Three beats, and I have to talk or look away. Apart from with Theo. Theo was like looking into a mirror.

'We ask about your past because it gives us a sense of how you see yourself. And the more we talk, the less guarded we become. In your case, your parents died suddenly. So this question can give me an idea of how you cope with loss. Essentially, I'm building a picture of you, and comparing it to reference pictures: of people who are suffering but competent, and of others who've lost their frame of reference. It's imprecise, but it's what we have. Is that enough information for you?'

I nodded.

Imagine playing chess, and your opponent starts explaining all their moves to you. How insignificant would your skills have to appear to them, before they would be prepared to do that?

'You're recording this?'

'I'm sorry, I thought you'd been told.'

'Yeah, I had.'

'For clinical review, should my findings be challenged. In those circumstances the only person to access this would be another psychologist.'

I nodded.

She left a gap for another question.

I let it close over.

'So, your parents, what did they like to argue about, with other people?'

'Education, politics, how to raise children. The environment.'

'And you miss them?'

'Of course I miss them.'

And, even though it was exactly what she wanted me to do, I slipped into a story. I needed my parents close.

o

'I remember one morning, a month before they died, we had breakfast together. That was unusual. Mostly it was four people running late, each sure the other three were deliberately making them later. But this day there was a strange coincidence, like when a room full of conversation suddenly falls silent, and we all sat down together at the table, by a window, looking out over the water. I watched people pushing into the wind, hurrying to get to the station, too busy to notice how beautiful the ocean is when it's wild. The radio was on. We were the only people I knew that listened to radio. There was a panel discussion about the upcoming election. Theo asked Dad what something meant, I don't remember what, something to do with economics. And Dad liked to lecture. In his head, I think he saw it as a discussion. We didn't mind. He knew a lot of stuff, and it made us feel important, that he would want to explain it to us. He got up, turned off the radio, called up his work and told them he wouldn't be coming in that day, because he had an infected toe. We told him that was worst excuse we'd ever heard, and he replied that it was so bad they'd assume it was true. He liked doing stuff like that, fake grand gestures. As if he saw himself as impulsive and reckless, when really he worked each day as a food technologist, rode in on the commuter line, paid his bills on time, slept with a hot-water bottle between his feet seven months of the year, and waited for lightning.

'Mum did the school call, told them something important had come up in the family. Then we got five hours on the foundations of political economy. By the end, all we wanted to do was get up and run around a field. But we didn't, because there was no way to do that without it making him sad. He wouldn't say anything. He'd try to hide it from us, the way a father should, but we always knew. One Christmas, Theo and me got these amazing helicopter things, but Mum hadn't realised you had to buy batteries separately. That's how my father looked when we failed to meet his hopes for us, like they'd left out the batteries. Sorry, I don't know why I told you that.'

'He sounds like a great father,' Maggie said.

'No he doesn't, but it's nice of you to say it.'

There was thick snot mixing with my tears. And talking about my parents was the easy part. I'd had a while to get used to it.

'And when they died, they were having a

weekend away, is that right?'

'They often had weekends away.'

'Away from what?'

'Us. It started when we were little, when our grandparents were still alive. Back then, I think they did them to survive. And later they became like holidays.'

'You don't feel guilty?'

'Why would I?'

She was trying things out, seeing which wires were still connected.

'Well, if they hadn't been away that weekend—'

'I didn't cause the lightning. Guilt would be ridiculous.'

'That's a very adult response.'

'Thank you.'

2

When I was fourteen, I had a teacher who looked just like Maggie. For an elective. I did codes, Theo chose cooking. The codes teacher was like Maggie. Not in the way I look like Theo. If you analyse it, feature by feature, nothing matches up. But considered as a whole, they're the same person. They have the same feel about them. I only had that teacher for three months, but she was my favourite. I had a sort of crush on her.

'Did the death of your parents make you and Theo closer, do you think?'

'We were already close.'

'That doesn't answer the question.'

'Have you heard of the Pauli exclusion principle?'

I hoped she hadn't. I hoped it was the sort of

thing only people with mothers like mine knew about.

'If any two electrons are too close,' Maggie said, 'then the combined probability of them being anywhere cancels out. It's only through being apart that they can exist at all.'

'It's why you and I don't fall through the floor.'

I was disappointed—I wouldn't get to explain it to her.

'Even though we're mostly made up of empty spaces. Because there's a limit on closeness,' I said.

'Do you believe in God?' Maggie asked.

'I think we've got more important things to talk about,' I said.

'More important than God?'

'Yeah.'

'I was wondering, when your parents died, if you didn't blame yourself, perhaps you blamed Him? Maybe it made you question His existence?'

'No,' I said. 'I've never believed in that sort of a God.'

There was a knock at the door. An old guy, older than my father would have been if it hadn't been for an electrical storm, waited at the end of his trolley.

'Tea, coffee, biscuit?'

'I'd like a water,' Maggie said.

'Same, please.'

The man poured two glasses of water. We both got a biscuit we hadn't asked for. The man moved slowly, like he had a pain in his shoulder. He smiled at us, longer at me than at her. Maybe because I was the patient, or because he knew the whole story: identical twins, orphans, one of them in a coma, an experiment. It's the sort of thing people talk about.

'This biscuit is awful,' Maggie said, when the door had closed again.

'I like it.'

'Excellent.' She passed me hers.

I put it in my mouth and explored the bite mark with my tongue.

'What happened to you, once your parents had gone?'

'There was money. And the house was paid for. We own it, really. Once we're twenty, it'll...'

I hope it never happens to you. I hope death never comes so unannounced. But if it does, this is how it will be. Without warning, the smallest thought, the least consequential sentence, will take your feet from under you, and you will fall, and keep on falling. Your head will hurt, the world will go small and dark, and your eyes will fill with water. Sometimes, you will vomit.

Next thing, you'll be on your knees, wiping dribble and bits of somebody else's biscuit from your chin, apologising for being disgusting, even though you both know you can't be held responsible.

'No, please, it's absolutely fine.'

There was a spot, about as big as a thumbnail, on her skirt, and I was trying to wipe it away with my sleeve. She was pulling back, but politely, careful not to push me away. The pool on the floor between us spread. I remember it was mostly clear. I hadn't had much to eat, since I heard. Maggie stood.

'I, I'll get somebody. I won't be a moment.'

She hurried out and I finished her water. I considered leaving, but couldn't think of anywhere to go.

The first few passes of the cleaner's mop drew up most of the vomit: viscous, helpful stuff. I watched her swirl it into the bucket, then pull the mop back through the ringer. I remember thinking it was like a mathematics problem from school. The next splash of the cleaning water must have been part vomit. There's no escaping that without a second bucket. And cleaners never have a second bucket. Slowly, one cycle at a time, the floor and bucket vomit ratios were equalising. *If the bucket contains fifteen litres, and the vomit has a volume of 1200mL, and the mop on average transfers 400mL of liquid, write a differential equation to describe...* I didn't go that far, but I was aware that part of the cleaner's task was to spread my vomit over a wider area.

'But you weren't left to live alone in your house,' Maggie said, when the cleaning was finished.
'You were only twelve.'

'Our auntie was in charge. Our uncle wanted to move in with us but there was a line she wouldn't live beyond, so many thousand kilometres from the equator. I can't remember the exact number, but we were on the wrong side of it. It was to do with mosquitoes. She had a map, showing the progress of tropical diseases as the climate warmed. I don't know if it's true, I don't know that much about diseases. But we never saw any mosquitoes near our house, and the people we knew died of normal stuff, and lightning.'

Maggie didn't smile. 'So you think your auntie was using the mosquitoes as an excuse?'

'No, I think she really believed it. She was that age, the generation that grew up online and lost their perspective. I think she thought if she came to look after us, ultimately a mosquito would kill her, and it would be her own fault for having been so careless. So she hired a—we never knew what term to use—a nanny, an auntie substitute, a Mrs Struthers. I guess my auntie didn't worry quite as much about the mosquito getting Mrs Struthers.'

'Or you.'

'We didn't take it personally.'

'What was Mrs Struthers like?' Maggie asked.

It was a difficult question. I'd always had so many different feelings about Mrs Struthers, and no matter how I tried, I could never get them to line up.

'Kind. But she had too much time for us. I think that was the main thing. Normally parents are busy earning a living so they can look after you, but in Mrs Struthers' case, looking after us was how she earned her living. I don't think that's the ideal balance. Luckily, she couldn't tell us apart, or we might have suffocated.'

Maggie nodded. A nod was different from a smile, was different from a stare, was different from the deliberately suspended moment before she exhaled, was different from the first joint of her index finger pushing briefly against her top lip. I had no idea what the differences meant. Possibly they all said the same thing and the only real variable was the length of the pause. Considering the urgency, she did a lot of pausing.

'How did your mother feel about you being twins?'

'Are you going to ask about our father, too?'

'Your parents. How did your parents feel?'

'I don't know. I don't know how to answer that.'

No pause. Not even long enough for me to blink.

'Did they treat the two of you differently?'

'They tried to.' I corrected myself. 'Mum tried to. We weren't allowed to wear the same clothes. Not just at the same time, I mean we had entirely separate sets of clothes. Right down to the cloth nappies we wore: his were blue, mine were red. Or that's the way I'm told it. If people referred to us as the twins she corrected them, made them say Rene and Theo.'

'Not Theo and Rene?'

'Probably she mixed it up.'

'Do you think she loved one more than the other?'

She doesn't like you. And she doesn't not like you, either. She's doing her job.

'I don't know. Maybe. But if she did, she was good at hiding it.'

'Did you wonder if it was you?'

'No.'

I was sure she didn't believe me.

'So you never dressed the same. What else was different?'

'Not the shoes,' I said.

'Sorry?'

'We had this thing, once we were walking, where we always wanted to wear one another's shoes. So we'd end up in one of each. One red, one silver. That's how it is in the pictures.'

'Do you think you were rebelling against

your mother's desire to see you as separate?' Maggie asked.

'I think we were two and wanted shit we couldn't have.'

'Do you think you grow out of that?' she asked.

'Have you?'

'Not really.'

Stories never come loose cleanly; everything's always tangled up with something else. You talk about shoes and there, dangling off the end, is a haircut. We used to do that, Theo and me, lie in our beds and talk for hours, and then at the end, try to trace our way back through the conversation, all the way to the beginning.

'I remember, we were maybe four, not quite at school. Theo had long hair down to his shoulders, mine was just over my ears. I have a photo of it. We both said we wanted short hair, but Mum wouldn't allow it. I must have screamed louder than Theo did, because I got taken to the hairdresser. That night, when we were meant to be in bed, I found some scissors and hacked Theo's hair as short as I could. He asked me to do it. I made a mess of it, of course, and then he made a mess of mine. That's the sort of thing people should take photos of. Mum was furious. She got the clippers out and reduced us both to fur. There was no other choice. Later, Dad saw us sitting together on Theo's bed with our foreheads touching, rubbing each other's hair. The sight of it made him cry. I remember the tears in his eyes, although I'm not sure I really saw them. It became a story, you see, the sort you use as Christmas decoration, so it's impossible to know for sure.'

'Does that worry you?' Maggie asked.

'What?'

'The difference between what you remember, and what really happened.'

'No, I think it's good,' I said.

'How's it good?'

'Stories are good,' I said. 'They make it more real.'

She laughed. She was beautiful, and she had laughed. It felt like a victory.

The longest pause so far. Her head tilted slightly, and her glasses became opaque.

'How were you different? Tell me about your personalities.'

Past tense. It wasn't her job to make things easy.

'That's a hard question.'

'There are going to be a lot of hard questions.'

'I mean, there's an easy answer, but it's wrong.'

'Tell me why it's wrong.'

'The easy answer is the way other people always describe us,' I said. 'When you're a twin, people make too much of the differences, because they're trying so hard to prove they see you as individuals. Then those differences grow into stories, and the stories start to choke you.'

'How do people describe you?'

'They say I'm the sensitive one, and he's the charmer.'

'And that's not true?'

'Our first three school reports all said it. They used teacher phrases, but it's what they were getting at. But I know for a fact our first two teachers couldn't even tell us apart.'

'Why did people think you were the sensitive one?'

'Maybe I got upset more easily. Dad said it was more that when I got upset, people noticed, because they were already looking for it. They said

I liked detail. With jigsaw puzzles, and drawing, and then reading, I would stay at one thing for hours, and if it didn't go right, or they made me put the lights out halfway through a chapter, I'd have a fit. Theo's myth has him jumping from one thing to another. He always knew when people were watching him, that part's true. He made them laugh, he made me laugh, all the time. I don't think he was restless, I think he was just trying to entertain them. The word teachers used for him was resilient. I craved that word, it took on a magical quality. If only somebody called me resilient, then everything would be all right. I was sure of it.'

'But they didn't?'

'No, it was already spoken for.'

'What word did they use for you?'

'Gifted.'

'That's not so bad,' Maggie said.

'No.'

'Do you think Theo craved your word in the same way?'

'Of course. Because every time they called me gifted, they were really saying he was stupid. And every time they called him resilient, they meant I was fragile. Every way you can find of praising a person is also a way of insulting anyone else who's listening. Twins understand that.'

'But would you say you were different?'

'Compared to what?'

'Compared to each other.'

'No, I mean, what do you compare our difference to, to judge its significance?'

'I see.'

She didn't. So I'd have to tell her about the magic bedroom. I would have anyway.

'We were eight. We slept in the same room. I had a poster of a dinosaur on the wall above my bed. Theo had a racing car. Really we both liked fire engines, but Mum made us each choose something different. One night we sleepwalked. It might not have been exactly like that. Maybe, one of us sleepwalked and half woke the other. Or maybe Theo set the whole thing up, as a trick. But I don't think so. Theo was a good liar, but not that good.'

I wondered how long she would let me do this: jump from one story bough to the next, hoping to climb high enough that none of the ugliness could reach me. Soon she would have to call me down. We both knew that.

'I opened my eyes and there was a racing car above me where a dinosaur should have been. Across the room I could see Theo still asleep, just beneath the watchful gaze of the diplodocus. For a confused moment I thought I was looking at myself. Then Theo woke up, and looked at me, and for the longest time we just stared at each other.

I think we must have sleepwalked, I whispered.

Maybe we didn't, Theo whispered back. Maybe this is a magic bedroom.

'We loved that stuff. Not magic, but stories about magic. Although when you're seven, the distinction hardly matters.'

I could see Maggie liked the story. Everybody did.

'Theo decided we had to let the magic run its course. When night fell, we could return to our proper beds, and the spell would be broken. Until then, we were each other. And that was the day I first understood.'

'Understood what?' Maggie asked.

'The way we're made.'

'I think you should tell me about that,' she said.

'At first it was easy, because it was just Mum

and Dad, and I assumed they knew and were playing along. We had to eat each other's normal breakfasts, which for Theo was peanut butter and banana on toast. I remember chewing and chewing, thinking I'd never be able to swallow it, while Theo grinned at me across the table. It was just another one of his games.

'But travelling in on the transport, with our friends all around, that was different. Theo's clothes felt itchy and strange, and I was sure everybody was wondering why I was wearing them. I tried to remember what he sounded like, and how he sat, and which window he looked out, and all that trying froze me up. I waited for somebody to ask why I had Theo's pink T-shirt on. But the thing is, nobody did. We see what we expect to see, most of the time. I didn't know that.'

'You were seven.'

'Once you know it, it seems impossible that you ever didn't.'

'Knowing's like that,' Maggie said.

There's a way some people have, of listening to you like what you're saying matters, like you matter. They're the ones you fall in love with.

'Before that day, I thought there'd be no point

trying to be like Theo, because I'd never be able to pull it off. But all it really took to fool people was a T-shirt. Sally sat next to me and asked me if I'd done my homework. I lied and said I hadn't, but that it was okay because Rene'd just go twice, like last week. Sally laughed. We'd been in the same class for a whole year, and I'd never been able to make her laugh. At the other end of the seat, William was asking Theo to help him with his maths. Who knows how that worked out.

'There was bigger prize waiting at school. The vote for class captain. I'd forgotten about it. So had Theo. We walked into the room and saw the extra chairs; the senior council got to vote as well. The election was between Theo and a girl called Jennifer Storm, who told us she was going to be a famous actor. All week everybody had been talking about the vote, trying to guess which way their class-mates would lean. Theo's slogan was: Vote for me, get my brother free. It meant, "I'm funny, and he's smart, what more could you want?" I was happy to be included. The class captain only had to give speeches, and help the council decide what to do with fundraising money, or how to use celebration days. Smart and funny should have been plenty.

'But Jennifer's father had fought in the war. He had new arms and legs, from those experiments where they grew replacement limbs. I don't know if you remember the guy who was meant to run at the Olympics, but he was banned. That was Jennifer's father. The army took the Olympic Committee to court, because they said it was discrimination against fighting men and women, and didn't we have any respect? We were too young to understand the details, we just knew Jennifer was the girl whose father could run fast and was always in the news. We'd even watched footage of the operations in class, and when Jennifer started a movement banning the class from watching any of the Olympics, we were proud to play along. At school, anyway. We still watched at home, because Theo and I liked to pretend we were the Lopez twins; we dreamed of running the marathon.

'So it was Theo's famous charm versus Jennifer's charming fame. Everybody agreed it would be tight. On the morning of the vote, the candidates got to give a speech. I'd been telling Theo all week he needed to get one written, but he said he did better just thinking it up on the spot. Which would have been fine, if I hadn't been wearing his pink T-shirt.

Tell them you need to go to the toilet, I whispered. We'll swap back.

Can't do it, he said. Not 'til we're back in the magic bedroom.

Why not?

That's how it works.

'Arguments are a lot simpler, when you're eight.

'I sat at the front, watching the class watch Jennifer, sick with the knowledge that I was next. Jennifer's pitch was mostly pictures of her and her father together, meeting famous people. I watched the eyes of my classmates widen in amazement. I needed to pee. I wanted to run away. But the teacher was calling Theo's name, and everybody was clapping.

Sorry, I don't have any pictures, I said.

'It wasn't meant to be funny. I was just trying to explain why the screen was blank, and to apologise for how boring I was about to be. If it hadn't been for the pink T-shirt, I think people would have understood. But they thought I was Theo, and when Theo says: sorry, I don't have any pictures, it sounds like he's making a joke. It sounds like a clever way of saying: all Jennifer had was pictures, and why would you want to vote for a picture? So they laughed, and the more people laughed, the easier it was to be funny.

My father wasn't in the war, I said. He's still got the arms and legs he was born with. But he did grow them himself, and he uses them for lots of other things. Like chasing me and Rene. But he can only go after one of us at a time. So that's why you should vote for Theo, because they'll never catch us both. Buy one, get one free.

'More laughing. I knew I wasn't the funniest guy in the room, but they didn't.

'Normally, I knew what I wanted to say, but not how to say it. Mum said it was because I was thinking up too many different ways of expressing myself, and I couldn't choose between them. She was being kind. The truth is I was scared of not being as funny as Theo, so it was safer not to try. That morning, I had so much to say the teacher had to ring a little bell to get me to stop. At first I pretended I hadn't heard it, which people found hilarious, and the second time I froze in the middle of the sentence, like the bell had cast a spell on me, and that got me a standing ovation.

'Forty-three people voted. Twenty-nine of them chose me. Dad was so proud. He said I deserved a reward, and I should think of somewhere he could take me that weekend. After Dad died, I found out he'd once stood for the local council, but he'd campaigned on making people pay for the things they wanted, and nobody had voted for him.

3

'That night, when the lights went out, we swapped back into our own beds. Theo whispered, do you believe in magic now? and I told him I did.'

'Do you think you became Theo?' Maggie asked.

'Of course not.'

'You said they voted for you. They didn't. They voted for Theo.'

'It's just a way of talking,' I said.

'An unusual way of talking.'

'I was describing an unusual situation.'

'Okay.'

She kept hold of the second syllable, stretched it out in disbelief.

'Have you ever done any acting?' I asked her.

'Not really.'

'What about when you were getting dressed for work this morning, when you put on those glasses and pulled back your hair and chose those sensible shoes? Didn't you become somebody else? Isn't that how it works?'

I liked being the one asking the questions.

'It's hardly magic,' she answered.

'My point.'

'You told Theo you believed in magic.'

'They're not the words I'd choose now.'

'What words would you choose?'

I've thought about that a lot. As time went by, Theo and me became more and more proficient at swapping into each other's lives. I stopped feeling I was an imposter. More, I felt as if I was returning to a place where I'd always belonged. But I still don't know how you explain that to somebody who hasn't experienced it.

'Theo had a theory,' I said.

'I'm more interested in your theory.'

Maggie sat perfectly still as she waited. Her toes didn't tap, her face didn't crinkle, her hands remained together, one placed over the other, passive on her knee. I've never been able to do that.

'It's complicated,' I said.

'I'm fairly smart.'

'Look at your hands.'

She glanced down.

'How do you know they're yours, and these are mine?' I waved mine before her, like a bad magician.

'They're attached to my arm?'

'So if we put a cloak over your arms, with only the hands poking out, you wouldn't know they were yours?'

'I'd still know.'

'How?'

'Feedback mechanisms,' Maggie said. Which was what I wanted to tell her myself. I think, even with all her training, there was a part of her that couldn't resist showing off. We weren't so different.

'Clench your fist for me,' she said.

I did as I was told.

'Now, when I watch you do that, some of the very same neurons that fire when I clench my fist will be activated, just by watching yours. Mirror neurons. They allow us to put ourselves in another's shoes, to imagine what it is like to be someone else. They help us understand, anticipate, manipulate even. But clearly, we couldn't function if the signal from these neurons was so strong that we failed to distinguish between our own hand, say, and somebody else's. So, the boundary of self is established via feedback. Which is to say, there are other neurons in play when I clench my own fist, those that signal the sensation of my skin folding, for example.'

Maggie closed her hand slowly. The skin turned taut and smooth. I imagined that skin passing gently over my cheek. Mirror neurons tingled their pleasure.

'When there is a mismatch between the two sets of signals, one giving movement, the other none, my brain concludes that the hand in question is not my own. The lack of a movement signal overrides the mirror signal.' Maggie smiled, realising she had taken over. 'Sorry, it was my research topic, at university. There are simple experiments you can do that…'

'The mirror box,' I said. 'We had one at school.'

'What did they do with it?' Maggie asked.

This was a good place to hide: no death at our shoulder, no tests, no decisions to make.

'You put one of your arms outside the box, behind the mirror. And in that mirror, exactly where your own arm should have been, there was the reflection of another person's arm. Then they got you to move the arm you couldn't see, and the reflection person would mimic those movements, so the reflection was moving in exactly the same way your arm was moving, and you saw it exactly where you expected your own arm to be. So your brain believed the reflected arm was its own. It was an amazing feeling, like...'

'Magic?'

'After a minute or so—we were drawing, with a pencil I think—the reflection person was told to do something different. It just felt crazy, as if suddenly you'd lost control of your own hand and it was doing its own thing.'

'It's a most unusual feeling, isn't it.'

'Me and Theo tried to make our own box at home, but there were two mirrors involved, and we could never get the angle right.'

'And you think that's what happened when you swapped places? It was like a mirror box?'

'Not exactly.'

Somehow, the fact that she knew about these

things only made explaining more difficult. I needed vagueness for the idea to work. I needed her to get the taste of the thing, not the detail.

'You mentioned feedback. That it's how we build our picture of ourselves, by compiling the incoming data, and the feedback loops we use to test them. But what if that's all there is, feedback loops. What if feedback loops aren't the way we discover ourselves, but rather they are the self? What if we are nothing more than the process by which we discover ourselves?'

'I'm not sure I understand.'

'No, neither do I.'

I'd lost sight of the point I was trying to make, and in my eagerness to impress her, my mouth had got away on me.

'There were some interesting cases, in the documentary about Jennifer's father and his operation: soldiers who grew new arms, but the arms never felt as if they were their own. They demanded they were removed, because it felt hideous, to have this lump of meat attached to them. Or the one I really remember, a man who had lost his leg, and in the hospital bed next door was another soldier who had lost his sight. And because he knew the other guy was blind, the amputee didn't feel bad about watching him all the time. But then he became obsessed with the blind man's leg, and began to believe it was own missing leg, and that the blind man had stolen it. That sounds crazy—it is crazy—but it got to the stage where, when the nurses came to bathe the blind man, the amputee could feel the water trickling down his missing limb. They had to move him in the end, because he tried to steal the leg back. At night, when he wouldn't be seen, although given the guy was blind...It was that sort of a documentary, funny and sad all at once.'

Maggie waited the polite length of time before asking, 'How does this relate to you and Theo?'

'Where we begin and end: it's not as simple as it looks.'

'You think you and Theo are the same person?'

'I don't.'

I was beginning to get frustrated. She intimidated me, that was the problem, and all my thoughts shrunk foolishly small before her. And I was scared that if she knew what was happening inside my head, she could never tell them I wasn't crazy. Because the thing I was thinking was craziness itself. My balance was gone; everything

I reached for was moving. There was no place to stand.

'I'm an actor,' I said. 'Well I'm trying to be. It's what I'm training for. And on a good night, when everything falls into place, I can feel the audience's absolute belief in the person I'm pretending to be. The actor can't do that alone, it takes a collective act of imagination. That's what I'm trying to explain.'

'I don't quite follow.'

'We exist because the world tells us we exist, it sends us constant signals, to assure us we have been noticed. I was never Theo, and he was never me, but the more feedback we shared, the more the line between us blurred. That's where the magic lies. Theo's been helping me write a monologue about it for drama school. It's about a guy who wakes up and discovers he's the last person alive. He doesn't die, he just fades away. The only feedback he gets is from the sun and the wind and the rain, no more than a tree could expect, and, bit by bit, he disappears into the landscape.'

'It would be difficult to do that on stage, I would think.'

'That's what my tutor said. She said it's more of a film. But I don't like film.'

'Why not?'

'No feedback.'

Something was puzzling Maggie. She tried to hide it by smiling at my joke, but I noticed. She apologised and swivelled back to her desk, to flick through her screen, or maybe just to regather. I watched her closely.

I've never known whether women understand the way we look at them. Theo thought they did, but I'm not so sure. When I hear women talking about the male gaze, it seems to me they get it all wrong. When we were fourteen, there was a fashion for writing quotes across our shoulder bags, things we thought made us look clever. Theo had 'The only thing we can know is that we do not know, and it is important that we know this.' Socrates, I think. I had 'A poet looks at the world in the same way a man looks at a woman'. I didn't understand it then, I just liked the feel of it across my ribs. Now, I think it's a bad way of explaining poetry, but a good way of explaining men.

Looking at Maggie was like looking at a poem. I imagined her stretching out, reaching over to the back of the desk. She would have been the perfect shape to paint on a vase.

Maggie turned back, and I looked away.

'What is it?' I asked.

'Nothing.' But a frown formed. 'Remind me to ask you more about drama school, later.'

'I can tell you now if...'

At the time, I wondered if it wasn't just another part of the game, designed to unsettle me. I could never have guessed the truth.

'When you were being Theo,' Maggie returned to her task. 'When you were acting being Theo, did it ever feel better than being you? Did you ever think it would be more fun not to go back?'

'You're always you, even on stage.' It would have been easier, explaining it to an actor.

'When you swapped. Was it always for the whole day?'

'Those were the rules.'

'Whose rules?'

'Ours. Theo's. Apart from one time.'

She didn't ask. I suppose she knew we'd get back to it.

'And you agreed to these rules?'

'I didn't always want to. One time there was a test in class. I did better at tests than he did. So it didn't seem fair.'

'What happened?' Maggie asked.

'Being him made me worse at tests; being me made him better. It was the only time we ever got the same grade.'

'How much better did you usually do?'

It wasn't important. They were only tests.

'Theo wasn't stupid. He was in the top half of the class, and it was a good school. Nationally he was on the 85th percentile, most of the time.'

'Where were you?'

'95th was a bad day.'

She understood. She'd had days like that too, although probably not as many.

'How often did these swaps occur?'

'Not often. Maybe three times a year. Theo thinks the number's higher, but when we try to remember them, that's all we ever come up with. It sounds right to me.'

'Did either of you ever use it as a chance to do things you wouldn't otherwise do? I mean, did you ever use the fact that you wouldn't be the one getting in trouble?'

'Not on purpose.'

'Tell me about the time it happened by accident, then.'

'I don't know. There was nothing really.'

I felt myself closing down. Anger, as unannounced as vomit, rose up in me.

'Why are you only interested in us being twins? What about me? What about how I'm feeling about all of this? Isn't that what you're meant to be finding out?'

'You're raising your voice,' she said. Calm and steady. Exactly the way we were taught, in conflict-resolution classes. As if she thought I might hit her.

'I'm angry,' I said.

'I know you are. I would be too.'

'Why? Why would you be?'

'Your brother's dying,' she said.

'He's dead.'

'Not yet.'

'That's a lovely way of putting it.'

I knew it was mistake, to let her see my rage.

'I didn't do it, Rene,' she said.

The same trained voice. I wanted to take hold of it, twist it until it broke.

'I'm not to blame,' she said.

'You're all I have to work with.'

'We can take a break, if you like,' she said.

'Would you like to take a break?'

'No.'

She turned away anyway, and pretended to flick through her screen. On the wall was a slide of pamphlets, the kind you find in any hospital office: genomic diets, how to wash your hands, grief and resilience. The last one reminded me of the introductory week of drama school, a live-in workshop where we slept side by side on the floor at night, and by day pretended we were pairs of lovers. The script had us in a hotel room, trying to decide whether to tell our partners about the infidelity or break off the affair. We were told to reinterpret the scene using the five stages of grief, an old twentieth-century model of loss. Denial. Anger. Bargaining. Depression. Acceptance. I worked with Christy, a mature-age student, who confided in me that she'd hoped the course would give her a new lease of life, but being around so many young people was making her feel old and ugly. She didn't say how old, maybe thirty-five, me and Theo added together. I told her she was pretty, and she laughed at me.

On the last night, after our shared meal and breathing exercises, we performed back to the class.

Christy decided that we'd end the piece with my hands on her breasts and her hands on my wrists: a frozen ambiguity, she called it. She didn't warn me that during the scene she would undress in front of me. She'd lied about feeling old and ugly; she was as vain, and as terrified, as the rest of us.

Denial? No. From the first moment I got the call from the hospital, the accident had had the bitter taste of truth about it. Anger? Sure. Not the anger I used on stage: the clenched up, thrust out, anger-at variety. This was the internal, misty-red version. Anger-from. And it was coming on again, pushing me out of my chair.

'I'm glad I'm not you,' I said.

Maggie kept her back to me, as if she thought she could wait it out.

'I'm glad it isn't my job to deal with people who need me to care, when all you're allowed to do is pretend.'

She turned back to me, her eyebrows raised above the rim of her glasses, more curious than surprised. 'So why are you training to be an actor?'

You can't punch against funny. The fury hissed out of me. I said sorry, a twelve-year-old's apology: back straight and hands folded on my lap, like in the family photo we had taken the one time my auntie visited (she slept inside a mosquito net).

'I didn't mean to be—'

'I know you didn't.'

'It's not you.'

'No.' She nodded. 'I know that too.'

'It's grief.'

'Probably.'

'He's dying,' I said.

'He is.'

'Anger, the second of the five stages—'

'We don't believe in those anymore,' Maggie said.

'What have we replaced them with? Tell me it's alcohol, and happiness.'

She had a great smile.

'Tell me about drama school,' she said.

'What about it?'

'I've seen your records. You were on an academic path. A very good academic path. Drama school seems a strange choice. People must have said that to you. They must have tried to talk you out of it.'

'Sure.'

'Why didn't you listen to them?'

'Why do we do anything?' I shrugged.

'Various reasons, I suppose. What were yours?'

'I just wanted to act,' I lied. The truth was too ugly, too monstrous to admit just then, although I knew she would find a way of getting it out of me.

4

There was a knock at the door. Doctor Huxley stood before us, taking in the scene: my bloodshot eyes, the smeared floor, the way Maggie shifted in her chair when she saw him. He acknowledged us both with the slightest raise of his head, then dragged a chair forward, so we made up three spokes in a wheel.

It was Doctor Huxley who'd first taken me in to see Theo. He was older than most of them, maybe in his sixties, his thick hair proudly white. His eyes were hooded, and there was a dimple at the centre of his chin that might have been a scar. He had the body of a thin man who'd grown heavy, the weight concentrated at his middle. When I first met him, I noticed how carefully he chose his words. I couldn't imagine him dancing, or ordering a second dessert. Maggie didn't bother with formalities. The time was his.

'I would like to give you more details about the procedure.'

'Me, or her?' I asked.

'Sorry?'

'Does she need to be here for this?' I said. 'Or can you tell me without her?'

'It will be useful for Maggie to listen.'

'And watch.'

It was my default setting: pretending not to be impressed by people.

'Transplants we all understand,' the doctor began without preamble. 'I see you and your brother each have your own stem cell bank. Had it been a case of him having damaged a heart, or a lung, there would have been little problem growing a replacement. The brain, however, presents a larger problem.'

'It contains information.'

I didn't want him to think me stupid.

'Perhaps more than contains.'

A mild rebuke, a needless show of power.

'It is only a small exaggeration to say that our brain *is* information. The brain, more than any other organ, is constructed of its own past. Its key nutrient is experience: it grows through interaction with the outside world. Your brother's brain is the way it is because of the life he has lived. And that means, unlike the heart or the lungs, we can not grow a substitute in the laboratory. Or rather, we can not grow a substitute that would function as Theo's brain. When the brain is damaged, there seems to be no option for transplantation.'

This much I already knew. It wasn't complicated, and the project had been controversial enough to make it into the news. I was still my father's boy: I liked the news.

'As you are aware, your brother's case is not our ultimate target. What has happened is a one in a million occurrence, so even if we could save him, the flow-on benefits would be very small. Forgive me if this sounds unsympathetic, but I must be clear on this point. We are not proposing the procedure to help your brother, nor indeed, to help you. Rather, we are asking you to participate, in the hope that it might one day help others. Do you understand that?'

I did, at least in the abstract. But understanding is more than abstraction, and the other part of me, the part that grasps truth by taste alone, knew Theo was the only thing that mattered. The same part of me knew how important it was to keep this knowledge to myself.

'And so I would ask you,' the doctor continued, 'to consider who the ultimate beneficiaries might be. The type of brain injury your brother has suffered, the catastrophic shut down, is rare. Much more common, indeed the fate of most our brains, is that of slow decline. For the lucky, it will occur as nothing more than small lapses in memory, or occasional difficulties concentrating. But for millions, the process of ageing is less benign. I speak of the grandmother who no longer recognises her grandchildren. Of the man who has loved his wife faithfully for fifty years and now must watch her fade from the world, until all that is left is a shell to be ministered to. Quite apart from the massive burden of care, there is the tragedy of such a shabby farewell. We deserve better.

'And now, at last, something better is on the horizon. Our early detection of degenerative disease is excellent. The challenge ahead is to develop the technology that allows us to harvest information from the still-functioning brain, transfer it to a transplant-ready laboratory substitute, and then complete the physical exchange. The patient would receive a new, disease-free brain, grown from their own cells, containing the old brain's information, but not the structural weaknesses. Animal tests have been most encouraging. The impossible is within our grasp. This is the opportunity for medicine to bring the same dignity to the end of life we long ago mastered for its beginning. We don't want to extend lifespan necessarily, despite what the protesters might say, we simply wish to allow every individual to flourish within their allotted span. If the measure of a civilisation is the way it treats its most vulnerable, then this research can be thought of as a most civilised act. Does that make sense to you?'

'Of course.'

I knew there were protesters, I'd seen a group outside when I drove into the hospital. They were calling it the Immortality Project, accusing the researchers of crossing the line, of seeking to deny nature and turn themselves into little gods—the same accusations medical research had faced for hundreds of years.

'Why Theo?' I asked. 'Why not start with a

patient showing early signs of dementia?'

Doctor Huxley looked at me, as if trying to assess how much I could be expected to comprehend.

'There is a saying in the brain sciences, that the easy problems turn out to be difficult, and the difficult problems turn out to be easy. Before the breakthrough with compression matrixes, it was always assumed that the transfer of brain data would prove impossible, while the physical transplant of brains seemed to be just around the corner. Now we are in the curious position of having managed the impossible task, while being stumped by the easy one. Animal trials continue to provide hurdles to the task of successful acceptance and interaction. So in the case of a dementia patient, even if the reading and transfer of information were successful, we would be left with a brain without a body, which would make it extremely difficult to verify the fidelity of the transfer. To get to the point where transplant is feasible, a great deal of funding is required, but funders are reluctant to back projects that remain so uncertain. You and Theo provide a unique opportunity for us to demonstrate a proof of concept.'

'We could unlock the money you need.'

'Quite so.'

'And the second problem?' I asked. 'You said there was a second problem.'

'Experiments on animals also suggest a risk, to the brain being read.'

'What sort of risk?' I asked.

I heard the tremor in my voice.

'With animals, it is almost impossible to measure minor damage, specific memory loss, subtle alterations in personality. But in some cases, there were more extreme reactions.'

'Did any of them die?'

'Two, from a hundred trials. One of those was almost certainly attributable to an error with the anaesthetic.'

'So there's a one per cent chance this could kill me.'

'No,' the doctor answered. 'With humans the procedure is markedly different.'

'More complicated?' I asked.

'Of course.'

'So more risky.'

'Yes.'

The doctor's hands were mottled, veins and

ligaments clearly visible beneath the thinning skin. I wondered if this was the thing that kept him up at night, the fear of losing his mind.

'I don't expect the procedure will harm you in any way, but that is not something I can guarantee. Does that answer your question?'

'Sure.'

More risky than one per cent, but not so risky that it wasn't just a number, waiting for a story to be wrapped around it. The story I told myself was this: I would be all right. I could trust these people. If I decided to go through with it, no harm would come to me. I wanted it to be true, and I had no good reason to think it wasn't. Sufficient for belief.

'Which brings us,' the doctor said, 'to the details of the procedure. Tell me what you understand of this.'

'I don't know any more than what you told me earlier,' I said.

'That will do.' He leaned slightly forward in his chair. 'We need to assess your understanding.'

'You will take a scan of my brain.'

I tried to mimic his cool detachment, but I've always been squeamish about brains. I only have to think about my own, squeezed beneath my skull, to experience an intense coolness at the base of my neck. If I visualise a particular spot, top centre, near the back, the simple thought of it being touched brings on a gag reflex. There was a time, when I was younger, when I would imagine my own death, and it always happened the same way: sudden and unexpected, a great focussed force on the top of my skull, pulverising everything I am. In a science class, the teacher told us the brain has the consistency of a firm custard, that you could scoop at it with a spoon. I felt so ill I had to leave the room. Later I tried to convince people Theo was the one who'd fled.

'You will use the scan to reconstruct my connectome.'

'And what is a connectome?'

I felt foolish. He was the world expert, alert to my every error. 'Imagine you're explaining it to a friend,' he said.

I tried to be accurate and analytical, so that Maggie would consider me sane. Now I can see how easy it would have been for her to see through me.

'The scan takes visual slices of the brain, each one no thicker than the width of an individual cell. The connectome is the pattern of connections between those cells. It defines the way the brain functions, the memories that are held, the dispositions of thought, the personality, the beliefs. It is…' I struggled for the right expression. 'The connectome is us, we are our connectome.'

He didn't contradict me. 'And then?'

'In the case of Theo, his brain has been scrambled, vital connections have been lost. His connectome is…'

The fit of words was hopelessly loose, absurd even.

'His connectome is dead. What you are hoping to do is equivalent to the first stage of the dementia experiment. Theo's brain is the laboratory recipient. You have developed a method for reprogramming the brain, for taking my connectome, and re-establishing it in his head. Because his brain is intact, there's no need for a transplant, only the information has to be transferred. If the connectome embeds, then he will function normally. You will have the evidence you need, that this is a viable research path to cure dementia.'

'Very impressive.'

That pleased me. I won't pretend it didn't.

'So, I'm capable of giving informed consent?' I asked.

'It's not for me to make that judgment. It is important that judging your competence and performing the operation remain separate functions.'

'Rene.' Maggie's face gave nothing away. 'Your description of the procedure isn't complete yet, is it?'

'I was hoping you wouldn't notice.'

'If the operation is a success,' she chose her words carefully, 'nothing will have changed for you.'

'No.'

'But for…'

'Theo,' I said. 'For Theo, a successful procedure means he wakes up with my memories in place of his own. It means he wakes up from the operation thinking he's me.'

'And who will he think you are?' Maggie asked, leading me towards the conclusion just as a nurse had led me to Theo's body: gently, but insistent.

'He'll think he gave me his memories, to keep me alive.'

'And is that why you'd be doing it?' Maggie asked. 'To keep him alive?'

She'd tricked me into saying it, and I couldn't take it back. How could anyone think me sane, when my plan was so senseless? He, his connectome, was gone forever. My throat constricted. Two me's. My head hurt.

'No,' I said, denial my only option. But they had noticed, surely, seen the truth break free.

'That's not why I would be doing it.'

And yet they didn't challenge me. Perhaps Doctor Huxley's allotted time with us had simply expired. Perhaps my lie was so clumsy there was nothing more for them to ask. Whatever his reason, the doctor stood and shook my hand.

I looked into his eyes. He had about him the measured calm of a man certain of his own importance, the sort that makes a handshake seem an act of generosity. I felt inexplicably lucky to have met him.

'Rene, I wish you all the best.'

'Thank you.'

5

It wasn't until I was sitting again that I noticed the way Maggie was looking at me: as if she was expecting me to start crying.

'Are you all right?' she asked.

'I already knew all that,' I answered.

'It can take a while, to sink in.'

'It's in,' I said, but I had to look away.

'You understand the risk this procedure poses to you?'

I nodded.

'And the benefits are largely for the hospital.'

'And for the people who might one day be cured.'

'Do you feel you have a duty to do this?'

Now I looked at her. 'No, it's not like that. I want to help.'

I'm sure she knew I was lying. Still, I had no choice, I had to try.

'Tell me how you came to be at drama school,' she said.

'I already told you.'

'I didn't believe you. Are you all right?'

My foot was pulsing, and my knee danced to an unreliable tune. My hands began to shake and then, weirdly, my jaw too. I clamped my mouth shut, pushed my foot into the floor, heard a noise something like gargling take hold of my throat. I looked down, embarrassed and frightened.

'If you need to take a short—'

'Sorry,' I said. 'It's just, with the doctor, I…'

'What?'

'It doesn't matter.'

'You don't get to decide that.'

She put her hand on mine, over my knee, and the trembling subsided.

'Do you think I should do it?' I asked her.

'What I think isn't important.'

'You might help me understand.'

'Understand what?' Maggie asked.

'Everything.'

'The doctor asked if you had any more questions.'

'It's not a doctor question.'

I could feel myself on the edge of letting go: forgetting what the interview was for and allowing the words to take over. I suppose that was what she was counting on, fear getting the better of me. I could feel the sweat building up, between her hand and mine. She pulled back gently. Her gaze didn't falter.

'What do you need to know?'

'Two people wake up, after an operation, and both of them think they're me. Does that...does it make any sense to you?'

Safe territory, in a way. If I hadn't asked her eventually, she would have wondered why not. No, she would have decided I was hiding it from her.

A long pause, as if she was trying to find me an answer. 'That's the question, isn't it.'

'I would say it is,' I admitted.

Another pause. She watched me, the way a cat watches a bird. Only the bird flies away, when it realises.

'I don't think I can help you with that,' she said.

'You're a psychologist, aren't you?'

'It's not that sort of a question.'

'What sort of a question is it?'

'A question for philosophers, I would say.'

'So how would a philosopher answer it?' I asked her.

'They'd ask you what you meant by making sense.'

That was a joke, I suppose, and an attempt to sidestep the question. But I had started now.

'Is it going to do my head in?'

'That's closer to my area of expertise.'

'And?'

'I don't know. There are no precedents.'

'Your guess then.'

'I don't know enough about you,' she said.

But the way she looked right through me, it felt like there was nothing she didn't know. She was playing me, and she was so much better at the game than I could ever be. But Theo needed me. I had to try.

'We have a little more time. Tell me about drama school.'

'What would you do?' I insisted. 'If it was you. What would you do, to help you understand?'

I watched the slight inflation of her nostrils, and the slow flattening of her chest as she let the air go.

'I suppose I would try to accept that it's beyond understanding. I think I would try to make peace with my ignorance.'

'Is that possible?' I asked her.

'We live with many mysteries.'

'But this?'

She shrugged.

Tears stung my eyes.

'Take me to Theo, please. I need to see him.'

6

Three people were in the room when we got there—doctors, researchers, scientists, I don't know what to call them. We watched through the window. They were preparing him for the operation, getting ready in case.

'Get them out of there.'

Maggie nodded and moved into the room. They listened quietly, made a few last adjustments and filed past me without making eye contact.

It was a great relief to cry the way I did: deep from the stomach, the sheet on his bed clumped in my fist, wet with my tears. I felt awful, but also, for the first time since I'd arrived in the hospital, human. I no longer saw an accident, a patient, a problem to be solved. Now I saw Theo. My brother. My other half.

I don't know how long I stayed that way. At some stage I stood, stroked his hair, and kissed him—on the bridge of his nose, so its tip pressed against my chin.

Lips, chin, nose. Rare, medium, well done. Theo taught me that. I backed into the middle of the room, intending to leave, but unable to look away. As if that would be the final betrayal. I have never felt more hopeless.

Maggie stood three steps behind me. Giving me space, I suppose.

'Would it fucking kill you?' I asked.

'Would what kill me?'

My shoulders were hunched, cramped into the crying position, as if they might never straighten. 'To hold me. To help me.'

'I'm not here to...There are people, if...'

For the first time I sensed discomfort in her voice.

'Why aren't you here to help me?' Now I turned. Blazing and unguarded. 'What's wrong with you?'

'I have job to do. I can't do it if...'

'How do you know you can't?'

'I don't know,' she said.

Her restraint repulsed me.

'But it's my profession's best guess. It's how we operate.'

My knees were buckling. Would she think it an act, if I fell? She didn't move.

'And if it wasn't your job, if it was just you and me, would you hold me?'

'If it wasn't my job, I wouldn't be here.'

'No, you wouldn't,' I said.

'That's not what I meant.'

In my memory, she looks around, to make sure there's no one outside, but I suspect I've added that detail since. She takes me in her arms and lets her collar grow wet with my tears. Her neck smells of shampoo; her skin is warm, like a mother's. I lean against her.

I could have stayed there, and let time pass until there was no decision left to make.

'We need to get back.' Her voice tickled my ear.

I nodded and wiped my eyes with my sleeve. 'Thank you.'

Theo would have loved her.

I turned back to him. I looked at his face, properly. My living, breathing mirror. Almost living. With his eyes closed, the eyelashes were even more striking. Long and thick, like a girl's, curling upwards.

'I always wanted to be him,' I said. I don't know if she heard me. Maybe she thought it wasn't for her. 'I watched the way he was with people, the way people were with him, and I never admitted it to him, but I spent a lot of time trying to work out how he did it.'

'Maybe he wanted to be like you, too.' She put her hand on my shoulder.

'Maybe.'

It was the kind thing to say, but it wasn't true. I wasn't even sure, if he'd been given the choice, he would have wanted to be a twin. I never asked him. The millions of words we spent, like we thought we'd never run out, and I never asked him. But I wouldn't have changed it, not for the world.

'It must have been good,' she said, 'to have had someone always looking out for you.'

'Don't you?'

She didn't answer.

'There was one time, when he could have died, trying to help me.'

Her hand tightened at my collar.

'We were in the forest, with Mum and Dad. They liked to take us camping. For Mum, it was the quiet she loved; it was a place she could sit and sketch. For Dad, it was to do with us all being together. I remember one night when we were still young, and he had all four of us sleeping beneath a fly strung between two trees. A storm came, and the fly flapped loose. We ended up out in the sheeting rain, trying to tame the beast. Mum looked wet and miserable—that's how I remember it—but Dad was laughing the whole time. Like the storm was the whole point. It always seemed right to me, that he died in the rain. This time though, there wasn't a storm. Mum went off to draw something, and I followed her, and Theo thought I'd gone missing, so he followed me. Dad found me and Mum, but not Theo.

'They panicked. We all panicked. Mum and Dad wanted me to go to the road with some people we met on the track, but I wouldn't leave them. Someone must have called Search and Rescue. I remember us all shouting his name out, until we had no voice left. When the calling stopped, there was that silence you only get in the forest, a silence filled with sounds—of the wind moving through the trees, and the river easing over the rocks—sounds that go on forever.

'It took four hours to find him. The Search and Rescue woman had come to tell us we had to get back to our car, because soon it would be dark. Dad was refusing, and Mum had begun to howl. Then I saw his jacket, a flash of blue amongst the green, on the other side of the river. Just a moment, and it was gone. I knew they didn't believe me, but it made a good negotiating tool. We would cross the river, have ten minutes looking, and then we agreed we would head back. We linked arms for the crossing. The water wasn't high but Mum and Dad weren't about to lose another one. I was between them, lifted off my feet for most of it.

'Theo tried to pretend he hadn't been crying. At some point he'd abandoned his pack. He didn't know where. The cold that night would have killed him. That's how close we came to not being twins anymore. I'll never forget the look on his face. It wasn't relief that we'd found him, but relief they'd found me. He jumped up and clung to me, and I was so tired I fell backwards. That's the way I'll always remember him, inches from my face, his eyes too big for his head, his face so pale. That night I first saw how delicate everything is, how easily it can come apart. In the background there was crying: Mum or Dad, maybe both. But Theo and me, we were already laughing.

'I've thought about it so often, imagined Theo alone on the other side of the river, calling out my name until his throat hurts, feeling the chill of damp moss where he's settled, the cold of loneliness. If someone told me I'd got it the wrong way round, that I was the one who'd got lost, it wouldn't be hard to believe. That's what it's like, having a twin brother. In case you were wondering.'

I couldn't look at him anymore, him or the machine or the hospital bed. I closed my eyes.

'He loved you.' Maggie said.

I felt the past tense settle on us, like a blanket.

'Yeah, he did.'

I turned away, knowing it might be the last time, and walked out before the thought took my legs from under me.

7

'It's cold in here,' I said. Maggie turned to her desk and tapped the screen. Warm air whispered over us.

'Now tell me how you came to be a drama student.'

'I already told you.'

'I thought you might be ready to give me the truth.'

'If you already know...'

'I don't,' she said.

'Then I've told you the truth.'

'I don't think you have.'

She didn't seem to have much trouble, slipping back into role.

'We weren't always close.'

I wanted the other story to be true, the easy

story: two for the price of one, loyal to the end, inseparable.

'What happened?'

'Nothing special,' I said. 'School, girls.'

'Do you want to explain that?'

'I don't want to, no.'

'I think you should,' she said.

I tried to take a breath, but it wouldn't go in. I felt the panic rising, prickly and familiar. I tried again and this time my chest froze completely. I thought back to what I had been taught to do. I counted to three, and told myself this airlessness was normal. I swallowed, mouth closed. *You're okay, you're okay.*

Slowly, as if to creep back up on life before it realised the trick, I let air leak in through my nose. It expanded me. I felt giddy, present, almost hopeful. A second breath, easier than the first. The third almost normal. It had passed. Maggie watched closely, but it didn't matter. She'd seen my file.

'School was fine, at first,' I said. I would ignore the incident if she did. 'We each had our roles to play. Theo's was to be charming, confident, unshakable. Even when Mum and

Dad died, Theo stayed calm. As if he had always expected it.

'I was the clever one, that was my thing. After Mum and Dad died, I tried even harder, I suppose as a way of saying thank you. Early school was good, and middle school too, because there they have a way of letting you know that test scores don't really matter. As long as you say please and thank you, show kindness, and always do your best, you're doing fine. Our reports always said we were doing fine.

'We had a good group of friends. Theo had the friends; I had Theo and they came as part of the package. If it'd stayed like that...'

I felt the shadow looming over me.

'But it can't stay like that, can it?' Maggie said.

'Maybe it can,' I said. 'But it didn't.'

'When did you first realise?'

'First day of finishing school.' The real story had begun. Soon, there would be no stopping it, not until we hit the bottom, or collided with the truth on the way down.

'We'd always been in the same class. It was a given. Mum had insisted, which was strange for her, but I think she knew how much we needed it. After Mum and Dad died, the middle-school teachers decided it was even more important to keep us together.

'But finishing school was different: bigger, too busy for anyone to distinguish between waving and drowning. Walking through the gates was like walking into a storm. It was the noise, the movement, but mostly the sense of being swept away. There were more than four hundred first-year students. On the first day we were led into the hall for our entry tests. I remember the visors. The masks were too big, and smelt of sweat and fear; the slide screens were sticky and slow to react. It lasted an hour, orange numbers ticking down in the top left corner.

They told us the results would be used for our class allocation. When I heard that, I could hardly breathe.'

'You could have done poorly, if you'd wanted to. You could have deliberately given false answers.' Maggie didn't miss much.

'Yeah, I could have.'

'But you didn't.'

'I was equal second. Theo scored forty-third. He tried harder in that test than he ever had in his life. He wanted us to stay together even more than I did.

'The top class was treated differently. We had the best teachers, got the best equipment, went on trips no one else was offered. They said it was reward for how well we were working, but everyone knew it went the other way. The rewards produced the behaviour.'

'Feedback.'

'I should have been top, it was a couple of stupid mistakes, that's all. Maddy was smart, beating her wouldn't be easy, but at least I had something to focus on.'

'What about Theo?'

'He'd overachieved in the entry test, and the second class was too hard for him. He started to struggle.'

Sadness settled deep in my stomach. My eyes were scratchy, my throat dry.

'Did it worry him?' Maggie asked.

'He said it didn't.'

'Did you believe him?'

'No.'

'And that worried you,' she said.

'Of course.'

'What did you do about it?'

I wanted to be able to give a different answer. I wanted to say I'd been a better brother.

'I suppose I pretended we weren't growing apart. At lunchtime, or during releases, I'd find him, and we'd act like nothing had changed. Some things hadn't. People still wanted to be with him and, at a school that big, that gave him a lot of choice.'

'Who did he choose?'

'Anyone who could make him feel special. See, I liked the classroom. I liked plugging in and listening to people who knew more about the world than I did. And then composing responses, and the feedback sessions, taking each other's work apart—to me class time and break time were all the same, a succession of games I enjoyed. Theo wasn't a listener. He'd either say, I already understand so why listen, or I don't understand and listening doesn't help. I told him there was a sweet spot, just at the edge of understanding, and that learning's just the art of finding it, but that's not the sort of thing that makes sense until you've been there.

'His was a small group, just five or six of

us most days. None of them were properly bad. They knew how to cause trouble, but not enough to be excluded. Just stupid stuff. One of the girls, Harriet, had a pet ferret, and she was told she couldn't bring it to school, so they all went and caught some ducks at the park, and dumped them in the staffroom.'

'Why?' Maggie asked.

'I think it was a protest.'

'I don't understand.'

'None of us understood.'

'You helped?'

'I tried, but you know how, when something you're holding wriggles to get free? I'm the sort that lets go.'

Maggie nodded, as if that much was already obvious.

'What else did they do?'

'They liked drugs,' I said. 'That was a big part of it. Canisters mostly, stuff you could come back from quickly.'

'They or we?'

'It wasn't optional. But I was careful. I looked into it. They called me the professor. People I didn't know used to ask me for advice.'

‘Did it affect your grades?’ she asked.

I shrugged. ‘Maybe.’

‘But you still did well?’

‘Sometimes first, sometimes second.’

‘How did second feel?’

‘Much like first,’ I said. ‘That surprised me. Once I realised I could beat her, it stopped mattering.’

‘Do you think Maddy knew you could beat her?’

‘She certainly hated me; that could have been why.’

I wanted to ask again, what her method was. Why she lingered on these things, when all the time the clock was ticking. But I didn’t, because I didn’t want her to think she was getting to me.

‘And you got in trouble, sometimes, I imagine,’ Maggie said. ‘A group like that.’

‘A little. The others more than Theo or me. Theo had his charm to hide behind, which worked with most of the teachers, and I was their top student.’

‘How did you feel about the others? Did you like them?’

‘Why wouldn’t I?’

It came out too quickly.

'Because they were taking your brother away from you.'

'He didn't go anywhere he didn't want to go,' I said.

It wasn't true.

'Where was that?'

'He dropped down a class, from two to three. That was when other people started to get interested.'

'Other people?'

'Counsellors. Duty teacher. Mrs Struthers.'

'You don't talk about her much.'

'She was worried, but she didn't know what to do about it. I suppose that's normal, for adults. She threw a party. That was her best idea.'

'A party?'

Maggie's eyebrows rose up above her glasses. I liked the way they came and went.

'Not a party for dropping classes. She wasn't that hopeless. A party for his athletics. We both loved to run. He trained harder than I did; he had a way of getting lost inside his head. He could go for hours.'

'And he had some success?'

'He won a couple of races at the regional level. It wasn't a big deal, he'd done it before, but Mrs Struthers thought she should accentuate the positive. She told us we could invite any friends we wanted to, only we didn't want to, because we could see in advance it was going to be a train wreck. Which made it an empty-train wreck, I suppose.

'Our uncle and auntie flew in for it, which rather blew the "only about athletics" cover. And Mrs Struthers didn't understand the school cloud properly, so she posted a message, inviting people, but, I almost don't want to think about it—it went...

'There's an academic flow, where only the disconnected gather, and that's where the invite ended up. They all turned up, seven strangers who were not used to getting invitations. Then there were some people from the street, and at that stage Mrs Struthers worked part-time at the boat club, she was a cook, so some of her workmates came. The food was the only good thing.

'Imagine a cake in the shape of running shoe, with candles on it. And there's no song to sing, and nobody's thought whether you're meant to blow the candles out, or give a speech or clap. Nobody knows anybody else, or where to look. The only thing we had in common was the knowledge that this was Mrs Struthers' desperate way of saying to Theo, it doesn't matter that you're not smart, like your brother is.

'We're so very proud of you, is what she finally said, before the wax met the icing. Theo wanted to disappear, and so did I. Mrs Struthers knew it was a disaster. That's what killed me. She came to me in the kitchen and whispered—we're proud of you too, you know that don't you?

I said, thanks for the party, Theo really appreciates it. Then I had to leave, because I could see if I left that big lie hanging there, one of us was going to start crying.'

Telling that story was as excruciating as it had ever been. I don't understand that, the way the awkward moments never lose their cutting edge. With something big, like your parents dying, the pain dulls with time. Somehow the simple act of living absorbs it. But that party could have happened yesterday.

Maggie understood. There was a look in her

eyes, not sadness exactly, but perhaps regret, that she'd made me tell it. Understanding. Was she letting her guard down, or was I just getting better at reading her? It was hard to tell.

8

'You said two things changed,' Maggie said. 'School and girls. Tell me about the girls.'

We'd arrived at Harriet. From Harriet, it was a single jump to Emily, and one more would land us in this room. I felt the past rushing up at me, compressing in a Doppler howl of pain. It was Maggie's job to make me stand and face it.

'Harriet was the girl with the ferret, and I had a crush on her. You asked me before, how I felt about the group. At first it was about being loyal to Theo. Then it became about being with Harriet. The first time I skipped a lesson, it was for her. She let us know she was going to play sick and was looking for company. A gap opened, and I stepped through.

'We sat under the trees by a stream that ran

along the edge of the property. It was one of those spring days where the heat of the sun takes you by surprise, and suddenly everything seems possible. I suppose I'd imagined we'd sit and talk and she'd be surprised by how funny I could be. Mostly though, we lay on our backs and looked up at the willows, and let the ferret run all over us. Its feet were sharp and it smelt of piss. I hated it.

'In picture books, it's the creatures with small heads you can't trust. But I didn't complain, because wherever it walked, Harriet watched: along my chest, my stomach, down my leg. She studied every centimetre of the journey. Then she took it, and held it up to her chin and kissed its treacherous little nose, and it was my turn to look at her.

'Her black shirt matched her hair, a night sky for the star sparkle of her silver chains. The ferret climbed over her breast, and I stared. It tiptoed across her ribs and traversed her stomach. I watched in delight, observing the spring in the skin beneath her naval. There was a strip of flesh, two fingers wide, between the end of her shirt and her jeans. She could have pulled her T-shirt lower, but she didn't. The ferret scampered across the shiny point of her hip bone, and there was a moment when one of the feet disappeared into the gap between waistband and girl. Even as I watched, I knew I'd never forget it. The image would always be a part of me.'

I stopped, embarrassed to have told more than the story needed. I remember being aware that I was presenting myself to Maggie, giving her permission to stare.

'What happened?' she asked.

'I fell in love, I suppose.'

'Did you tell her that?'

'No, I had to get to the next class.'

I blushed when Maggie laughed.

'And later?' she asked.

'With Harriet and me? Nothing. We were friends. She said I wasn't like other boys, that she felt like she could talk to me about anything, which at thirteen sounds more hopeful than it is. Perhaps she was just playing with me. I've never been able to work that out.'

'But Theo knew.'

I still don't know how she worked these things out so quickly.

'You want to tell the story?' I asked.

'I'm sure I wouldn't capture the mood. What did he do?'

'Theo?' I asked.

Maggie nodded.

'Short answer: he fucked her.'

Now came the sex questions, and I would answer or I wouldn't. And if you'd asked me before, if you'd asked anybody who knew me, they would have said I'd go quiet. But there's something about a woman just waiting, looking at you. A smart woman. I had her attention, and I wanted to be worthy of it.

'Long answer?'

Theo's dying. That's all this is about.

But nothing is ever only about one thing.

At first it was as if I wasn't there. The voice was mine, but some part of me had left the room.

'Theo and I had the same taste in porn. We preferred the old-fashioned images, women posing alone, in flat 2-D, sometimes without colour. He liked to project them onto the bedroom wall from his Palm. We'd lie back and take them apart, one detail at a time: the faces, the smiles, the curves and proportions. Once, Mrs Struthers walked in on us, to say it was late and we should be quiet. I remember her blinking into the blue light, oblivious to the invitation spread across her face.

'Theo liked talking to me about girls: his latest obsessions, his elaborate plans to win them over. He had sex before I did, and he wasn't shy about sharing the details. But he never asked me for my own stories, and I never offered them. I think he knew I needed protecting.'

'From what?' Maggie asked.

'Shame.'

'What did you have to be ashamed of?'

'Nothing, probably,' I said. 'But that doesn't lessen the fear.'

'The fear of what?'

'Being ashamed.'

She let it go. I think perhaps shame is different for men, more terrifying.

'Things changed,' I said. 'After Mrs Struthers threw that party. That's when I think of it starting. Theo became more fragile, easier to offend. At one stage I thought it was the drugs. I tried to talk to him about it, but he became aggressive, said I was scared of living. He said, if I didn't relax soon, I'd miss out on being a teenager altogether. I've often thought, if you averaged out our two approaches to growing up, you'd have it about right.

'We started to fight in a way that was new, more vicious. And afterwards, it wasn't the hurt or the anger that stayed with me, but the loneliness. I was able to believe, for the first time, that he might not always be there. I'm sure he felt the same. That sort of loneliness is so dark, so frightening, there's a part of you that wants to jump into it, before you're pushed.'

'So you began to actively undermine the relationship?'

'No.'

I wasn't sure that was true.

'But we both knew we could. The possibility of destruction hung there, like the gun over the mantelpiece in the opening act of a play. We understood the temptation.

'Then one night there was an image shining on the wall, a woman not much older than we were, staring out across the decades. I saw it straight away, and so did Theo: the uncanny resemblance to Harriet. Theo's face lit up with trouble.

Look familiar?

Turn it off, I said.

You sure? You don't want to look just a

little longer. Harriet! Oh Harriet.

Shut up.

She would, I think, if you asked her. I think she'd let you.

'He wasn't trying to hurt me. He was just having fun. But that's what hurt. That I was fun to him. And not just to him. If it was that obvious, then surely they all knew, Harriet too. That's shame. Theo didn't get it. He was confident with girls, and when it didn't work out, that was their problem, not his. He moved on. Whereas I fell in love too easily.'

A small shudder of shyness passed through me. Maggie pretended not to notice.

'In Theo's head, all I needed was a little push to get me started. He made it his mission to rescue me. I didn't want rescuing, and, at the same time, I did. And it was better than fighting. I let it become his project, a way of pretending there was still a future where our paths didn't diverge.

'Theo would drag me along to parties where Harriet would be, but I was useless. He should have just given up, but the more pathetic I was, the more determined he became to be the hero. He organised a trip into the hills. He decided we'd go for the whole weekend: start at the gorge, get to the Forks before dark, then up over the ridge and back down the mountain track. Since Mum and Dad died, we'd hadn't seen much of the forest. I only remember one time with a school group.

'Mrs Struthers thought our plan was all part of the healing process, that we were looking to reconnect with our parents. And in that way adults have of dividing the world up into good and bad, she decided it was an excellent idea. I shouldn't criticise her, I got it wrong too. When Theo told me we were going hiking, I imagined star prickled skies, burning calves, sausages too, and falling asleep exhausted. Until he explained he'd invited Harriet and Georgia along. Georgia was the second girl Theo'd had slept with, and they'd had an on-again off-again thing ever since. I liked Georgia. She said what she was thinking and took no shit from anyone, not even Theo. She wouldn't complain about the walking, or the food, or having to dig you own toilet. Or the fact that this was no normal hike, that she was being used as part of Theo's crazy project. Of course we started out all pretending there was nothing more to it than four friends and the call of the wild. Even I, beginner that I was, understood the way anticipation is sweetened by denial.

'But then the pressure got to me. My pack grew heavy and I fell silent. I can't explain why. Theo had done all he'd promised he would do. There was no work left, just play. But somehow I contrived to resent him for it. I'm stitched together from pride and fear, mostly. That's the shameful truth of it.

'Fear of what?'

I don't understand how Maggie could be so smart, and yet so stupid.

'Embarrassment, confusion, rejection, public humiliation. Take your pick.'

'What happened?'

'During the walk, I disappeared inside myself. Theo overcompensated, telling jokes and playing tour guide, but I refused to come out. Inevitably, I suppose, I reached a place where everything looked different, even Harriet. I began to wonder why it was she'd agreed to come along, whether it was Theo she was really interested in. I was being a sulky little shit. It was nothing more complicated than that. Somebody should have slapped me.'

'So what did happen then, if not slapping?'

'You're laughing at me.'

'I'm not.'

Her face was serious but I didn't buy it.

'Do you regret the way you behaved?'

'I'd lain beside Harriet and watched her stupid little ferret leave its paw prints on her body, and I was being invited to repeat the experience, without the ferret, or clothes. And I ruined it. Yeah, I regret that.'

I was trying to tell it the way an adult would, cool and detached, but my face was burning up.

'What else do you regret about it?'

'Isn't that enough?' I asked.

'How did you ruin it?'

'The campsite was a grass flat by the riverbed, broken up by clumps of young manuka. The scrub gave us an excuse to pitch the two tents well away from each other. That's why Theo chose the spot. But I started to pitch right next to the other tent.

What are you doing? Theo demanded.

Putting up my tent.

Not here.

It's flat.

Get the fuck over there.

I moved, but not far enough to make anybody comfortable.

'After dinner Georgia and Theo had an argument. I didn't hear the details, but I can guess. Georgia was the one he could never get over, the only person I ever saw him need. She would have helped convince Harriet to come along, as a favour to Theo, and Georgia's favours came at a price. By the time the campfire was glowing, my mood had infected the group. Even a session of post-dinner canisters couldn't bring us back together. Georgia tried to get a game going, this thing with a pack of cards, suck and blow, you have to...'

Maggie's look of determined tolerance killed any thought I had of explaining.

'But the game hissed and fizzled like the flames. Theo still imagined he could rescue the night. And why not? Two boys, two girls, two tents. It shouldn't have been that difficult.

Well, I'm knackered, he yawned. Who's for bed?

Might just go for a wander up the river first, I said. I was moving before Harriet could suggest she join me.

'Theo came after me, caught me at the first

bend and pulled me round by the shoulder like he was setting me up for a punch.

Okay, what the fuck?

Already said, I'm going for a walk.

We didn't come here to walk.

I've changed my mind, I told him. It was the truth, but not all of it.

Because? he asked.

She's not my type.

So what?

You wouldn't understand.

I understand you've got no balls.

Better than having no standards.'

I could see from Maggie's face that she didn't understand, and I didn't blame her. It wasn't what we said, that night, standing on the riverbed with the water dark behind us. It wasn't the words we chose, but the shape they fell into, the rut of a thousand conversations past. A poem of anxiety, accusation and denial, and the last line always there, but never uttered.

But that night, when he looked at me, I didn't look away. I stared back long enough for there to be no doubt—too good for those girls, too good for you. And I turned and walked away.

I didn't tell Maggie, because I didn't want her to know. I wanted to pretend it was just the words and nothing more.

'Then what happened?' Maggie asked.

'I walked for an hour and a half. The moon was three-quarters full and the valley was deep with shadows and, apart from the tireless chatter of river and rock, silent. I jerked off in the blue light, but it didn't make me feel any better. When I returned to the campsite I was surprised to see the fire still burning red. I had my apology ready. I thought about suggesting another canister; I was thawing. Only the figure sitting up at the fire, prodding it with a stick, wasn't Harriet. It was Georgia. I took a seat on a log set at right angles to hers. The wind bounced and swirled through the valley, breathing life into the embers, turning one face suddenly orange, shrouding the other in smoke. We could hear the other two in Theo's tent, giggling.

Guess you're with me, I said. I was nervous and hoping to be funny.

Arsehole, she replied.

It's a family thing, I said.

'Later Theo gave me his version. When he

come back from the river, Georgia had wanted to know why I wasn't with him. He'd defended me, because that's how family works, and she'd stormed off. Harriet had started crying, Theo had tried to comfort her...That's how he told it.

'I dragged my sleeping bag out to the fire. In the morning the bottom was soaked and the top was shot through with little burn marks. We got a ride out that afternoon. We travelled back in silence, each of us wanting to get home and wash the whole thing off. I clung to the insane idea that it was all Theo's fault, that he'd stolen Harriet from me. He blamed me for destroying his relationship with Georgia.

'We got over it though. Theo was always good at sorry: gracious and generous, when the time came. It was just a case of waiting. It took longer than usual, a week or so, but we got there. I apologised back; there was plenty of stupid to go around. Forgiven, but not forgotten. I think we both knew that.

'There was the time before that weekend, and the time after, and the two halves never quite fitted together.'

'I don't see what you did wrong,' Maggie said.

I shrugged. 'I broke something that didn't need to be broken.'

It was the only way I could think of explaining.

'You didn't have to have sex with her, if you didn't want to.'

'I did want to.'

She gave me that look, then. The look that people who've never been a teenage boy give to those who are.

'So what do you think you broke?'

I tried to find the right word. Fun, trust, hope, family…

'Dunno.'

'Okay.'

'I still saw the others and said hello, but everybody understood we were drifting apart. I made friends in my class. Not good friends, I knew they wouldn't outlast the seating plan, but it was the end of pretending. Harriet went into a transition project, and started training to cut hair. A year later I heard where she was working, but I never called in. I think I knew that if I saw her standing over a stranger, washing their hair, I'd fall out of love with her.'

I've always done that, slipped too easily into

nostalgia, one small step from bad poetry. But if you can't be a bad poet at seventeen, with your brother dying just down the corridor, what hope is there for poetry?

I wondered how much of the time Maggie charged for consisted of waiting in silence.

'How am I doing?' I asked her.

'You haven't answered the question,' she said.

'What question?'

'How does a top science student end up in drama school?'

One step left. One small step. My problem was I wanted Maggie to like me and I needed her to hear the story. I couldn't have both.

'After the group broke up, Theo started to come apart too. There was a thing with a break in, and then a stolen car and a joy ride through the school. He came within a governor's blink of being sent to an industrial training centre, but somehow he came out of the interview with an eleventh second chance. I say somehow: it was the smile, the handshake, his way of making people believe he was sincere, by believing it himself. I shouldn't have been surprised when he came home one day and announced he had the lead role in the school drama production.

'From the very first rehearsal, he changed. Changed back, I mean. The joker again, maker of plans, boy with a future. As if the awkward years had simply been deleted. Mrs Struthers reverse-aged in front of our eyes. The wrinkles I'd thought were age turned out to be ground-in worry, and her arthritis began responding to treatment. I remember one afternoon walking in on her and Theo practising a dance from the show. I watched them moving together around the room, and for a moment I could imagine what she was like when she was young. It was possible to believe she had once laughed and danced and felt beautiful. I wondered then what had happened to her, how she'd ended up with us. I didn't ask.

'Acting provided what athletics hadn't. It made Theo whole again, by making him better than everybody else in the room. Somewhere in the past, Mum and Dad had managed to convince us we were special. I suppose they were trying to establish our confidence. They didn't guess they were feeding us a belief that would become our addiction.

'The show was about a boy who'd created

an imaginary friend. That was Theo, co-starring with a hologram of himself. That's probably how he got the part. Mr Watts was the sort of drama teacher who had all the theory but no feel for the actual art of it. He could produce quotes out of the air from plays no one else had heard of, but when it came down to watching an actor on stage, and telling them what to change, he had no flair. So the possibility of working with an actor with an identical twin (he preferred to say doppelganger) was very attractive. Theo wouldn't need to be directed, he could simply live out a version of his own experience on stage. Except that was all bullshit. What Theo brought was charisma, and the ability to imagine a character into existence. He'd been preparing for the role all his life.

'It was Theo's idea to include me in the show. There was a problem with the ending. It was a big musical number, designed to rise above all that had gone before and bring the audience to its feet. In reality, it was just a lot of people singing and dancing, for no apparent reason other than the time was up: an unearned moment, destined to fall flat. I imagine Mr Watts saw that, he wasn't totally useless, but he didn't know what to do about it. He hoped a bit more volume from the band and finding a way to drift the hologram out over the crowd would be enough to cover up the deficiencies. By then Theo was effectively operating as an assistant director and he suggested they write a new final scene, where the hologram came to life. A cheap trick too, but he wrote a beautiful little dialogue between the two characters and Mr Watts bought it. And that's how, three weeks from opening, I was welcomed into the ample bosom of the Cook High Theatrical Company.

'I'd never been involved with anything like that before. I'd been in debating club, played chess for the school; there was athletics, and I was once co-organiser for a charity drive, but drama's different. I don't know how to describe it, a sort of mass delusion: a group of people holding hands and running full tilt to the edge of a clifftop, convinced they can fly. Obviously, that's not quite it, because in the cliff scenario everybody falls to the ground and dies a hideous death. On stage, there's always the tantalising possibility of success.

There's a certain type of person who needs to perform, and there's a certain type of energy they bring, a sort of desperate confidence. Between you all, you construct the illusion of significance. From the outside, I'm sure it's nauseating, but from the inside, it's a room full of boys and girls and hugs and wishes. It's seductive.

'I said Theo was the lead, but you don't get a school musical without a love interest: in our case Emily Watts, the drama teacher's daughter. And it won't surprise you to hear that by my third rehearsal I'd fallen in love with her. Theo hadn't. I asked him, just to be sure. He doesn't lie about those things.'

I could feel myself doing it, slipping back into the present tense. The closer the story got to the interview room, the easier it was to do. Or the harder it was not to. The seven-year-old playmate—he's gone forever either way. But the guy I stood on stage with, only thirteen months before—death, not time, was stealing him away. And death, you deny.

'Emily expected a certain level of attention. And the fact that Theo wasn't offering it unsettled her. There was nothing dignified about what I did, offering myself up as a substitute. But if you could see her on stage, the way she has of making every last person in the auditorium believe she's performing just for them—dignity wasn't a big part of the equation. I fell in love with Harriet because she was there. I fell in love with Emily because I knew, as long as I lived, I'd never find another like her.

'I checked again with Theo, before I made my move.

Are you sure there isn't anything between you and Emily?

There's nothing, he said, and if he'd been lying I would have known.

Why? Are you interested?

Maybe.

'That was a first for me, admitting it so easily. Hearts do actually skip a beat, by the way. I suppose you know that. I felt it, kicking back in with excitement.

'Theo offered to help me, as if the camping trip had never happened. Reinvention is an easy trick—all you need's an accomplice.

'I loved those next three weeks, maybe more than any other time in my life. Theo was happy again, motivated and invincible. The two of us were working side by side, the way it was meant to be. And the whole time, slowly, carefully, I was edging closer to Emily. We were all of us caught inside the same bubble and the world couldn't touch us. If you could have seen Theo, when he's like that, everything revolving about his axis…

'But bubbles burst.'

9

It was no good. Just when I was sure I'd managed to push it out of my mind, it came back, shocking in its power. The earth still spun, the heavens still pulled, the tide of him sloshed backwards and forwards.

Him, Theo. Dying. Or dead? Which word to use? There was pressure at the back of my throat: a physical reminder of that thing I couldn't swallow. I tried to cough it away, but produced only the gurgling of a drowning man. No, a drowning boy. The woman watched, waited. Doing her job.

'So what happened?' Maggie asked.

'I did what you do. Found excuses to spend time with Emily. She made it easy for me, told me she wanted someone to help her learn her lines, even though her lines were fine. One time they needed someone to pick up the food for a cast lunch, and that was us, and then we both volunteered to help out when the crew doing the backdrop got behind with their painting. It was obvious she was waiting for me to say something, but it still took me another week to find the courage.'

'What did Emily say?'

'She said, not until the show is over. I took that as a yes. I floated through the entire season. I've never been so high. And then he fucked her.'

'Or she fucked him,' Maggie said. Cruel, and fair.

'If we're going to be accurate about it,' I said, 'they both fucked me. That's what really happened.'

'Why would they do that?'

'The two of them on stage together. The school had seen nothing like it. Probably it never will again. By the end of the fortnight we were turning people away at the door. The last curtain call, we were all in tears. And it was straight from there to a party. I lost track of them, there was a lot happening. They were both high, on canisters and adulation.

I think of it like this. You never want a show

to end. You cling to it, and sometimes that means you cling to each other.'

'That's a very generous assessment.'

'Now. At the time I would have been happy to see them both dead.'

The sourness came back into my mouth. Maybe it had never completely gone away.

'But they weren't thinking of me, they weren't thinking of how it would hurt me. They knew, of course, but there's more to decisions than the things we know, right?'

'What did you do?'

'I wallowed in hatred. First Harriet and now Emily, that's how it seemed. If I'd been a better person, I might have found another way of looking at it. I might even have been pleased for him, noticed that the person I loved more than anybody in the world was happy again, maybe for the first time since our parents died. I might have worked out that the only way forward was to forgive him.'

'That's an awful lot to expect of a fifteen year old.'

'Sixteen, by then. It was our last year.'

'Still a lot,' Maggie said.

'Either you forgive them, or you end up

having to forgive yourself. That's the way it goes isn't it?'

'Yeah, it probably is,' Maggie said.

What about you, I wanted to ask her. Who haven't you forgiven? There'd be someone. There's always someone.

'Angry's a tight-fitting, ugly little place to make your home. It infects everything, even travels backwards through time. He's pushed you around your whole life, it told me. You've got to stand up for yourself. You've got to make it stop. So when the year ended and he applied for drama school, and Emily applied too, I did the same. Just to piss him off. Just to show him he couldn't have it all. Which was stupid. He didn't have it all, not by a long shot. Drama school was his only fucking option.'

'Were they together?' Maggie asked.

'No, it was a one-time thing. They both apologised to me. They wanted to make it all right. I wouldn't let them.

'The drama school's an elite establishment. They only take twenty students each year, that's from the whole country. Even though Emily and Theo were head and shoulders the most impressive performers in our school, it would have been remarkable if they'd both got through. And I was never a chance. I was just being an arsehole.

'Other people understood my application was a petty act of emotional vandalism. It was the only time I remember Mrs Struthers getting properly angry. I walked into the kitchen while she was making pastry. She shook when she spoke. I thought she might hit me with the rolling pin.

'Just imagine how Theo will feel, if you get selected and he doesn't.

'But I was angry too.

'So, because I have a brother who's a fuck up, I don't get to do the things I love? I replied.

'If I thought for one moment you loved acting, Mrs Struthers said, I would never have mentioned it.

'I still don't love it. And every time some eating disorder with a goatee tells me to feel the energy flowing into my body, it becomes a little less likely I ever will. But there you go, it's done now.'

'Is it?' Maggie asked.

'Well, if you know how to turn back time, I'd be very fucking grateful if you'd share that. I'd take today back, to start with. Can I take it back for Theo too, is that how it works?'

'You've still got your life ahead of you. There are still choices,' she said.

'You don't know anything about my life,' I told her.

'I'm trying to find out,' Maggie replied.

I was angry, close to collapsing. Push me hard enough and I don't push back. I crumple and cry.

'So, what about school, what did your teachers say when you applied?'

'They told me I was throwing my life away. You could be anything you want to be, they liked to say. They meant Doctor or Physicist or Engineer, any job with money and a title worthy of a capital letter. I don't know if that would be me either, to be honest. Does it make you happy, being a psychologist? Or do you wish you'd run away to the circus?'

'I'm scared of clowns,' Maggie answered.

There were moments, when it was as almost as if we were talking to each other. All part of her method, I imagine.

'But you applied anyway,' she said.

'I didn't think I'd get in. I just knew that my

applying annoyed him, and that was enough. I didn't cheat. I didn't try to mess with him, or give his name instead of mine at the audition. I did the only thing I knew how to do. I worked hard. I researched, spoke to people who made it through in the years before, rehearsed the two pieces I'd chosen until they felt part of me.

'Emily struggles when people think badly of her. So when I suggested we prepare for the audition together, she agreed. That got inside Theo's head. I knew it would. He came out of his audition fuming, said he'd blown it, but I didn't believe him. I thought he was just being hard on himself. Later I talked to somebody who was in Theo's audition group, and apparently he blew up at one of the examiners, just went nuts at him. My audition was better, obviously. I'd ground the roles into myself, and when they started directing, and asking me to do it different ways, it felt strangely natural. I'm good at exams, at being tested. That's my environment. So I managed to convince them I was someone I'm not: an actor.'

'Doesn't that make you an actor?' Maggie asked.

'It was a fluke, a one-off. That's the risk of

auditions. Emily got accepted too.'

I looked down. My ears burned with shame.

'And now you feel guilty,' Maggie said.

'Yeah.'

'Some people would look at what you did and they wouldn't see anything wrong with it.'

'Some people are good at seeing what they want to see.'

'What if that's what you're doing?' she asked. 'What if you need to feel responsible for your brother? What if you've always needed that?'

'I am responsible for him,' I said. 'It's how it is.'

'Why?'

I wanted to swear at her. I wanted to stamp and throw things and tell her that had nothing to do with it, but I couldn't. Because then she'd know how much I needed her to sign me off as competent, and from there she was easily smart enough to guess why. And once she knew that, she couldn't sign me off. It was an impossible game.

'He's responsible for me, too.'

'Is that how he's behaved?'

'He went looking for me in the bush. He might have died.'

'He was a child then.'

'What are you saying?' I was sitting on my hands, digging my fingernails into my legs.

'You're only responsible for your own actions, Rene. No one can blame you for things Theo chose to do. You can't blame yourself for them.'

'Is this a condition of you finding me competent?' I asked. 'Do I have to stop caring about him?'

'No.'

Just the one word. It could have meant anything. Mostly it meant, I'm not going to push this. I think it also meant, I shouldn't have pushed this. Twice now, she'd seen my anger, and the tank still felt brim full.

'Your story isn't finished,' Maggie said.

'It feels finished to me.'

'Tell me about Emily. Tell me how it was that Theo and Emily came to be together today.'

'Do I have to?'

'No.'

10

I waited. I counted the eyelets in my boots. I looked at her feet. I pushed my knees up and down, felt my thighs hang loose above the chair, then fall and splay. I stared at the floor, and didn't look up again until I was halfway through the explanation.

'I was angry with Emily, but I hadn't fallen out of love with her. It started on the last night of induction camp, after my performance with the crazy naked woman. There was a party, and Emily and I contrived to stand apart from the preening crowd. We watched, passed comment, moved closer to one another.

Your piece was great, she said. You looked so genuinely lost, at the end, I wanted to give you a hug.

I was lost. I didn't know she was going to take

her clothes off. She didn't tell me. I didn't know where to look.

Smart move, from her then, Emily said.

Not too late for that hug, if you still want.

'I held my breath.

'There aren't that many moments where you genuinely feel your future splitting in two. Either she would hug me, and I would cling to her, and there would be no pretending, or she wouldn't. Those two paths would never meet.

'I couldn't look at her face. She moved first, and when we clung to one another, it was like we were already lovers.

I'm so sorry, she whispered.

Me too.'

Maggie was frowning. It seemed an odd moment to let the mask slip. I'd told her worse.

'Theo wasn't interested in her,' I repeated, thinking that might have been the trouble. 'I wasn't moving in on—'

'No, it's nothing to do with that.' She dismissed me with her hand, as if brushing away a fly. But there was a pale patch on her bottom lip, where she'd bitten at it. 'And you had sex?'

'Not then.'

'But later on?'

'Sure.'

Maggie didn't ask for details, and I wasn't about to offer them. Some stories work best untold. Emily's intensity took my breath away. I don't know what I'd expected from her, not reluctance, but perhaps caution. I carry a fear that if I let my true feelings come to the surface, they will frighten people away. And yet the way she looked at me, the joy in her eyes, the vulnerability, it was startling. She taught me how to let go. What more could you ask for?

Emily lived in a self-contained unit beneath her parents' house. For the next three months, so did I. It was like discovering another world, magically suspended between adulthood and childish delight, taking the best from each. Taking whatever we wanted. She'd walk around the house naked, and I would sit up in bed and watch her, and think, this isn't true. This can't be true. I have a memory of her walking away from me, into the kitchen, reaching up for a box of cereal. A poem. And it's mine forever. It can't be taken away from me.

We'd set the alarm for an hour earlier than we

needed to get up, so we could fuck before breakfast. One of us always woke first, and turned it off. There's that place, just between sleep and waking...

There was a park at the valley at the bottom of her street that spread out over the opposite hill. We'd walk together in the afternoon sun, oblivious to the world, but also secretly hoping it was watching us, feeling envious. First love, first sex, first glimpse of the possibility that I might be lovable. First time not being one-half of me-and-Theo. Walking in shoes of my own. Drunk.

'And how did it feel,' Maggie asked, 'knowing she'd already had sex with Theo?'

'What sort of question is that?'

How easy it is to reduce us.

'A necessary one.'

'It didn't matter so much.'

'So much?'

'I thought about it, sometimes. I didn't want to, but I did. Then other things took over.'

One more step. I wondered if Maggie already knew how it went, the last sordid twist of our doubled double helix.

'What things?'

'Mrs Struthers called up and asked me to

come back home. She was worried about Theo. He hadn't enrolled in any of the courses he'd promised to look at. He was out all night and slept through the day. Women came and went. He'd moved on from the canisters; it was hit and miss whether you could even get him to talk to you. When he was lucid, he told us not to worry.

I'm waiting for the end of the year, he said. Then I'm going to join the army.

'In our family, if you want to reject everything you are, and everything everybody who loves you believes in, you join the army. The threat was enough to get me out of Emily's bed.'

'Is that why he did it?'

'I don't know. No. No, he wasn't thinking that straight.'

'Emily was great about it. She understood. She told me I had to move back home, just for a while, or I'd never forgive myself. She…'

All I had left was the end of that sentence. I wasn't going to give it to her.

Maggie let it hang. Emily, the unspeakable. Fuck.

'What did you do when you got home?'

'Spent time with him. Got alongside him,

tried to be his brother again.'

'How did that go?'

'It was slow,' I said. 'For a while it seemed impossible. I was at drama school, I was in love, I was happy and I couldn't pretend I wasn't. He was lost and miserable. I'd stolen his life. He didn't have to say it. Mostly he pretended he didn't care. But we both knew.'

'So what did you do?'

'Pretended it didn't matter, made sure he never caught me crying. It ripped me to pieces, the way I could see all his choices setting hard around him.'

I began to cry. A bad story, about to get worse. Maggie leaned forward and squeezed my shoulder.

'I got him running again. That was my first success. There was a part of him that wanted my help, and another part too proud to admit it. Getting fit for the army became the excuse we'd both been looking for. Every evening we headed into the hills. I ran longer and harder than I'd ever run, matching him stride for stride, pushing each other on as a way of inflicting pain, and of making sure there was no breath left for talking. It helped.

'The drug use wound back and he stopped sleeping through the day. Slowly it got so we could talk again, the careful talk of almost-strangers. No mentioning acting, or school, or the future, or Mum and Dad, girls. Just films, sport, music: wallpaper. He was bitter, and I deserved it. He told me it was a tragedy, that I'd given up so young. He said there was no such thing as love at seventeen. That seventeen was for fucking. Then one day I let him get to me.

You don't know what you're missing, I said.

Oh, but I do, he replied. That was the first time either of us had acknowledged it.

'Inch by inch, we crept back to normal. Eventually I told him I was sorry for auditioning. I'm so grateful I made it to sorry. That was Wednesday, so two days ago. We were sitting in the lounge, shirts off after a run, sweat seeping into the chairs. I saw Mrs Struthers hesitate at the doorway, perhaps thinking about telling us to get off to the shower, but she read the mood and walked away.

'You can tell when Theo's about to say something important. He has this half-amused smile, setting up an exit strategy should things get too uncomfortable.

Thanks, man, he said. Two words, but our whole world was contained within them.

What for?

Coming back.

I should have been here more. I got a little, you know, distracted, disappeared up my own arse.

Nah, that's me, Theo smiled. You disappeared somewhere else entirely.

You'll be okay.

'Neither of us made any effort to hide our tears.

Yeah.

'He nodded, and his expression then was of a man on a tightrope, three steps from the end, wobbling, freezing up, praying someone is going to reach out a hand. So I did.'

I looked at Maggie, and wondered how to explain. I hoped she might just guess, but that was asking too much, even of her.

'I wanted so badly to help him. At the funeral, he was the one who held me, and told me it would be okay. Since Mum and Dad died, we hadn't swapped places. It was as if that was a thing from another time, from a world of magic and parents. But I knew how lucky I was. I understood what it meant, to have Emily look up into my eyes, and never see the smallest hint of doubt, a flicker of uncertainty. To be captured, just for a moment, in a bubble of gratitude was to be alive in a way I'd never imagined. The idea I had—the idea that perhaps could only ever make sense inside my head—was that if Theo could experience the same thing, just once, if he could see what it was like to be loved, it would give him something to cling to.'

It sounded every bit as bad as I'd feared. I couldn't look at Maggie, I couldn't bear the disapproval. I heard a change in her breathing.

'When? When did you do this?'

I wanted to say I didn't. I wanted to be able to tell her Theo laughed me out of the room, that it never happened. So many things I wanted, and couldn't have.

'Last night. I told him last night. We agreed today we'd swap. I don't know why he said he'd do it. I think, if I'm honest, he might have thought it would give him some way of getting back at me. Or just the craziness of it, the danger, might have been enough…'

'So you're saying that when Theo…'

The colour drained from Maggie's face. Her skin must have turned suddenly cold, like mine had when the hospital first called. Her hand moved to her earpiece, and her eyes half closed as if she was trying to decipher another language. She swung to her desk, flicked pages. Her movements were loose, chaotic. This was a different Maggie entirely. One that might cry, or laugh, or look confused. She scared me.

'Fuck!' she said.

I didn't get it, but I could see she was panicking, and panic's contagious.

'They didn't,' I said, trying to bring Maggie's eyes back up from the screen.

Her lips were moving: a silent, urgent conversation.

'He went around, and they went straight to the park. The flat's being painted, and we'd been planning a picnic.'

Nothing, from Maggie.

I tried again. 'They didn't have sex!'

'Rene.' Her face was grave, her eyes unwavering. 'Jesus, Rene.'

'That's me.' I tried to smile.

'There's been a mistake.'

'I know. I should never have—'

I still didn't see it.

'When your brother came in'—Maggie talked

over the top of me—'Emily was the person who filled in the admission details. She was the person who was with him. And she thought—'

'She thought he was me.'

'Yes.'

I already knew that, it was one of the things that had registered vaguely, part of a long line of details that would have to be attended to later. Phone friends, apologise to Emily, choose songs for the funeral.

'How did she react, when she found out?'

When you've looked at a puzzle long enough, without seeing the solution, you become blind to it.

'This has happened very, very quickly.' Maggie's bottom lip trembled. 'The hospital has…There's never been a case like this, and all our energy has gone into making sure this window doesn't close before we've thoroughly—'

'I don't know what you're—'

'She doesn't know.'

Three simple words, yet somehow I couldn't make a shape from them. Maggie locked her eyes on mine. I saw her fear.

She spoke slowly. 'She thinks it's you. Emily's

in the waiting room, and she thinks Theo is in here, talking to me.'

'I'm not Theo.'

'No, you're not.'

'But you know I'm not Theo!' I shouted at her. 'Why didn't you tell her?'

Now I saw it, the thing that had undone her. Not my mistake, but hers. Maggie had made a mistake.

'The files came through so quickly. Somehow, I read the names, without registering the mismatch, between the admission forms and…'

Her hand went to her forehead. Long fingers worked the flesh.

'You introduced yourself, in the room, and I was, I was trying to watch you, watch you with your brother, observe you. I'm meant to notice the details. It's my job to notice the details. But I missed the names.'

'Our names? You missed our names?' That seemed impossible. 'But I've been using our names the whole way through.'

'Yes, yes, I know you are Rene, and I know he is Theo. I just didn't register that Rene was the name they used when they admitted him. I assumed Emily knew who she was with. I assumed she could be trusted to identify her lover.'

'Well you assumed fucking wrong then, didn't you?' My head was turning fuzzy.

'Yes, yes, I did.' Maggie held up her hand, hoping, I suppose, to stop me.

'So, how do you get to be so stupid? Didn't it seem strange to you, when I told you about the two of us, that…?'

'We have been working under extreme pressure.'

'You're under pressure? Try sitting here with your brother dying, and some bitch who doesn't even know your name deciding the shape of your future.'

'It's called confirmation bias.'

For the first time Maggie didn't meet my eye. Her hands had balled into little fists on her knees.

'What you told me, fitted what I thought I'd read, I…'

'It's called being fucking useless.'

Maggie's tears were magnified by her glasses. She stood up, and turned away. I noticed she wasn't as tall as I'd thought. I watched her shoulders rise as she breathed deep. She held it in for four slow beats, and exhaled as she turned. Her mask was firmly back in place.

'Rene, you are not the victim. Emily is the one who has been deceived.'

'You can't turn this back on me,' I said.

'I fully acknowledge my part in this.'

Her part. The smaller part. That was what she meant. She put her glasses back on, but she didn't sit.

'The bigger picture is unaffected. The time constraints are the same. The options are the same. My assessment of you will be based upon the same evidence. There is good cause to unpack this, for recrimination and reparation, but not good time. The thing that has changed is Emily. You need to talk to Emily. I can come with you, if you like.'

'You bet you're fucking coming with me.'

11

The corridor refused to make sense. The walls wobbled, the floor swayed. Strangers smiled at me, their heads too big for their bodies. All I could think of was Emily, sitting in a room, surrounded by strangers, certain I was as good as dead. Going over and over her last moments with me. The picnic, the jokes, the last time we kissed. Not knowing it wasn't the last time at all, that the last time sat off in some other place, maybe in the future, maybe in the past. And I was going to have to tell her. It didn't leave much room for getting walls straight.

I stood in the doorway of the waiting room, with Maggie at my shoulder, as if she was using me for shelter. Emily's father walked over, shook my hand, and looked at me with sorrowful eyes.

'Theo, we're all so very sorry.'

I flinched at the name.

Emily remained sitting, her face wet and puffy. She gave me the sort of watery smile she would have given her lover's brother in a time like this, trying to offer *your grief is greater than mine*, but unable to believe it. My heart turned small and frightened.

'Mr Watts, this is Maggie. She's a psychologist. She's been helping me.'

He shook her hand. His face couldn't settle on an expression.

'Mr Watts, pleased to meet you. We need to speak to Emily for a moment please, if we could have the room?'

'Of course.'

'There's coffee, down the—'

'Yes, I know. Thank you.'

And then it was the three of us, sitting like cardboard cut outs in a room made of other people's grief and donated furniture. On the far wall hung a painting of an icy landscape, beneath it old children's toys spilled from a cardboard box. A one-eyed rabbit smiled goofily at me, as if anticipating the show ahead. The only window looked back onto the corridor. The couch, which Emily had been lying on, was upholstered in a gaudy floral fabric. The chairs were tidy, but unmatched. The overall effect was of a room thrown together, an afterthought. We're busy saving lives, it said. You can help us by sitting here quietly and not getting in the way.

Emily was bent forward, as if her stomach was cramping. Maggie and I sat opposite her. She looked through us, through the wall, into the past.

'Emily, this is Maggie.'

'I heard.'

She wasn't trying to be cold, or selfish. She was trying to survive.

'Sorry if I smell,' I said. 'I threw up.'

'Me too.' Her expression dissolved like a cheap digital effect.

She leapt at me, and buried her wet face into the base of my neck. Her fingers dug into my back. Her torso convulsed. She must have wondered how it was I remained so calm. Or maybe that was exactly what she expected, from Theo. I thought of Maggie, sitting beside me, aware of the clock sweeping time. I waited for Emily's sobbing to subside. Eventually she straightened and wiped her eyes. She even managed half a smile.

'I don't how I've still got tears in me. Surely you run out of water eventually.'

I raised an eyebrow in agreement. I thought, there are words that can get this started. There must be words. But I couldn't think of a single one of them.

'Have they told you, how it happened?' she asked.

'Not really, I mean, probably. I haven't taken everything in.'

I would have been more careful, earlier, not to admit that in front of Maggie. But just then what Maggie thought no longer mattered. There was another thing, a more difficult thing, to get through. Emily could talk, I would sit and listen. That would do. Eventually we'd get there.

'We went to the gardens. Did he tell you? It was our anniversary. Well, six-month anniversary, what do you call that?'

I saw the way she'd dressed for me, that morning. She knew I loved her in those shorts.

'We were having a picnic, and then later, we were going to...'

Her lip began to tremble. I reached out without

thinking and brushed a tear from her cheek.

'We were watching a little boy flying a kite. He was with his father.' Emily's face screwed up, as if she'd just remembered something she didn't understand. 'It got caught. The kite, it got tangled, up in a tree, and Rene went over to help get it down. The father just stood there, like he didn't know what to do. I remember thinking, maybe it would be better to leave them. Maybe if you climb up there, the father will feel bad that he didn't. Maybe it will affect their relationship. But you know Rene, he has to help.'

She couldn't look at me. All I wanted was to hold her.

'I didn't think, what are those wires? Watch out for those wires.'

She was crying again, bent over, her hair falling wet and tangled over her face.

'Emily, I have to tell you something.'

She looked up at me. There was no hope in her eyes, or fear.

'It's, it wasn't me.'

'What wasn't you?'

'At the picnic. Up the tree.'

I'd hoped it would be that easy, that she'd

understand straight away, but her eyes remained empty.

'Of course it wasn't you.'

'No, I mean...remember how I told you, when we were little, me and Theo would swap places? We swapped. Just this one time, I swear. Just today. I'm him, I'm me. I'm Rene.'

I was sure, if she looked at me, properly looked at me, she had to see. How could she not see?

'You're sick.'

'I know. It was an awful thing to...'

'How could...He's your brother, Theo. Just for once in your life, have a little bit of fucking respect for him.'

'Emily, just...'

She stood up, but there was nowhere for her to go.

'And you shouldn't, by the way. You shouldn't go through with this sick plan of theirs.' Emily turned to Maggie. 'You've told him that, right? You've told him the last thing this world needs is two Theos.'

'Emily, I need you to—'

'I don't care what you need. I don't owe you anything, okay? One pissy little night, I was drunk.

I don't even remember it. How many times do I have to tell you I don't even remember it?'

A small tear in the curtain, a glimpse of the world that had shadowed my own. Any other time, I would have asked.

'Emily, please sit down.' Maggie's voice was calm and clear.

We both turned to her. The first sliver of doubt lined Emily's face. She sank back into the couch.

'Don't take his side,' Emily whispered. 'You don't know him. He'll manipulate—'

'Emily,' Maggie said. 'I've come here to apologise to you. I should have done a better job of checking the details. That, in part, is how this has happened. We should have known much sooner. You should have been told.'

'Known what?' Emily shook her head, as if trying to dislodge the possibility. 'What didn't you tell me?'

'Rene is telling you the truth.'

Beneath every face, there is another face, the one revealed when the defences collapse and vulnerability turns to despair. When it's a face you love, the sadness is overwhelming.

'You don't know that. You can't know that.'

Emily looked up at Maggie. 'He is lying to you. Theo, you're an arsehole. Tell her you're lying.'

'We chose the new paint for the flat together,' I said. 'Last Tuesday. You wanted the peach, but the painter explained to you how much brighter it would be when you saw the whole wall.'

'Rene told you that. So what?'

'When we hold hands, you take your little finger and press it against my palm.'

'He tells you everything. I told him not to. I told him it isn't healthy. You sucked him dry. You know that don't you?'

I could have thought of a hundred different secrets to tell her, but belief, in the end, doesn't turn on evidence. And the truth was, she knew. She already knew.

Emily might have hugged me. She might have been so glad I was still alive, that nothing else mattered. A tiny part of me expected it. But she didn't, and I knew then how hard it would now be to ever believe she had loved me.

'If I had my time over,' I said.

'You'd do it differently,' she replied. 'Who the fuck wouldn't?'

Emily moved toward the door. I began to

follow her, but Maggie's hand was on my arm.

'You have to wait,' Maggie said. 'Let her come back to you, when she's ready.'

'I need her now,' I answered.

'I know you do.'

It felt as if I was the one still point in a world of flux: that every moment, past and future, was moving away from me.

'Take me back to my brother, please.'

Let me hold him. Let him anchor me.

12

I crawled onto his bed. Maggie didn't try to stop me. I left my tears on his cheek. I felt his hip bone dig into my stomach, his bony runner's hip. At some point I stood. I looked down at the face that was no longer his. He was empty, a puppet abandoned by its master. The brow was as flat, the eyebrows as dark, the nose as straight, save for the slight rounding into a bulb at the end. The eyes, beneath the lids, would be as brown, the bottom lip was as full, but he was empty. I ran my fingers over my face, felt every matching detail. Later, I remember, I sat on the floor with my back against the wall, and the sight of the casters on his bed struck me as the saddest thing I had ever seen. The body, to be wheeled away, transient. Was that it? The connection has escaped me. I'm forced to invent.

I don't know how much time Maggie let pass. I remember standing again, looking at Theo, trying not to think of the picnic. Failing.

'In half an hour, they'll need to take him away,' Maggie said.

'Who says I'll decide to go through with it?'

'We're not presuming that. We just need to have him ready, if that is what you want, when the time comes.'

I thought of Emily, walking away from me. Fully clothed.

'Do you think he ever knew?' I asked.

'Knew what?'

'That he was dying? Do you think there was a moment?'

That's what I wanted to know. That was the pinpoint of tragedy I needed to construct. Theo, all alone, as we all must be, in the end. Terrified. And me, not there to hold his hand, say it will all be okay, tell him lies.

'What are you going to tell the doctors about me?' I asked.

'We have a little time left,' Maggie said, 'before I need to decide.'

'So you don't know?'

'Not entirely, no.'

I didn't believe her.

'You think I might be out of my mind?' I asked.

'That's not the test.'

'I am,' I told her. 'I'm coming apart. I can feel it happening.' I don't know what I was trying to do. Find something else to break, I suppose.

My cheap theatre left her unmoved.

'Shouldn't you tell people what's happened?' I asked. 'About your mistake, I mean.'

'I did, while you were talking to your brother. I went out into the corridor.'

'I wasn't talking to him.'

'Okay.'

'I know he can't hear. I understand that. I didn't even notice you'd gone. How's that a sign of sanity?'

'What will you decide?' she asked. 'Have you thought about it?'

'It hasn't crossed my mind.'

'These jokes waste time,' she said.

'It doesn't feel wasted.'

'What do you want, Rene?'

As if I was going to tell her that.

The worth of my life, in that moment, was easily measured. Just three things mattered: Theo, Emily, and my memories of both of them. I'd lost one; the second, I suspected, wasn't coming back; and the third they were asking me to give away. What did I want? What I wanted made no sense, and there was no way I was telling her that.

More silence. Our speciality.

'I want him to live,' I said.

'He's not going to live though, is he?' Maggie said.

'No.'

Me and Emily must have been put together differently, because I was out of tears.

'What's your next choice?' Maggie asked.

'I want to do what he'd want me to do. This is for him. I just want to do something for him.'

It wasn't true, but it sounded plausible, the sort of thing a young man still in possession of his mind might say.

'What would you tell somebody else, if you heard them saying that?'

All I had to do was turn it around, put myself on the bed, with Theo standing beside it. The way Emily had thought it was.

'I'd tell them that was grief talking. And grief passes. It does pass, doesn't it?'

'Often.'

'I still do though. I still want to do what he'd want.'

'And what's that?' Maggie asked.

'He'd want me to walk away, scatter him down by the river, where we let Mum and Dad go.'

I heard the truth in my words. If he could talk, that's what he'd tell me.

'But?'

There's always a but.

'But if we swapped places, if this was him standing here, not me, he'd go through with the procedure.'

'So do unto others—'

'Doesn't always work,' I said.

'No,' Maggie said. 'It doesn't.'

'So what does?' I asked.

'You want me to give you a rule for living?'

'Sure.'

'I don't have any.' She shrugged. 'Sorry.'

'What if I change my mind?' I asked her.

'What if we go through with it, and then I change my mind?'

She wouldn't look at me.

'You might find it better to stop thinking like that,' she said.

'Like what?'

'Thinking of yourself as just one person.'

It was like feeling earth crumble at your toes, and only then realising you were at the edge of the cliff top. I teetered, my head swirled, maybe my eyes closed. I remember Maggie took hold of my elbow.

'Is that possible?' I asked.

'What?'

'That one of us changes his mind and the other doesn't?'

'I think so, sure.'

'But if we're identical,' I said.

'You'll have the same memories, the same thought patterns. But inevitably there'll be differences.'

'What sort of differences?' I asked.

She looked at me, as if answering involved making an important decision. Her face was a stage, and back behind the wings another world busied itself with preparations.

'From the moment you wake up, your experiences will diverge, your feedback. And that will set up its own development cascades.'

'That sounds like something you just made up,' I said.

'I'm not an expert,' she admitted.

'Can I talk to one?'

'I don't know there are any,' she said. 'Not yet.'

I felt dizzy. My feet buckled. I reached out to her shoulder, leaned against her, sucking in my breath.

'Let's get back to—'

'No, I'm fine. I'm just, I'm hungry. I need to eat something.'

It's amazing to me, the way the mind finds ways of making sense of its fractured world.

'Rene.'

'What?'

She stood between me and the door, blocking my way. 'This will definitely be the last time. You should say goodbye.'

'I already did,' I lied.

13

Maggie walked with me to the cafeteria, watching no doubt, taking mental notes the whole way. By then, my constant second guessing had become background static. *What would a sane person order for lunch?*

'You know your way back to my office?'

'You're not going to come in, take notes on the way I eat?' I said. *Confident, pugnacious. A sane person would be spoiling for a fight.*

'I'm sure you'll report anything out of the ordinary.'

Maggie's eyes darted past me and settled for a moment on something behind my left shoulder. It had affected her, her mistake. Suddenly she was nervous, skittish and uncertain.

That's the way it is: the more we are used to having control, the more we react to losing it.

'Sorry,' she whispered. 'Come on, I can get food brought to us.'

She tugged at my sleeve, a strangely childish action.

I turned to see what had spooked her. Emily. Waiting in line with her food on a tray. Beside her stood a man; he was somewhere between my age and her father's. Young enough, in some other circumstance, for me to feel a stab of jealousy. The man was thin and casually dressed. His head was held high, as if he was aware of his good looks. He leaned forward, to whisper something to Emily. The body language was easy, familiar. She looked up, and caught my eye.

'We need to go.' I heard the urgency in Maggie's voice.

'Why?'

Emily shook her head, not at me, but at the man.

'That man she is with, he's a journalist. An activist journalist. He shouldn't be here. The hospital is supposed to be in lockdown. I'll call security.'

Maggie's hand went to her earpiece. She mumbled her instructions. Too late, Emily and the man were coming over. I didn't move.

Emily and I faced one another. There had been a moment in the musical, exactly like this; it wasn't clear whether we would dance or fight.

'You're not permitted to be in the building,' Maggie said.

'Settle, love, I'm just leaving,' the journalist replied.

I imagine Maggie and the journalist were staring at one another, too. All I saw was Emily. The truth had settled on her. I, Rene, was alive. Theo's fate was less certain.

Emily still bristled, but the anger was deeper now, more complicated.

'There's something I need to say to you,' she said.

'Rene, I think we should—' Maggie leaned close, her hand on my arm.

'Why, don't you want him to hear it?' The journalist's voice was full of fight. 'Do you want me to publish that you refused his girlfriend a chance to talk to him about—'

'You publish anything about what happens

inside this hospital—'

'Careful now, threats make excellent headlines.'

'Security are on their way.'

Emily turned back to the journalist, as if uncertain. He nodded his encouragement.

'Just say what you told me you wanted to say,' he said.

'Emily, you don't have to do anything this man—'

'He's dead, Rene,' Emily spoke as if the other conversation was unrelated to ours. As if we were the only two people in the corridor. Her stage trick. 'Theo's dead.'

'I know that,' I said.

'I don't think you do.' Her voice was shaking. Her face took on an expression I'd only seen once before, when I'd paid her an unexpected visit, and she hadn't heard me come in. That time she was on her knees, her eyes closed in prayer. I misunderstood. I thought she was just reaching down for something, under the bed.

How's God today? I'd asked. It was meant to be a joke.

The expression was not one of embarrassment,

although I think she felt that too. It was the look of having been exposed, or rather of the gap between us having been exposed. A gap too wide for either of us to reach across, so we'd ignored it. Her face then spoke of fragility, and the sadness that comes from understanding how easily everything can disappear. We covered it over quickly that time: an apology, a smile, a change in the conversation. But we both knew some unassailable fact of the future had leaked back into that moment. And now, the future had arrived.

Emily'd had her head shaved for an audition two weeks before, and the first millimetre of fuzz had recolonised her scalp. I liked to rub it; she would roll her tongue to make a sound like a purring cat. All those little intimacies that translate so poorly beyond four walls. Now I could no more reach out to her hair than I could rub my head against her breasts. Her eyes were bloodshot and her cheeks were dulled by drying tears. Her eyelashes were clumped and there was a red mark on her neck, just below her ear, small and angry, the beginning of a pimple. She was half a head shorter than me, a woman with her head tilted ever upwards, inquisitive, combative.

The guards, wherever they were, were taking their time.

'You know the first thing Theo ever told me about you?' Emily said. 'It was at one of the early rehearsals, before you joined the cast. He told me about when you were little, and you found a bumble bee with a damaged wing. He said you kept it in a plastic container. You gave it flowers and honey and water, and a big overturned shell to crawl under. People told you they only lived a few days, but you insisted on looking after it, and you kept it alive for three months.'

I got the feeling it wasn't the first time today she'd told that story. Eulogy turned accusation.

'Is that true?'

'Some of it,' I said.

'What did he lie about?' Emily asked.

'I'm pretty sure he was the one who found the bee. Why did he tell you that, do you think?'

'I think he was trying to sound sweet,' she said.

'Yeah, me too. So what's your point?' I didn't mean to sound so aggressive. I watched her flinch.

'Just to remind you, that that's how you are,' she said. 'That you see something broken, and you immediately think it's your responsibility to fix it. And sometimes you can't.'

The journalist leaned forward, as if to will the next sentence out of her. I heard footsteps, and turned to their source: two security guards—not huge men, but determined, business-like—approaching fast.

'All right, sir, I need you to come with us now. Any recording devices you have must be—'

'Okay, okay.' The journalist held his hands in the air, as if surrendering to a gun.

'And the girl?' the older of the guards asked.

What was left of his hair was meanly cropped. I noticed a stud in his left ear, and beneath the cuff of his uniform, the beginning of a tattoo. Something reptilian.

'She can stay,' Maggie said.

'Come on, sir, this way.'

As they moved off, the journalist tipped his head close to mine.

'What will be left, Rene? When this is done, what stories shall we tell ourselves?'

His head jerked backwards. The younger guard, a wiry man with a barely contained enthusiasm for violence, had the journalist's arm behind his back in a flash, with the wrist locked backwards, tight enough for the sentence to finish in a grunt of pain.

And then there were three.

'I'm sorry,' Maggie said. 'We can't allow this to become a media event.'

'Too late for that,' Emily said.

'Perhaps.'

Silence. I imagined the day as a theatre script. *Pause. A silence. They wait.*

Emily stayed quiet. Perhaps, without the journalist near, she had lost her confidence. Or perhaps she had never wanted to say it. And I had nothing to add but sorry. It was up to Maggie, to get us talking.

'I feel terrible about the mix-up, and I will, in due course, do anything I can to help you, but right now, we have other—'

'Can I talk to him?' Emily asked. 'Just five minutes. Me and him, alone.'

Her eyes filled with tears. She looked lost, diminished. I wanted to hold her. She was right: I did want to fix things. I wanted to fix this.

Maggie hesitated. 'I don't mean to appear unsympathetic, but time is—'

'Just five minutes, please.'

Maggie was about to agree, but Dr Huxley appeared. His earlier calmness had gone, as if some strange vibration had passed through the hospital, knocking everybody from their equilibrium. He spoke quickly, the command cracking like the end of a whip.

'Back to the office, both of you.'

'We just needed to see Emily,' Maggie tried to explain. 'The admission details became—'

'I'm aware of your mistake,' he snapped.

'Emily and I just need five—'

'There is no time. Theo cannot wait.'

I can't imagine it was accidental, the use of his name like that.

'Say your goodbyes.'

Emily wrapped her arms about herself, as if she was cold, and bit her bottom lip. She looked at the space between her feet and mine and spoke as if she were practising lines.

'I love you, Rene. I wanted us to move in together, find a place. I was going to ask you, tonight, at dinner. I was terrified you'd say no.'

'I wouldn't have,' I whispered.

'But if you do this,' she said, 'then who will

there be for me to love? Can you tell me that?'

'Ms Watts, do I need to call the security?'

I took Emily in my arms, and felt her wet cheek against my neck.

'Me,' I told her. 'You can love me.' My throat tightened. I held my breath, counted.

'Which one of you?'

After the first time I'd stayed at Emily's house for the weekend, Theo had asked me if it was love. I said I didn't know. How would you measure it? He said, well if me and Emily were both drowning, which one would you save first?

I'd said, you're a better swimmer than I am, and didn't think about it again.

'I'm not trying to hurt you,' I said.

'Don't do it,' she whispered. 'Don't let them.'

I felt Doctor Huxley's hand on my elbow, moving us apart.

I love the smell of Emily, the exact temperature of her skin against mine. Just thinking of it, even now, makes me want to cry. I let go and she didn't meet my eye. She turned and walked down the corridor.

I waited for her to look back, so that I could wave goodbye, but she never did.

14

When we got to the office, Doctor Huxley pulled Maggie back out into the corridor. I wondered if her mistake would cost her job.

I waited and thought of Emily, walking away, and what she'd meant by the bee story. I thought of the journalist, and what the other thing was, that he had wanted Emily to tell me. And I thought of Theo, because I had no choice.

And here, as I remember it, thought is the wrong word. Thought does not capture the feeling of simply receiving: of being bludgeoned, again and again, by the ugly, intransigent truth.

They didn't leave me there for long. The clock was ticking. They hadn't resolved their differences; Maggie's lips were bitten-thin, her jaw locked, her eyes taking shelter behind her glasses. The doctor motioned for me to sit down. I'd been pacing.

Huxley pulled up his chair and Maggie moved into hers, completing the triangle. He wasted no time.

'As you know, Maggie has spent the last hours assessing your emotional and psychological state. The decision we are asking you to make is a huge one, and no person could feel adequately prepared for it. Nevertheless, there is a fine difference, an important difference, between a mind that is strained and one that is broken. This is not a perfect science, and everything the two of you have talked about has been carefully recorded, for future reference. You will have unrestricted access to this file, and will be able to share it with whomsoever you choose. Whatever you may think of this process, and I admit many aspects of it have been rushed and unfortunate, it is not the case, must not be the case, that it involves any degree of subterfuge. We have told you all you need to know, and you are free to ask any questions. The decision you make today will be yours and yours alone.

But, in the first instance, there is Maggie's assessment. And so I have asked her now, to report back to us both on her findings. I would like you to understand that she has not yet told me what she has concluded.'

He turned to Maggie, who nodded her confirmation.

'Before Maggie begins, do you have any questions?'

The room tightened, squeezed by need and impossibility.

'The journalist, the one with Emily, he asked me, what stories shall we tell ourselves,' I said. 'What did he mean?'

I have many faults, they can be easily read in my story, but I'm not stupid. I watched the two of them squirming in their seats, preparing their lies.

'Which of us are you asking?' the doctor said.

'You weren't there,' I pointed out. 'But perhaps you can guess, as well as she can.'

They looked at each other.

'I don't know what he meant,' Maggie said.

'And if you were forced to guess?' I asked.

'Are you forcing me?'

'I'm trying to.'

'I honestly don't know, Rene. I'm sorry.' She looked at the doctor. He nodded.

'It's the same for me, unfortunately. I couldn't

speculate.' He met my eye with a steady gaze.

I thought at the time, and I think this still, that he wasn't trying to be evasive. He wasn't trying to hurt me, but neither was he trying to protect me. Because, for him, I was a small part of a greater good, a necessary negative element in a far larger equation. My mistake was not in trusting him, but in neglecting to turn the question back to Maggie. With her admissions error, a crack had opened through which I could peer. And for all I didn't know about her, I knew she wasn't like him.

'Is there anything else?' Doctor Huxley asked.

'No, I don't think so.'

'Then—' he turned again to Maggie '—please deliver your findings.'

When she spoke it was not to me, but to the doctor. I was there simply to bear witness, experience myself rendered in the third person.

'Rene's relationship with his brother, though at times troubled, can be characterised as extremely close and caring. Although Rene exhibits a range of classic shock symptoms, there is no evidence that he is in denial. He has grasped the implications of the brain death of his brother, Theo. He has, throughout our interview, displayed a keen intelligence, and I have never doubted he has the confidence required to question or challenge any part of this process. Rene carries significant guilt regarding his brother's accident, which in my opinion he is yet to properly process. Nevertheless, it is also my opinion that the unprocessed nature of this conflict does not constitute a compromised capacity for informed participation in this procedure.

'The situation leading to Theo's accident has also placed great stress on his other key relationship, and in this respect Rene can be categorised as being especially troubled. Against this, the manner of the interactions I witnessed between the two suggest that, even in these circumstances, Rene has not lost sight of the values that he cleaved to prior to the incident.

'Rene is understandably troubled by the philosophical and psychological complexity of the proposed operation but this, in my opinion, would be true of anybody, and as such can have no bearing upon the issue of capacity.

'And so,' she paused, even though the conclusion was now clear, 'it is my professional assessment that Rene is, at this time, capable of making the decision required of him.'

Relief flooded through me, followed immediately by fear. The effect was disorientating, like being dragged backwards through a familiar dream. From the moment I first met Maggie, the barrier had appeared insurmountable. That I would want to do this, take my every memory, my self, and dump it on my brother's body, was surely reason enough to find me of unfit mind. And yet the waters had parted, without fanfare or drama, as if there had never been any intention to do anything but find me sane. Unnamed possibilities jostled off-stage, seeking out the raw nerve ends of my fear.

'And have any considerations, be they personal or professional, beyond the clearly defined terms of your investigation, influenced you in this decision?' the doctor intoned.

I realised the recording was still in progress. And that, as much as my being there, might have been why he had taken her into the corridor for their earlier conversation.

'No, they have not.'

'Thank you, Maggie.'

He turned to me, apparently uninterested in my reaction. 'And now, young man, I will not insult you by explaining again how important, or complex, the decision ahead of you is. Nor am I able to advise you. You will be left alone now. You can press this button to call us back at any time, either to ask further questions, or to give your decision. At this point, it is not possible for you to speak with anybody else, and I must remind you that if, in the next ninety minutes, you are unable to reach a decision, then the window will have closed. In this instance, not to decide is to decide.'

They rose as one, her job completed, he not yet knowing if his skills would be called upon. Doctor Huxley held the door open, so that his body formed a shield between Maggie and me. Yet, remarkably, she managed to thwart him: a note, scribbled on a piece of paper no bigger than a thumbnail, too small to make any sound as it floated to the floor. Had I not been watching her arse as she walked away, I'd have never seen it fall.

Pen on paper, the timeless tradition. Three words, crammed tiny across the white space.

Talk to me.

How?

I waited fifteen minutes, not for a better idea, but for a suitable interval that my first, desperate plan might appear credible. I pushed the call button. Maggie and the Doctor arrived together. Huxley appeared slightly harried. Perhaps I had interrupted his preparations. I was counting on it.

'I need a toilet,' I told them. Technically, the truth. A toilet, or some other place where two people might talk undetected, and unrecorded. I hoped she understood. Now, as I think back, I can't say exactly why I needed to hear from her. It seems strange to me, from this distance. Part curiosity, I am sure, and part, although it speaks poorly of me, infatuation.

'I'll show you.' The doctor stood back and let me pass.

I didn't dare look at Maggie.

I hoped the doctor would be too busy or self-important to stand guard in the corridor.

'You know the way back?' he asked. And then, as if an afterthought, 'Are you all right, Rene?'

'As could be expected, in the circumstances.'

Doctor Huxley nodded, apparently satisfied. I had no excuse to linger so I entered the bathroom while he hovered at the door. Perhaps he would wait, perhaps he wouldn't. That was how it would be.

15

The bathroom held no surprises: a large shower-room-and-toilet in one, with sturdy support rails screwed into the wall. A plain rectangular mirror was fixed above the basin. Beside it was a poster instructing users in the thorough washing of hands. My reflection had red, puffy eyes and blotchy skin. The lighting was honest and cruel. My hair, usually neat, had been anxiously fingered into shapelessness. I looked like death.

There was nothing to do but wait. I played unthinkingly with a shower control and was reprimanded by a burst of cold water, soaking my shoulder and neck.

There was a quiet knock.

Maggie moved into the room. She locked the door behind her.

‘You could lose your job for this,’ I said.

‘It’s not altogether clear I’ll be keeping it after today, anyway,’ she replied.

A short pause, although we both knew we couldn’t afford it.

‘So, here we are, then.’ I spoke too loudly, and whispered an apology; it sounded puny and comical. I wondered if I should turn on a tap, to mask our conversation, the way they did in the movies. Like every other thing I could think of, it felt instantly foolish.

‘You shouldn’t do it.’ Maggie leaned against the basin. I stood in the middle of the room, unsupported. An orange shower curtain hung limply by my side.

‘You could have found me incompetent,’ I said.

‘They have the recording. It would have been clear to them I’d interfered.’

‘Really? I lied to you, the whole way through. I’m not doing this for them, I’m doing it to save my brother.’

‘I know you are.’

‘And I can’t. That’s what they say, isn’t it? It won’t be him who comes back. So how can I be in my right mind, when I'm taking this risk to achieve something that is impossible?'

'How can you be insane, when you understand your own motives so clearly?'

It could have been a trick, I suppose. The whole thing might have been set up to get this very confession from me, one last check. But I had come to believe they weren't that interested in checks and balances.

'By the time they reviewed the interview, it would have been too late,' I said.

'Not for retribution.'

'So you would let me risk my life for the sake of your own career?'

'I'm here aren't I?'

I nodded. She was. It was my turn to watch and wait. Her pulled-back hair made her forehead appear unnaturally large. I imagined her bald, as Emily had been. She would have looked like an alien.

'I don't think you understand what it is you're being asked to do,' she said.

'So tell me.'

'I don't think I understand either.'

The way she looked at me was different

now, as if my face was a surprise to her, a new thing to be considered.

'I don't think they're going to let me stay in here very long,' I said.

Maggie frowned, paused. The caution I had taken to be part of her technique was in fact native to her.

'I would like to ask you some more questions, questions I wasn't able to ask you in the interview. Is that all right?'

I nodded.

'I'm sorry if I am blunt, but time is— Assume the operation is a success.'

'Do you think it will be?' I asked.

'I don't know. Probably, yes. I don't think they have lied to you about that.'

'What have they lied to me about?'

I gathered the bottom of the curtain in my hand and twisted it. I felt the moisture pool in my palm: water, sweat, dirt, dead skin cells, bacteria. Mostly, we are bacteria.

'When the operation is over, they have told you they will take Theo away, is that right?'

'At first. For twelve months. So that we are apart.'

'Why does that matter?' Maggie asked. 'Did they say?'

'They think, if we are left together, both with the same memories, both thinking we're me, that it might, it might be confusing for us. But if we've had twelve months to accumulate our own histories, become our own people...It's an unknown, that's how they put it to me. They're controlling an unknown.'

'Won't you want to see him?' Maggie asked.

'They'll bring him back eventually.'

'Yes, and there's the problem.'

She'd tried to lead me here before. I can see that now.

'I don't understand.'

'Let me ask another question. What if, during the operation, there was a mix up, and Theo was left here, with Emily, and you were taken away, to be rehabilitated? How would you feel about that?'

'I don't know. Well, not good. I'd prefer to be back here. But, I suppose it depends upon what they have planned for the rehabilitation, perhaps it would be—'

'You're not listening to me.' Frustration

squeezed her voice. 'You're not thinking about this.'

'Then tell me.'

But understanding doesn't work like that. You have to put the puzzle together yourself. There is no other way.

'You're smart. If you can't see it, it's because you don't want to.' She moved her weight off the rim of the basin, as if she was about to leave. I felt a surge of anxiety froth into anger.

'And that's it, that's all you're giving me?'

She moved toward the door. 'I need to get back, before they notice I'm gone.'

'You can't.' I grasped her arm. 'You think not knowing who I am is going to do my head in.'

'No, not head.' She paused for a moment, the way an actor might, in the moment before they exit. 'Heads.'

There are some things, when finally you understand them, it is as if you have always known them, as if a place had been set aside for their arrival. I turned to the basin and gripped its rim. I stared down the plughole.

'The elephant in the room,' I muttered.

'Two rooms,' Maggie said. 'One elephant.

One elephant in two rooms.'

I felt her hand on the top of my back. I think, if understanding had come some other way, I might have resisted it. But coming this late, by the time I turned to fight it, it was already a part of me.

'You see now, don't you?' Maggie asked.

I looked up at the mirror. Her face was small at my shoulder, watching intently.

'You said it once, when I was with him. You said I need to stop thinking of it being about him and me.'

'I shouldn't have,' she said. 'It was a risk.'

'If it works, and we both wake up—' my voice was small, as if spoken by somebody else, coming to us from across a great distance '—then I wake up twice. I wake up as two different people.'

So obvious, so inevitable. It's not that I hadn't known, it was an inescapable part of the deal. What I hadn't done, though, was experience the great coming apart of the self that would surely follow. *You will wake up twice.* I tried to imagine it, but it was like trying to imagine a round square, or a colour bigger than sadness.

'What will that be like, do you think?' I asked her.

'I don't know.'

I could see the deliberate patience on Maggie's face, waiting for me to round the final bend. I turned to her. The mirror had been deceptive, we were almost touching. The space between us felt compressed, resistant. 'Will I know what he is thinking?'

As I asked the question, I knew how inadequate it was.

'Yes and no.'

'I said *he*. I said will I know what *he* is thinking.'

'Yes, you did.'

'It's because, I don't know how else to think of it, except to think of it in a way that is wrong.' I would get there, soon, arrive at that place where the emptiness expanding within me would have a name. First though, the terror. I saw Maggie's relief. She had done what she needed to. I was informed.

'That's what you've been saying, isn't it? Not head, but heads. After the operation, I will wake up in my own body, and I will wake up in Theo's, and...which one will I be? Who will I be?'

It was like a tangle of string with only one end:

apparently simple, yet insoluble. 'I'm frightened.'

'Yes, you are.'

'You think I should be, don't you?'

'Yes, yes I do.'

'Tell me honestly, what will this do to me?'

She looked away, spoke to the floor. 'I can only guess. It's not as if there are…'

'Guess.'

'You'll lose your mind.'

'Minds.'

'Yes. You'll lose your minds.'

I could feel the warmth of her words in my face. My back was to the basin now. It was up to her to step away.

'Explain that.'

So close I could see the flaws in her perfect skin, could finally imagine her and I walking the same street without one of us looking out of place.

'My job is to help people stay intact, to keep them whole. That's what I trained for. The first thing you learn about the mind is how delicate it is, how easily it can come apart. When we are well, the world feels solid, there are a thousand different certainties we can call upon to conjure up the self: that our memories are reliable, that our senses do not lie to us, that the world means us no harm, that we are loved, and capable of loving, that other minds share our world, that our words have meaning to them, that we can touch each other. That we exist. But the whole thing is a trick of balance and perspective, and knowing when to look away. The most surprising thing can trigger a crisis. In the old days we would have called it a crisis of faith, now we call it a crisis of being. Lose just one of those certainties, and you will quickly discover how many others it was holding in place.

'I don't know if this will destroy you, Rene. Perhaps you are particularly robust in your construction. But that, I have found, is highly unpredictable. If I had to guess, I would guess you will come apart.'

'We will come apart.'

'There's no pronoun for what you will be. That in itself should serve as a warning.'

'What certainties? What will I lose?'

A frown crinkled her nose and forehead. 'I don't know I can name it, exactly. That's the problem.'

'But I should fear it anyway?'

She shook her head. 'No, I should try to explain.'

In some other place, time ticked on, but in the bathroom, it waited patiently. Maggie's eyes narrowed. The lines around them were delicate, barely drawn.

'Are you afraid of dying?' she asked.

'You said so yourself, the chance of anything going wrong—'

'Not from the operation. I mean eventually. One day, you will be dead. The world will continue without you. Does that frighten you?'

'I try not to think about it,' I said.

'And days like today, when you have no choice?'

'It's—' I looked for the right word, knowing full well no such word existed. 'I don't like it.'

She nodded, as if that was admission enough.

'When I was a child,' she said, 'I developed a fear of falling asleep. I tried to explain it to my mother, but she didn't understand. She thought I was just afraid I would never wake up, that I would die in my sleep. She told me how unlikely that was. But she'd missed the point.'

'What point?' Although I already knew.

Doesn't everybody?

'I wasn't afraid sleep would lead to my death. I was afraid sleep *was* death. That every night, I died.'

'But we wake from sleep,' I said.

'Somebody wakes,' she answered.

'I wake.'

'How do you know it's you?'

I shrugged, reluctant to take the only move she had left me.

'It's obvious.'

Maggie's voice dropped. Neither of us mentioned the way I was shaking.

'If, during this procedure, you die, but your memories are saved, and transferred to your brother's body, so when he wakes it is just obvious to him that he is you, does that mean you haven't really died?'

'I don't know.'

'I think you need to know. Before you decide what to do, you have to be comfortable with your answer to that question.' She stared at me, as if expecting, there and then, I might reach some understanding. 'He holds your memories. The doctors lie to him, say the operation was a failure and Theo is dead. He wakes, and believes he is you. So does everybody else. If you knew that was going to be the outcome, would that be like dying, or like falling asleep?'

I said 'dying' but the word didn't fit. I tried 'sleep'. Same problem.

Maggie pressed even closer. My certainty shrank before her.

'I wouldn't be afraid,' I said. The words came first, then the shadow of belief. 'If my memories survive, so do I.'

'What if there are errors in the memories? If the replication is only approximate?'

'All memory contains errors.' My raised voice bounced back at me, as sharp and unwelcome as her questions.

She pressed again.

'So what if the transfer is unsuccessful, and you both die, but a madman wakes, having read your story, and believes he is you? He thinks the government has erased his memories, and left him to walk the streets. Now are you dead?'

'Of course I am.'

'Because?'

'My memories are gone.'

'He knows a little bit about you. He has some of your memories, just with a lot of errors.'

'That's ridiculous,' I said.

'Yes it is. Somewhere, a line is drawn, between us and the world. And this operation challenges that boundary. What about an amnesiac, who awakes having lost his memories and must learn of his past from scratch? Has he died? How can we be just memories? How does that leave us with enough?'

'What else could we be?' I asked her.

'I don't know, but surely something. Hope demands it.'

I wanted her to hold me. I wanted her words to stop, and my tears.

'I think that's what you'll lose first. That hope,' she said.

I felt a first hint of what it might mean to come apart completely.

'What if the glue that holds us together is a story?' Maggie whispered. 'Two people wake. The same, yet separate. A contradiction.'

I couldn't look at her.

'You asked me if I thought he knew,' she said.

'Who?'

'Theo. You asked me if I thought there was a moment when he knew he was dying. It upsets you, doesn't it, the thought of that.'

'Of course it upsets me.'

'Why?'

Two hours before, I would have refused to answer. 'I should have been there.'

'You couldn't have saved him.'

'But he shouldn't have been alone. Not then.'

'We die alone,' Maggie said. 'That's how it is.'

'It would make a difference to me, to have him there, holding me. Give me something to focus on.'

'Something other than what?' She was relentless. But she had to ask.

'The fear.'

'And what is it we are afraid of? Why does death terrify us?'

'Because, it's…' I looked for the right words, and discarded every option.

I will miss it. In that instant of leaving, I will miss the life that I am to be deprived of, but that will quickly pass. I will be desperately sorry, that I cannot stay, that my love has reduced to its last measly portions, too meagre to go around. Knowing that they will cry, when I am gone, and

I will not be able to reach out and hold them, that makes me desperately sad. I will regret all that I have not done, all that can not be done, all that can not be undone. All of that is awful, unbearably awful, but none of it is frightening.

So what is there to fear? I could think of nothing but the nothingness. The inconceivability of a world in which I did not exist. The inevitable impossibility of no longer being.

'My fear got worse and worse, until eventually I was staying awake most of the night,' Maggie said. 'My mother took me to see her brother, who was a deeply religious man. My mother didn't believe in God, but she thought her brother might be able to help me. Perhaps she thought that he would convert me, and it would last just long enough to get me past my problem. A temporary inoculation.

'My uncle listened to my story, and then he said: I can't help you with your fear, Margaret. I can only tell you why I don't share it. You see, I believe I have a soul, and that soul is part of what helps me see and feel and know the world. I am not frightened of dying, because I believe the soul will outlast the body, and I am not frightened of sleeping, because when I sleep, my soul sleeps beside me.

'I thought about it for a moment, and then I said to him, my mother doesn't believe in the soul, but when she goes to bed, she isn't frightened. Why is that, do you think?

'I remember he reached out to me. He was a big man, and his hand covered my head like a helmet. A smile spread beneath his thick beard.

Maybe your mother just uses a different word, he said.

What word?

She doesn't believe in her soul, but she believes in her self. You believe in your self, don't you Maggie? You believe you exist?

I nodded.

Then sleeping isn't dying, my uncle said. It can't be.'

Maggie stopped, as if there was nothing left to say.

'Think about that,' she said.

'Think about what?' I whispered. I didn't want her to leave.

'The stories we use to talk ourselves into existence.'

Questions queued, jostled, foundered. Fragments of understanding jigsawed together, then dissolved. My mouth hung open. I could hear my own breathing: heavy, laborious.

'I don't even know what—'

There was a knock at the door. I jumped backwards and the tap handle bruised my spine.

16

'Are you all right in there, Rene?' Doctor Huxley's voice.

'Yeah, just finished, thanks.'

I stared at Maggie. We both listened for his footsteps, but he didn't move away. Maggie eased back, and quietly pulled the shower curtain across. I unlocked the door and slid it open, just enough to pass through. If Doctor Huxley had looked past me, there was no hiding the shape behind the curtain.

'Have you decided?' he asked.

'I need more time.' It was the truth.

'There's not much.'

'I know.'

'I'll take you back to Maggie's office. I'll call again in thirty minutes, that's the most

I can give you.'

He must have been tempted, in that moment, to try to sway me. To his credit, he left me with my thoughts, and thirty dwindling minutes.

The first five I wasted, waiting for Maggie to come back and explain herself. The next three I spent telling myself I needed to concentrate. Don't panic. Don't screw up. Don't think of a polar bear. My father's voice reached out through the years. *If you don't understand something, write down everything you think you know about it.* It was all I had.

I turned to Maggie's desk and selected a keyboard. Life and death, as best I understood it, reduced to bullet points.

- I want to save him.
- I can't save him.
- I might be able to save something.
- Trying might kill me.
- It might not.
- Even if I do not die, I might lose my mind.
- If the operation is successful, I will wake twice: identical but apart, separate, both me.
- I cannot imagine it.

The list took me fifteen minutes to write.

Seven minutes left to decide.

I was eighteen, and my brother was dying. Or dead—a cat in a box, a matter of perspective. I looked at the screen. I read over the points, hoping to read something new there, something important. They might as well have been written by a stranger.

I knew nothing. I felt nothing but thrumming despair. Nature abhors a vacuum. A memory washed in, so sweet that it hurt. The hot sun burnt a hole in the sky. Seagulls wheeled and screeched: ugly, greedy creatures, freed from thoughts and memories. My skin was the deep brown of late summer. The salt from the sea had dried prickly on my back. My red shorts flapped as I ran. My feet reached, arched, flexed and sprang. My lungs burned. My body sang the song of youth, of possibility, of striving.

He ran beside me. My brother, my other. In the fast approaching distance, the log that was our finish line. I pulled ahead, turned to him, felt invincible. He came up again, his smile wide, his stomach ripped by exertion. He looked good, my mirror. Fit and beautiful. It was inconceivable that we would ever grow old. Sweat stung my eyes. My pace slipped; I had underestimated the distance. He pumped the air. I pushed forward, too late. He hurdled the log and his whoop swept ahead of him, up the headlands, past the windswept kanuka, tickling the blood red bloom of the Christmas pohutukawa. I followed him into the water. We dove together beneath the first set of waves. My lungs were empty but I held on, determined to outlast him. We broke the surface together. He hit me just below the chest, a shoulder charge that took us both off our feet. We wrestled, snorted oceans. We laughed. That moment lives inside me, still.

I watched the bullet points fade to an empty abstraction, while my brother's body lay warm and ready. I did not feel the decision happen. One moment I did not know, and the next I did. We would run again, along that beach. Him and me, or we or them, it didn't matter. They told me I couldn't save him, but there was one thing I could never make them understand. What it is to run together, in sunshine and laughter. We would run again.

That much I would save. I loved him. I love him. It is enough.

17

There were forms to sign and then the doctors took over, swarming about with strange instruments, talking to each other in code. I let it happen. It was a relief, to have handed responsibility on. I was exhausted, and even before they gave me the first shot, I could feel myself drifting away. Sleep. I just wanted to sleep.

Somewhere, in the last moments before they wheeled me away, Emily came to say goodbye. I know now how she managed to convince them. It was either that or she would run to the media with the hospital's identity mistake. She's little Emily, and she can make you think she's so vulnerable, but she has the trick of turning exactly as tough as she needs to.

Emily leaned over the bed. Around us the

medical staff continued their excited worker-bee dances. She kissed me lightly on the forehead. It drew me out of sleep and we hovered together at the surface.

She said, 'You know I don't want you to do this?'

I nodded.

Her eyes burned with determination. 'But you also know, I want you to be okay.'

My grasp of the situation was so tenuous, all I could do was nod and smile. Other thoughts—how beautiful she was, how much I wanted this to be over so I could hold her again—drifted as fragments.

Emily pulled herself against me. I felt her hand slip inside my hospital gown. As if in a dream, or waking slowly together, the way it had been. And then, so strange, between her fingers, metal, cold and sharp. A razor blade. She cut me, a single stinging line in my armpit. The world was too busy to notice. Somehow I knew not to wince.

'Keep your elbow in,' Emily whispered, 'to stop the bleeding.'

I did as I was told, marvelled at her strength, her cunning. She got off the bed, turned and blew me a last kiss. I did the same, using the wrong hand. I felt the first trickle of blood, and squeezed my arm against my ribs to keep the treacherous liquid from escaping. Both bodies would remember the blade, but only one would carry the scar.

I smiled to myself and faded into sleep. Disappeared.

I'm told there were fifteen surgeons involved in the procedure, working in shifts of five. The head of one of the teams, a woman in her fifties with her grey hair tied back the way my mother used to wear it, delivered the news. By then I'd been knocking on the door of wakefulness for hours, struggling to sort the remembered from the dreamt, the fantastic from the necessary. Not yet lucid enough to scream.

'Hello Rene, how are you?'

'My head hurts.'

'There'll be more painkillers coming soon.'

I'm told there were fifteen surgeons involved in the procedure, working in shifts of five. The head of one of the teams, a man in his fifties with his grey hair tied back the way my mother used to wear it, delivered the news. By then I'd been knocking on the door of wakefulness for hours, struggling to sort the remembered from the dreamt, the fantastic from the necessary. Not yet lucid enough to scream.

'Hello Rene, how are you?'

'My head hurts.'

'There'll be more painkillers coming soon.'

'What happened?' I asked.

'We were able to get a good copy of your data, Rene. That part was tremendously successful. The whole team is delighted.'

'And Theo?'

Her eyes dipped. 'We managed the transfer, there were strong initial signs that the connectome embedded, but we experienced complications. There was stem damage that hadn't been apparent in the initial scans. Related to the electrical shock. But we've learned more than we expected. Your contribution to medical history, your brother's contribution, it won't be forgotten.'

'Theo's dead?'

And somehow, it was as if I'd always known, as if there had never been any other possibility.

'I'm so very sorry.' She didn't look sorry. She looked excited, the way I imagine Doctor Huxley must have looked.

'What happened?' I asked.

'We were able to get a good copy of your data, Rene. That part was tremendously successful. The whole team is delighted.'

'And Theo?'

His eyes dipped. 'We managed the transfer, there were strong initial signs that the connectome embedded, but we experienced complications. There was stem damage that hadn't been apparent in the initial scans. Related to the electrical shock. But we've learned more than we expected. Your contribution to medical history, your brother's contribution, it won't be forgotten.'

'Theo's dead?'

And somehow, it was as if I'd always known, as if there had never been any other possibility.

'I'm so very sorry.' He didn't look sorry. He looked excited, the way I imagine Doctor Huxley must have looked.

I wondered if they had already opened the champagne.

I imagined it: his face red with sodden veins, looking down at the press contingent, spinning my loss into his victory.

'We will help you with all the necessary arrangements. For now there is nothing you need to worry about, but getting well. This was, of course, a significant procedure. We'll keep you here at first, just until we're confident you're ready to return to your normal life.

'And Theo? Can I just…'

'It's not possible, I'm afraid.'

The first hint of sympathy. For a moment I thought she might hug me. She offered me a tissue.

'I'm sorry, I don't mean to…'

'You've no need to apologise.'

My eyes felt dry, despite the tears. The paper tissue rasped at them.

'Can I have a mirror, please?' I asked.

I wondered if they had already opened the champagne.

I imagined it: his face red with sodden veins, looking down at the press contingent, spinning my loss into his victory.

'We will help you with all the necessary arrangements. For now there is nothing you need to worry about, but getting well. This was, of course, a significant procedure. We'll move you to a recovery facility, until we're confident you're ready to return to your normal life.'

'And Theo? Can I just…'

'It's not possible, I'm afraid.'

The first hint of sympathy. For a moment I thought he might hug me. He offered me a tissue.

'I'm sorry, I don't mean to…'

'You've no need to apologise.'

My eyes felt dry, despite the tears. The paper tissue rasped at them.

'Can I have a mirror, please?' I asked.

'I don't know if you really want…'

She didn't understand. She wasn't a twin.

I had to hold the mirror in my outstretched hand to see the extent of the damage. My head was swathed in white bandages, as if I'd been dragged from the set of a cheap horror movie. My eyes were an angry scribble of red, the skin around them darkly bruised. I thought of Theo, wondered if they'd bothered bandaging him. He looked back at me from the mirror, the way it had always been.

The doctor watched me, and normally that would have made me self-conscious, but there was no normal in that room. I drew the mirror to my lips, kissed him. Whispered, 'Goodbye.'

She waited the polite length of time, then gently took the mirror from my hands.

'Is there anybody you want to talk

'I don't know if you really want...'

He didn't understand. He wasn't a twin.

I had to hold the mirror in my outstretched hand to see the extent of the damage. My head was swathed in white bandages, as if I'd been dragged from the set of a cheap horror movie. My eyes were an angry scribble of red, the skin around them darkly bruised. I thought of Theo, wondered if they'd bothered bandaging him. He looked back at me from the mirror, the way it had always been.

The doctor watched me, and normally that would have made me self-conscious, but there was no normal in that room. I drew the mirror to my lips, kissed him. Whispered, 'Goodbye.'

He waited the polite length of time, then gently took the mirror from my hands.

'Is there anybody you want to talk

to? Our psychologist, Maggie, has come in today.'

'Is Emily here?' I asked. I was vaguely aware I should have been feeling something more than this slow inward collapse.

'Yes,' the surgeon said. 'She is waiting to see you. An orderly is on his way.

'I'd like to walk. Is that possible?'

'We can try, if you like.'

The orderly was short and wide. He helped me out of bed. There was a wheelchair waiting by the door.

'He'd like to try to walk,' the surgeon explained. The orderly nodded, and held my elbow to steady me. My legs shook, the feet were slow to respond, as if they didn't belong to me at all. I shrugged him off. It felt right, to be stumbling alone. It was less than ten metres along the corridor to the waiting-room door, but I could see I'd have to do it in stages. My vision blurred, came clear, blurred again. A drop of sweat to? Our psychologist, Maggie, has come in today.'

'Is Emily here?' I asked. I was vaguely aware I should have been feeling something more than this slow inward collapse.

'No,' the surgeon said. 'She has requested a little time to get used to this. An orderly is on his way to take you to the transfer bay.

'I'd like to walk. Is that possible?'

'We can try, if you like.'

The orderly was thin and tired looking. He helped me out of bed. There was a wheelchair waiting by the door.

'He'd like to try to walk,' the surgeon explained. The orderly nodded, and held my elbow to steady me. My legs shook, the feet were slow to respond, as if they didn't belong to me at all. I shrugged him off. It felt right, to be stumbling alone. It was less than ten metres along the corridor to the lifts, but I could see I'd have to do it escaped my bandages and stung at my eye. I leaned against the wall. The orderly moved towards me, but I waved him away. I straightened, breathed in deeply and felt a crackling in my ribs. My hand went instinctively to the point of pain. I remembered.

She must have heard me coming. She'd moved out into the corridor. Her face was set in a smile neither of us could believe. My fingers moved up slowly, from my ribs to under my arm. I found the spot where the blade had been, traced its line with my fingers. The skin was perfectly smooth, unblemished.

Something made me turn. Somehow, I knew he was there. A glimpse, then another orderly, realising his mistake, trying to get between us. The lying bastards. I wanted to call out, but I couldn't find my voice, and then he was being dragged away, we both were.

in stages. My vision blurred, came clear, blurred again. A drop of sweat escaped my bandages and stung at my eye. I leaned against the wall. The orderly moved towards me, but I waved him away. I straightened, breathed in deeply and felt a crackling in my ribs. My hand went instinctively to the point of pain. I remembered.

My fingers moved up slowly, from my ribs to under my arm. I found the spot where the blade had been, traced its line with my fingers. The skin was still rough from Emily's blade, as I knew it would be.

Something made me turn. Somehow, I knew he was there. A glimpse, then another orderly, realising his mistake, trying to get between us. The lying bastards. I wanted to call out, but I couldn't find my voice, and then he was being dragged away, we both were.

I screamed out my protest, but too late for him to hear me. Emily moved forward to comfort me, but I pushed her away.

I struggled against the orderly's grip, but the operation had left me weak.

Then more orderlies arrived, security too, shouting their instructions, swarming all over us. They tore me apart.

A voice came to me, a memory not my own.

When this is done, what stories shall we tell ourselves?

I screamed out my protest, but too late for him to hear me.

I struggled against the orderly's grip, but the operation had left me weak. For a moment I broke loose and stumbled forward. I was sure I saw Emily, her hand on his arm, breaking my heart in two.

Then more orderlies arrived, security too, shouting their instructions, swarming all over us. They tore me apart.

A voice came to me, a memory.

When this is done, what stories shall we tell ourselves?

LES ANIMAUX DÉNATURÉS

Paru dans Le Livre de Poche :

Le Silence de la mer
suivi de
La Marche à l'Étoile

VERCORS

Les Animaux dénaturés

LE LIVRE DE POCHE

ISBN : 978-2-253-01023-4 – 1re publication LGF

Tous nos malheurs proviennent de ce que les hommes ne savent pas ce qu'ils sont, et ne s'accordent pas sur ce qu'ils veulent être.

D. M. Templemore
(Plus ou moins bêtes)

Chapitre premier

Qui s'ouvre selon les règles par la découverte d'un cadavre, d'ailleurs très petit, mais déconcertant. Colère et stupéfaction du docteur Figgins. Perplexité de l'inspecteur Brown. Le meurtrier insiste déplaisamment pour être inquiété. Première apparition du « Paranthropus ».

Assurément, si l'on vous réveille à cinq heures du matin, et même si vous êtes médecin, ce n'est pas une façon précisément de vous disposer à l'humour. Et ce qui nous aurait, vous et moi – après un bon déjeuner au lit – mis sans doute en gaieté, ne nous étonnons pas que le docteur Figgins, appelé ainsi dès potron-minet, l'ait considéré tout autrement. Même l'aspect de Douglas Templemore, lequel arborait – et pour cause – une expression plutôt dramatique, eût ajouté pour nous sans doute au comique de tous ces quiproquos ; tandis que le docteur Figgins y trouva au contraire une raison de plus pour s'assombrir. Comme aussi la nature pour le moins insolite du cadavre qu'on lui montrait. Car cette histoire, naturellement, commence par un cadavre. Je m'excuse de la banalité d'un tel début, mais ce n'est pas ma faute.

C'était d'ailleurs, avouons-le, un tout petit cadavre. Et certes, petits ou grands, le docteur Figgins au long de sa carrière avait eu mainte occasion d'en rencontrer. De sorte qu'il ne s'étonna point, d'abord, de celui-là. Simplement, après s'être penché une seconde sur le berceau, il se releva et regarda Douglas avec une expression, comme on dit, professionnelle. C'est-à-dire que son visage sut artistement mêler des plis propres à manifester tout ensemble la gravité, le blâme, le doigté et la compassion. Il observa pendant quelques secondes ce silence éloquent avant d'articuler entre les poils de sa grosse moustache :

— Je crains que vous ne m'ayez fait venir un peu tard…

Paroles qui lui rappelèrent, non sans ressentiment, l'heure matinale. Cependant Doug inclinait la tête.

— C'est justement, dit-il d'une voix neutre, ce que je voulais vous faire constater.

— Pardon ?

— L'enfant est mort, je suppose, depuis trente-cinq ou quarante minutes ?

Là-dessus le docteur Figgins oublia l'heure et le reste, et les poils de sa moustache s'agitèrent sous le vent d'une véritable indignation :

— Bon sang, alors, monsieur, pourquoi ne m'avez-vous pas appelé plus tôt ?

— Vous ne m'avez pas compris, dit Doug. Je l'ai piqué avec une forte dose de chlorhydrate de strychnine.

Le médecin fit un pas en arrière, renversa une chaise, s'efforça de la retenir sans pouvoir s'empêcher de crier sottement :

— Mais c'est un meurtre !

— N'en doutez pas, dit Doug.

— *What the devil!* mais pourquoi... comment avez-vous pu...

— Je réserverai pour plus tard, si vous voulez bien, mes explications.

— Il faut avertir la police, dit le docteur avec agitation.

— J'allais vous en prier.

Figgins prit l'appareil d'une main qui tremblait un peu ; il appela le commissariat de Guildford, demanda un inspecteur, et pria d'une voix enfin affermie qu'on vînt constater à Sunset Cottage un crime sur un nouveau-né.

— Infanticide ?

— Oui. Le père m'a déjà tout avoué.

— Bon sang ! Ne le laissez pas filer !

— Il ne paraît pas en avoir la moindre intention.

Le médecin raccrocha. Il revint vers l'enfant, lui ouvrit les paupières, la bouche. Il considéra enfin, avec une légère surprise, les petites oreilles sans lobe et trop haut plantées, mais ne dut pas en penser grand-chose, puisqu'il ne dit rien.

Il ouvrit son sac médical, recueillit sur un morceau de ouate ce qui subsistait de salive. Il mit le coton dans une petite boîte et referma son sac. Puis il s'en fut s'asseoir. Doug, de son côté, s'était assis depuis longtemps. Ils restèrent silencieux jusqu'à l'arrivée de la police.

L'inspecteur était un homme aimable, très blond, d'aspect timide, fort distingué. Il interrogea Douglas avec une douceur déférente. Après quelques questions sur son identité, il demanda :

— C'est vous le père, n'est-ce pas ?

— Oui.

— Votre femme est là-haut ?

— Oui. Je puis la faire descendre, si vous voulez.

— Oh ! non, dit l'inspecteur. Je ne veux pas faire lever une accouchée. J'irai la voir tout à l'heure.

— Je crains que vous ne fassiez confusion, avoua Douglas. Cet enfant n'est pas d'elle…

L'inspecteur battit un peu de ses paupières pâles. Il lui fallut un moment pour comprendre.

— Oh !… ah… *well.* La… euh… la mère alors est-elle ici ?

— Non, dit Douglas.

— Ah… où est-elle ?

— On l'a ramenée hier au Zoo.

— Elle est employée là-bas ?

— Non. Elle est pensionnaire.

L'inspecteur écarquilla les yeux.

— Plaît-il ?

— La mère n'est pas une femme, à proprement parler. C'est une femelle de l'espèce *Paranthropus erectus.*

Le médecin et le policier, la bouche un peu ouverte, considérèrent Doug un instant sans souffler mot, et se jetèrent furtivement l'un à l'autre un regard inquiet.

Doug ne put s'empêcher de sourire.

— Si le docteur, dit-il, veut bien examiner l'enfant d'un peu plus près, il relèvera certainement quelques anomalies remarquables.

Le médecin n'hésita qu'une seconde. Il alla d'un pas ferme au berceau, découvrit le petit corps, lui retira ses langes.

Il dit simplement : « Damn ! » et saisit d'un air furieux son sac et son chapeau.

Sur quoi l'inspecteur à son tour s'approcha avec une promptitude inquiète.

— Qu'est-ce qu'il y a ?

— Ce n'est pas un garçon, dit le docteur. C'est un singe.

Douglas lança bizarrement :

— En êtes-vous sûr ?

Figgins devint très rouge.

— Comment, si j'en suis sûr ! Inspecteur, dit-il, nous sommes l'objet d'une stupide mystification. Je ne sais ce que vous comptez faire, mais pour ma part…

Il ne prit pas la peine de terminer : il allait déjà vers la porte.

— Permettez, docteur. Une minute, intervint Doug d'un ton sans réplique. Il lui tendit un papier qu'il venait de sortir du tiroir du bureau. C'était une feuille à en-tête du Collège Royal de Chirurgie.

— Veuillez lire ceci. »

Le docteur hésita, prit le papier, mit ses lunettes.

« Je soussigné S. D. Williams, Membre du Collège Royal de Chirurgie, K. B. E., M. D., déclare avoir ce jour à 4 h 30 a.m. délivré d'un enfant mâle en bonnes conditions physiques une femelle pithécoïde nommée

Derry, de l'espèce *Paranthropus erectus* ; celle-ci, à la suite d'une insémination artificielle opérée par mes soins à Sydney, dans un but d'expérimentation scientifique, avait été fécondée le 9 décembre 19…, des œuvres de Douglas M. Templemore. »

Les yeux déjà globuleux du docteur Figgins s'ouvraient derrière ses lunettes dans des dimensions surprenantes. Douglas pensa : « Il va les pondre… » Sans un mot, le médecin tendit le papier à l'inspecteur, considéra Douglas comme il l'eût fait du fantôme de Cromwell, et revint au berceau.

Il examina l'enfant, se retourna vers le père, les yeux toujours élargis, puis de nouveau sur le bébé, puis encore sur Doug.

— Je n'ai jamais entendu parler d'une chose pareille ! s'exclama-t-il sourdement. Qu'est-ce que c'est, ce Paranthropus ?

— On n'en sait rien encore.

— Comment ?

— Une sorte d'anthropoïde. Il vient d'en arriver une trentaine au Muséum. On les étudie en ce moment.

Le docteur commença :

— Mais qu'est-ce que vous…

Il s'interrompit, retourna au berceau.

— C'est quand même un singe, il est quadrumane, dit-il avec une sorte de soulagement.

— C'est conclure un peu vite, dit doucement Douglas.

— Il n'y a pas d'hommes quadrumanes.

— Docteur, dit Douglas, supposez par exemple qu'un accident de chemin de fer… tenez, recouvronslui les jambes… là… un petit mort aux pieds coupés… Seriez-vous aussi catégorique ?

— Il a les bras trop longs, dit le médecin après un moment.

— Mais le visage ?

Le médecin levait les yeux avec une gêne perplexe, presque avec égarement. Il commença : « Les oreilles… »

— Et supposez, dit Doug, que dans quelques années on ait pu lui apprendre à lire, à écrire, à résoudre des problèmes d'arithmétique…

— On peut tout supposer, puisqu'on n'en saura rien, dit hâtivement Figgins en haussant les épaules.

— On le saura peut-être : il a des frères, docteur. Deux déjà sont nés au Zoo d'autres femelles. Trois encore vont bientôt…

— Alors il sera temps, balbutia le docteur en s'épongeant le front.

— De quoi ?

— De… de voir… de savoir…

L'inspecteur s'approcha. Ses cils blonds papillotaient comme des mites.

— Monsieur Templemore, qu'est-ce que vous attendez de nous ?

— Que vous fassiez votre métier, inspecteur.

— Mais quel métier, monsieur ? Cette petite créature est un singe, cela se voit. Pourquoi diable vouloir…

— C'est mon affaire, inspecteur.

— La nôtre n'est sûrement pas de nous mêler…

— J'ai tué mon enfant, inspecteur.

— J'ai compris, mais ce… cette créature n'est pas… elle ne présente pas…

— Elle a été baptisée, inspecteur, et inscrite à l'état civil sous le nom de Garry Ralph Templemore.

Le visage de l'inspecteur se couvrait d'une petite sueur fine. Il demanda soudain :

— Sous quel nom a-t-on inscrit la mère ?

— Sous le sien, inspecteur. « Femme indigène de Nouvelle-Guinée, connue comme Derry. »

— Fausse déclaration ! triompha l'inspecteur. Tout cet état civil est sans valeur.

— Fausse déclaration ?

— La mère n'est pas une femme.

— Cela reste à prouver.

— Comment ! Mais vous-même…

— Les opinions sont partagées.

— Partagées ! Sur quoi, partagées ? Quelles opinions ?

— Celles des principaux anthropologues, sur l'espèce à laquelle appartient le *Paranthropus.* C'est une espèce intermédiaire : hommes ou singes ? Ils ressemblent aux deux. Il se peut très bien que Derry soit une femme, après tout. À vous de faire la preuve du contraire, si vous pouvez. En attendant, son enfant est mon fils, devant Dieu et devant la loi.

L'inspecteur paraissait à ce point désorienté que Doug prit pitié de lui.

— Peut-être préféreriez-vous, dit-il gentiment, en référer à vos supérieurs ?

Le visage blondasse s'éclaira.

— Oui, si vous le permettez, monsieur.

L'inspecteur prit le téléphone et demanda Guildford. Il ne put s'empêcher d'adresser à Doug, d'un sourire, un message de gratitude. Le docteur s'approcha et dit :

— Mais alors… si j'ai bien entendu… vous allez vous trouver le père de cinq autres petits singes tout pareils ?

— Vous commencez à comprendre, docteur, dit Douglas.

CHAPITRE II

Qui vient ajouter, comme il se doit, à un peu de crime, un peu d'amour. Présentation de Frances Doran dans son petit village au cœur de Londres. Présentation de Douglas Templemore dans l'atmosphère du « Prospect of Whitby ». Leur rencontre n'a d'ailleurs lieu ni ci, ni là, mais parmi les jonquilles en fleur.

Tout commença par une belle matinée d'avril (Londres est, pour son climat, une ville calomniée), tandis que Frances Doran se promenait à Regent's Park, sur les pelouses parsemées de jonquilles en fleur. Elle marchait dans le brouillard volage et transparent que le soleil faisait lever des prés humides. Elle avait pour ce parc un amour profond et particulier. Assez étrange aussi, et remarquable, pour une personne qui habitait au cœur d'un autre parc : celui-là qui, tout au nord, surplombe la ville immense, et qu'on appelle Hampstead Heath – le plus grand parc de Londres et aussi le plus sauvage. Quand vous venez du sud, la route longe d'abord un espace de gazon dénudé où se tient périodiquement une foire considérable;

vous dépassez de petites rues, dont l'une abrita la vie éphémère de John Keats ; la route se met à grimper, avec tout le parc à sa droite, qui ressemble moins à vrai dire à un parc qu'à un immense morceau de campagne vallonnée et boisée, où paissent les moutons. Si maintenant, à mi-côte, vous prenez à droite une petite route serpentine qui redescend modestement parmi les arbres, vous trouvez tout en bas, enfoui et caché dans la verdure, un minuscule village, dont la présence imprévue au milieu de cet océan de pierres est la chose la plus touchante du monde. Il répond au nom prometteur de Vale of Health, ce qui veut dire Vallon de la Santé. Peut-être est-ce par antiphrase, car le brouillard (paraît-il) s'y concentre volontiers – mais quand je l'ai découvert, une fois de plus il faisait beau... J'étais avec une amie londonienne qui le découvrait avec moi. Nous étions tous les deux fort excités. Car c'était bien un vrai village, avec ses maisons, ses petites rues, une place centrale et même un « pub » (un bistrot) au bord d'un étang vaporeux. Nous marchions dans une de ces ruelles si étroites qu'on y passerait tout juste à vélo, et nous remarquâmes très bien une petite maison en retrait, derrière un jardin de poupée ; elle avait un étage de bois, tout couvert de glycines et d'ampélopsis. Le rez-de-chaussée s'ouvrait par une grande baie sur le jardin minuscule, et livrait au passant égaré dans ce hameau improbable l'intimité d'un intérieur douillet, meublé avec un goût piquant mais discret. On n'y voyait personne, aussi nous attardions-nous, sans nous douter que cette petite maison, nichée au cœur d'un village perdu au cœur d'un parc au cœur de Londres, deviendrait un jour fameuse.

Car c'était elle qu'habitait Frances. Je ne sais point si la jeune fille la tenait de ses parents, ou si la chance lui avait souri. Elle y habitait seule, et ne la quittait guère, s'y trouvant bien pour écrire des contes et nouvelles que les revues publiaient sans empressement, et plus tard les éditeurs, en recueil, avec plus de réticence encore. Pourtant elle avait quelques admirateurs fidèles, dont la sincérité et la ferveur compensaient mal le petit nombre.

Aussi souffrait-elle souvent du doute de soi et du manque d'argent. Quoi qu'on puisse dire, ces deux choses-là ne s'aident point l'une l'autre à s'arranger. Il arrivait que sa littérature en souffrît. Ce qui n'arrangeait rien non plus. D'autres fois, au contraire, les difficultés ranimaient son courage, aiguisaient sa lucidité; et ses admirateurs lointains, inconnus et trop rares, sentaient monter en eux, à la lire, une chaude exaltation et ils auraient voulu la connaître.

Douglas vivait aussi de sa plume. Mais son genre était plutôt le reportage. Il savait dénicher des groupes humains bizarres, dont il décrivait d'un style alerte la vie étrange. Par exemple, il avait découvert dans le Devonshire un familistère de vieux majors en retraite résolument célibataires. Ils vivaient là une trentaine dans un manoir antique et délabré, hanté de nombreux fantômes. Le récit de leur existence excentrique avait secoué d'un rire plein de tendresse le public pourtant un peu snob de la revue *Horizon*.

Je ne saurais vous décrire la maison qu'il habitait avec la même pertinence que je l'ai fait pour celle de Frances. Non que je ne l'aie point vue, sinon elle-même, du moins cinq cents de ses pareilles – mais voilà justement ce qui me coupe tout élan descriptif. C'est une des tristesses de Londres que ces longues théories de maisons uniformes sous leur manteau de suie et de désolation. Douglas prétend que s'il avait élu, pour y vivre, la très sinistre Caribbean Street dans l'East End au fond des docks, c'était par goût de l'atmosphère. En vérité, ses débuts d'écrivain s'étaient nourris de pas mal de vache enragée. Qu'ensuite il se fût attaché au voisinage de cette vaste misère mêlée de joie, de tendresse, de crime, de patience, de désespoir, dans la proximité d'un fleuve ouvert sur toute la planète, c'est en effet assez probable. Il s'y était, en tous les cas, enraciné dans des habitudes tyranniques. Tous les soirs, à sept heures, il descendait boire un verre de punch dans un « pub » du voisinage, tout débordant d'extravagance, à l'enseigne du *Prospect of Whitby.* À cette heure-là, vous n'y feriez plus entrer une sardine. Sauf un banc dans le fond et une table près de la porte, il n'y a pas de quoi s'asseoir. Tout le monde est debout dans la fumée, verre en main, serré comme dans le métro aux heures d'affluence, et chacun boit, et fume et parle et chante, tandis que deux vieux Hawaiiens grattent leur guitare miaulante reliée à un haut-parleur, qui assourdit la pièce exiguë. Derrière le bar, parmi les bouteilles sans nombre et les poissons empaillés, pend la collection d'objets bizarres la plus inénarrable. Ne parlons pas des bateaux en bouteilles, des compas, sextants, cloches, feux de bord, et autres instruments de marine. Mais de tout ce que l'imagination populaire peut inventer pour son amusement : fleurs en papier, en coquillages, en plumes, en os, en verre, en velours, en soie, en poils, en cellophane ; vases en forme de pied avec un cor sur chaque doigt, ou de grosse tête rouge, ou de longue tête verte ; manneken-pis lance-parfum ; lanternes-citrouilles, citrouilles-tirelires, tirelires-têtes de veau avec du persil en porcelaine dans les narines ; vieux souliers en réglisse ; femmes nues en massepain avec une jupette pudique en papier gaufré… Douglas n'avait jamais su analyser profondément quelle attirance mystérieuse le menait chaque soir en ce lieu où se mêlait aux chants et à la fumée le joyeux amour des hommes pour les objets qu'ils fabriquent. Il était constamment fasciné par une tête d'Indien momifiée, réduite à la grosseur du poing d'un nouveau-né, mais riche encore de tous ses cheveux coiffés en gerbe. Il avait pensé maintes fois demander au patron de la lui vendre, mais par une retenue naturelle dont son métier n'avait pas eu raison, il n'avait jamais osé. Sans doute était-ce aussi bien : il eût subi à coup sûr un échec. Il buvait et la regardait, tandis que s'agitaient derrière le bar, dans la lumière et les clinquants, en bretelles et bras de chemise, le patron et son personnel : deux garçons pour le bar, deux filles pour aller servir, au bout d'un couloir obscur, les gens qui se pressent aussi sur l'étroit balcon de bois séculaire, patiné, graisseux, sculpté de noms innombrables, qui surplombe la Tamise où deux épaves achèvent de pourrir dans la vase. C'est de ce balcon-là, paraît-il, qu'Henri VIII venait assister aux pendaisons de l'autre côté du fleuve. À la nuit, un bec de gaz sinistre, à l'issue d'une ruelle noire et lugubre, éclaire à peine les dernières marches d'un escalier de bois vermoulu, battu par le clapotis d'une encre aux lueurs louches ; et il est impossible de croire qu'on n'y ait point traîné, pour les engloutir, maint cadavre de personnes assassinées.

C'est pourtant à Regent's Park, parmi les jonquilles dans la brume vaporeuse, sous le soleil d'avril, que Douglas rencontra Frances. Cette rencontre n'est toutefois pas tellement surprenante : Douglas partageait avec la jeune fille l'amour de ce parc fleuri. Probablement s'y étaient-ils déjà maintes fois croisés, sans prendre garde l'un à l'autre. Pourquoi ce matin-là en fut-il autrement ?

Sans doute à cause de la brume et du soleil. La silhouette de Frances penchée sur les jonquilles était un peu fantomatique, mais assurément charmante. Elle était tête nue, et ses cheveux d'un blond minéral brillaient de façon assourdie dans le brouillard subtil. Douglas distinguait assez mal les traits du visage, il eut envie de les connaître. Il s'arrêta. La jeune fille releva la tête et vit une véritable éclipse de soleil : un visage à contre-jour, tout noir dans l'ombre, entouré de flammes couleur de cuivre que le vent agitait. Elle ne put s'empêcher de sourire. Douglas prit ce sourire pour sa personne ; et comme la jeune fille était belle, encore qu'elle eût la bouche un peu grande, il ressentit à son égard de la reconnaissance pour ce sourire et une grande chaleur de cœur pour sa beauté. Et puis ce sourire l'encourageait. Il dit :

— Quelles merveilleuses fleurs !

Mais Frances comprit fort bien qu'il voulait dire : « Quel joli visage ! » et quoiqu'elle connût sa propre beauté, elle lui en sut gré. Elle sourit encore, mais cette fois c'était de gentillesse et d'amitié. Elle dit :

— Vous les aimez ?

Il s'approcha d'elle et s'assit sur la pelouse, jambes croisées, et la regarda. « Énormément », dit-il, mais elle s'écria :

— Vous allez vous enrhumer !

Il se releva d'un bond en disant : « Vous êtes gentille » et il retira son imperméable et l'étendit. Il s'assit ostensiblement sur un bout, de sorte qu'après à peine une hésitation, elle s'assit tout naturellement sur l'autre. Il sourit jusqu'aux oreilles et déclara :

— C'est vraiment une chance !

Elle leva les sourcils.

— De nous être rencontrés, dit-il. Il y a de ces jours admirables : le soleil, les fleurs, et le sourire des jeunes filles.

— J'ai vingt-neuf ans, vous savez, dit-elle (elle en avait trente).

— Vous en paraissez la moitié.

Elle rit sans se forcer, elle se sentait joyeuse. Une barque passa devant eux, avec une grosse dame que traînait un jeune garçon, agrippé aux avirons trop lourds.

— Je n'ai rien à faire jusqu'à midi, hasarda Douglas. Et vous ?

— Je n'ai rien à faire jusqu'à l'année prochaine.

— Comment ! Si libre que cela ?

— Comme un cheval de prairie. Je travaille quand j'en ai envie.

— Et vous n'en aurez pas envie jusqu'à l'année prochaine ?

— Je n'en sais rien. Peut-être tout à l'heure. Peut-être jamais.

— Qu'est-ce que vous faites ? De la peinture ?

— Non. J'écris.
— « Sans blague ! » s'écria-t-il en français.
— Pourquoi « sans blague » ?
— Parce que j'écris aussi.
Et les voilà partis. Le dialogue qui s'ensuivit ne vaut pas d'être rapporté : ce que deux écrivains peuvent dire sur leur métier n'intéresse que les écrivains.

Au bout d'une petite heure ils commencèrent d'avoir froid. Ils se levèrent, toujours bavardant. Frances se souvenait très bien du reportage sur les majors, paru dans *Horizon*. Douglas était tout contrit de n'avoir rien lu d'elle, mais quand sur sa demande elle énuméra ses récits, et parla de celui où deux époux boudeurs, seuls dans leur chalet isolé dans la neige, passent leurs longues soirées d'hiver aux deux bouts de la maison, il s'écria : « Comment, c'est vous ? » et montra une excitation sincère. Elle en fut toute réchauffée. Ils s'aperçurent bientôt que midi était passé depuis longtemps. Douglas, d'un mouvement de main par-dessus l'épaule, envoya son rendez-vous au diable, et ils s'attablèrent dans un restaurant chinois de Soho, où ils commandèrent distraitement des œufs à la mayonnaise synthétique et des sandwiches au cresson.

*
* *

Un peu plus tard, ils prirent le bus pour Hampstead Heath afin de regagner le Vale of Health. Douglas fut stupéfait – et un tantinet mortifié ; il n'ignorait pas l'existence de ce curieux village, mais n'y était jamais venu. Comment avait-il pu négliger jusqu'à ce jour un coin pareil ? Frances riait avec une vanité naïve. Ils se promenèrent dans les ruelles avant d'entrer chez elle. Ils allumèrent un feu de bois dans la petite cheminée de merisier, et tandis qu'il s'asseyait par terre devant l'âtre, pipe en bouche, genoux relevés et ses pantalons de flanelle molle entre ses bras, elle prépara le thé sans cesser de converser.

Au crépuscule il fit mine de prendre congé. Elle le retint et ouvrit pour dîner une boîte d'*English peas* et une d'ananas. Quand même, vers dix heures, elle le laissa partir. Dans le bus, sur l'impériale, tandis que défilaient les rares lumières encore allumées dans Fleet Street, il pensait : « Bon, je suis amoureux. » Ce n'était pas la première fois. Mais il y avait dans cet amour-ci une teinte nouvelle, quelque chose de chaud et de tranquille. La fin d'un vers de Verlaine – poète dont il était fou – lui trottait dans la tête : « … sans redouter d'embûche »… Il ne se demandait même pas s'il avait quelque chance d'être aimé en retour.

Chapitre III

Où Frances et Douglas proclament tous les deux la supériorité de l'amitié sur l'amour. À cet égard, commodité de la littérature. Incommodité du silence. Dangers du sourire. Panique et imprudence de Doug Templemore. Imprudence et courroux de Frances Doran. Comment se prennent les grandes décisions. Trois dents sur une mandibule scellent un double destin. La littérature mène à tout, à condition d'en sortir.

Ils se voyaient presque chaque jour – toujours chez elle. Il venait vers cinq heures, enlevait sa veste sous laquelle il portait un gros chandail rouge, et s'asseyait accroupi devant le feu qu'elle avait allumé pour lui. Il bourrait sa pipe, et elle servait le thé avec des crackers de pain azyme qu'elle achetait chez un épicier juif de Swiss Cottage.

Quand il ne venait pas, ils s'écrivaient. C'était généralement sur un point ou un autre de littérature, soulevé lors de sa dernière visite – il y avait toujours un point en discussion quand il partait. Ils en laissaient aussi un ou deux dans leurs lettres. De sorte qu'il y avait sans cesse une raison de se revoir ou de s'écrire.

Et surtout, cela évitait les silences.

Car leurs relations s'étaient établies sur un plan immuable. Il était tacitement reconnu qu'ils n'étaient point amoureux l'un de l'autre : tellement conventionnel et mesquin. Elle avait trente ans, lui trente-cinq, la passion avait ravagé leur vie à deux ou trois reprises, ils étaient « vaccinés », disaient-ils. Tandis que l'amitié ! Certes, ils avaient de nombreux amis, chacun de son côté. Mais personne à qui l'on pût se fier avec le splendide abandon qui était la marque inestimable de leur affection. Ce dont elle avait rêvé toute sa vie se réalisait avec lui : un garçon intelligent, très fin, à l'esprit critique aiguisé, qui lui livrait exactement son opinion sur les nouvelles qu'elle écrivait, sans arrière-pensée ni indulgence. Quelle sécurité ! C'était merveilleux de l'entendre dire : « Ça ne vaut rien », puis expliquer pourquoi. Il n'y avait plus qu'à déchirer les pages et à recommencer (ou à laisser dormir). Et quelle certitude quand au contraire il s'exclamait : « Bravo ! » Tandis qu'avant lui ses amis disaient de tout ce qu'elle publiait : « Exquis, ma chère, adorable ! » et lui laissaient le soin de se torturer l'esprit pour tenter de juger elle-même. Une torture sans fin !

« Heureusement, pensait-elle, qu'il n'est pas amoureux de moi ! » Et elle croyait prier sincèrement le Ciel que cela ne survînt pas : l'amour, pensait-elle, effacerait cette précieuse sincérité. Tout au moins cette clairvoyance. Et pour quoi, je vous le demande ? Pour quelle médiocre ivresse ? Que son affection, à elle, fût un peu plus peut-être que de l'amitié, qu'il s'y mêlât une tendresse et même parfois un élan de désir sensuel qu'elle acceptait avec une secrète douceur, c'était au fond sans danger. Mais pas lui ! priait-elle. Qu'il ne pense pas à moi de cette façon-là !

Lui, il avait oublié – ou fait semblant – les sentiments qui l'agitaient le soir du premier jour, sur l'impériale du bus qui le ramenait dans l'East End. Il était encore meurtri d'une trahison abominable, qui l'avait abreuvé de dégoût plus encore que de désespoir. L'amour des femmes, pensait-il, pouah ! Sables mouvants, nauséabonds. Elles mentent pour notre bien, disent-elles, pour nous empêcher de souffrir ! Naturellement on les perce à jour, et naturellement nous souffrons, et il s'y ajoute la nausée. Et elles nous méprisent pour cette souffrance et cette nausée qui ne savent pas rendre justice à la divine charité de leur cœur trop sensible !... Dieu me garde, pensait-il, de retomber dans les marais de l'amour féminin !

Sur quoi il prenait le bus pour Vale of Health, serrait en riant les mains de Frances, enlevait sa veste, allumait sa pipe, et tandis qu'elle se mussait voluptueusement dans le coin aux coussins du divan tutélaire, il reprenait la conversation au point où l'avait laissée le dernier entretien ou la dernière lettre. Et elle l'écoutait avec des yeux ravis, confiants, brillants, où il se refusait à découvrir ce qu'un enfant de six ans y aurait lu.

Pourtant, il arrivait parfois quelque chose qui les laissait mal à l'aise. Il arrivait qu'un point de discussion fût réglé, épuisé, et qu'il ne s'en trouvât pas un autre pour prendre aussitôt la suite. Alors tombait un de ces silences qu'ils avaient fini par redouter. Car ils ne savaient pas le remplir. Ils ne savaient pas l'accepter, et se contenter du simple plaisir d'être ensemble ; de suivre chacun muettement ses propres pensées jusqu'à ce que la parole vienne à jaillir spontanément ; ou même de rêvasser dans la pénombre, en regardant les flammes. Non, il leur semblait que le silence, s'il se prolongeait, allait ouvrir la porte à quelque démon révélateur, qu'il y éclaterait quelque chose qui les laisserait désemparés et impuissants. Alors ils se souriaient d'un air presque provocant, comme pour dire : « Rien à craindre, n'est-ce pas ? » jusqu'à ce que l'un d'eux enfin trouvât un nouveau point à se jeter en pâture. Mais parfois cela tardait, et dans la panique de leur recherche, leur sourire peu à peu devenait une grimace stupide, et pourtant ni l'un ni l'autre n'osait le premier cesser de sourire, et c'était vraiment abominable.

Alors, un beau jour, à seule fin de rompre cette odieuse tension, Douglas lança impulsivement :

— Vous savez que les Greame m'offrent de partir avec eux ?

Il dit cela sans réfléchir, et aussitôt tout fut scellé. Et ce n'était pas même vrai.

En fait, Douglas avait bien rencontré Cuthbert Greame la veille, attendant le bus dans Regent Street. C'était un ami de collège de son père, le sinologue Hermon Templemore, F. R. S., et Doug gardait au vieux Greame une sincère tendresse en mémoire du disparu ; car le jeune homme avait profondément aimé son père encore qu'ils se fussent presque fâchés quand le garçon avait prétendu voler de ses propres ailes. Greame avait maintenant soixante-cinq ans, un visage tout rond et boursouflé de vieux cocher alcoolique, des yeux bleus et humides d'ange candide, une touchante difficulté à parler en public (ce public fût-il une seule personne) et une science paléontologique reconnue par les anthropologues comme une des premières du monde.

Il avait rougi en apercevant Douglas – il rougissait toujours quand il rencontrait quelqu'un, comme s'il eût perpétuellement craint d'être pris en faute. Il avait répondu au salut affectueux du jeune homme en balbutiant :

— *D'you do…* Oui… Et vous ? Très bien, très bien…

Il regardait à droite et à gauche comme s'il eût cherché par où s'enfuir. Douglas lui demanda des nouvelles de Sybil.

— Elle va très bien… très bien… c'est-à-dire… elle a la rougeole, figurez-vous…

Douglas ne put s'empêcher de penser en riant : « C'est bien fait ! » et il se revit à treize ans, avec Sybil dans la porte, devant son lit, arborant entre ses boucles pâles une lippe dégoûtée devant ce visage de garçon couvert de boutons rouges. Elle avait treize ans elle aussi. Douglas ne lui avait jamais pardonné cette répugnance cruelle.

Sybil avait épousé Greame à vingt ans, quand celui-ci en avait cinquante. On avait aussitôt accusé la première de vénalité, le second de corruption et de luxure. Puis, quand elle l'eut accompagné dans le Transvaal à la recherche de l'Africanthrope, où elle participa aux fouilles avec une compétence et un succès indiscutables, les mauvaises langues se turent. On se contenta de rappeler que son mariage avait brisé le cœur de maint jeune homme distingué, et en premier lieu, disait-on, de ce gentil petit Templemore.

Le seul qui ne sût pas, semble-t-il, que son cœur fût brisé, c'était Douglas Templemore lui-même. Voilà pourquoi sans doute il n'eut jamais l'idée d'en parler à Frances. Mais quand Frances parla de lui à des amis, c'est ce qu'elle apprit tout aussitôt. Elle ne lui en dit toutefois rien non plus : elle n'allait quand même pas céder au ridicule d'être jalouse.

— La rougeole ! dit Douglas. Mais c'est une maladie d'enfants !

Une lueur de tendresse charmante passa dans le regard du vieux Greame. Il sourit, puis aussitôt piqua un fard, ses yeux bleus s'embuèrent de confusion, et il dit précipitamment :

— Pas toujours… pas toujours… on peut très bien… d'ailleurs, c'est presque fini.

Il vit approcher son bus avec un soulagement visible.

— Heureusement, conclut-il, parce que… nous avons avancé notre départ. Vous savez ? Pour la Nouvelle-Guinée. On a trouvé là-bas… voici mon bus… on a trouvé une mandibule… mi-singe, mi-homme, vous voyez ? avec trois molaires mais ce serait trop long…

— C'est passionnant, dit gentiment Douglas.

— Passionnant. Cela vous intéresse ? Nous emmènerons sans doute deux cinéastes. Et nous pensons à un journaliste. Pas pour les fouilles, pour le…

Le vieux savant fut entraîné dans le bus par le flot des voyageurs. Sur le bord de la plate-forme, il secoua la main avant d'être éclipsé.

— Au revoir, cria-t-il. Il lança encore quelque chose en riant, qui pouvait être : « À bientôt ! » ou « Venez donc ! » dans le bruit du bus repartant, et il disparut.

Maintenant Douglas était confondu de ce qu'il venait d'annoncer à Frances, et qui correspondait à si peu de réalité. « Qu'est-ce qui me prend ? » pensa-t-il, et il allait rectifier aussitôt ; mais il vit Frances se dresser hors des coussins comme un diable hors de sa boîte, et elle s'écria avec une gaieté excessive :

— Mais c'est merveilleux ! Tout simplement merveilleux ! Vous avez accepté, naturellement ?

Elle-même ne savait pas trop pourquoi elle parlait ainsi. Il y avait eu ce long sourire crispé, insupportable dans le silence, et cette panique, cette sorte de vertige qui la prenait toujours. Et puis Douglas avait enfin dit quelque chose, et elle s'était sentie soulagée ; mais c'était *cette* chose, et elle se sentait douloureusement blessée.

— Vous pensez que je devrais ? dit Douglas.

Il paraissait surpris et décontenancé. Mais elle se sentait douloureusement blessée. Elle répéta d'une voix trop joyeuse :

— Mais naturellement, c'est merveilleux ! Vous ne pouvez pas laisser échapper cela ! Quand partent-ils ?

— Je ne sais pas exactement, balbutia Douglas. Il avait vraiment l'air piteux. « Dans une quinzaine, je suppose… » Si piteux que Frances une seconde en fut attendrie. Mais elle était blessée, elle était blessée.

— Il faut leur téléphoner ! s'écria-t-elle. Et elle s'en fut gaiement ouvrir l'annuaire. « Primrose 6099 », annonça-t-elle et elle tendait l'appareil à Douglas. Le jeune homme faillit se révolter. Il allait protester : « Mais qu'est-ce qui vous arrive ? » quand elle dit :

— Vous devez changer d'air. Il y a déjà trop longtemps que vous êtes à Londres.

Elle devait souvent se demander, avec fureur et chagrin, ce qui l'avait poussée à ces paroles. Ce n'était quand même pas la jalousie ! Elle se moquait bien de cette Sybil. Qu'il parte avec elle tant qu'il voudra. Nous ne sommes pas amoureux, n'est-ce pas ? Nous pouvons bien nous séparer un peu. Nous sommes libres.

Douglas se sentit comme assommé. « Trop longtemps à Londres ! » Voilà donc ce qu'elle pensait, au fond… Pourquoi ne lui avait-elle pas dit cela plus tôt ? Il prit l'appareil et composa le numéro.

Ce fut Sybil qui répondit. Elle ne saisit d'abord pas ce que Douglas lui voulait. Un journaliste ? Elle le savait bien que Douglas était journaliste ; pourquoi lui téléphonait-il cette grande nouvelle ?… Les accompagner en Nouvelle-Guinée ? Mais mon petit Doug… Quoi ?… On ne comprend jamais rien au téléphone. Venez me voir, mon vieux, si vous n'avez pas peur de la rougeole. Venez quand vous voudrez.

Il raccrocha. Il regardait Frances comme à travers le brouillard. Elle lui rapportait sa veste et son imperméable.

— Allez la voir tout de suite ! disait-elle avec la même gaieté excessive. Il faut chauffer la place.

Pendant quelques secondes ils restèrent l'un en face de l'autre, sans bouger, et elle eut le temps de penser : « C'est idiot. Je vais l'embrasser. Trop, trop stupide. Je ne vais pas le laisser partir ? Si, il m'a fait mal, tout est gâché, qu'il parte, qu'il parte !... Oh ! qu'il jette donc cette veste à travers la pièce et qu'il me prenne dans ses bras ! »

Mais il enfila les manches de la veste et jeta l'imperméable sur ses épaules. Alors elle commença de le pousser vers la porte.

— La chance se saisit par les cheveux, dit-elle avec un rire sonore. Même s'ils sont blonds.

Il regarda les blonds cheveux de Frances. De quelle chance parlait-elle ? Pas une seconde il ne songea aux cheveux de Sybil. Saisir quelle chance ? Il pensa dans un éclair : « Je vais l'épouser ! » – mais non, elle n'avait pas la moindre envie de lui. Il sentait sur son bras les doigts légers qui le poussaient dehors. Il sentait sous ses pas le tapis accueillant de l'entrée. Il voyait réellement par la plante des pieds qu'il était à carreaux bruns et verts et il en ressentait une nostalgie à fondre en larmes.

Sur le pas de la porte elle dit encore :

— Pressez-vous. Prenez un taxi.

Le minuscule jardin resplendissait des fleurs de mai sous le ciel crépusculaire. Myosotis, aubrietias, pervenches, anémones, et une touffe d'iris aux fleurs plus belles que l'orchidée... Le fin gravier grinça sous ses semelles.

Quand il franchit le portillon, elle agita la main : « Revenez me voir, quand même, avant de quitter Londres ! » cria-t-elle. Il la trouva, dans la lumière du soir, d'une beauté rayonnante. Elle souriait de ses belles lèvres rouges, un peu fortes. Elle paraissait prodigieusement heureuse.

*
* *

— Qu'est-ce que Cuthbert vous a dit ? demanda Sybil qui n'y comprenait rien.

Elle était allongée sur un canapé Récamier, les jambes couvertes d'une fourrure. Elle avait encore sur le visage des marques rêches et rougeâtres – mais qui eût songé à regarder son épiderme quand elle vous offrait son regard ? Toutefois Douglas ne pensait à voir ni l'un ni l'autre.

— Eh bien, que vous aviez besoin d'un journaliste, dit-il en forçant un peu la vérité. Et puis il m'a crié : « Venez donc avec nous ! »

— Mais qu'est-ce que vous ficheriez avec nous ? Ça vous intéresse, la paléontologie ? Ce n'est pas le même genre de fossiles que vos majors !

Douglas cherchait une réponse. Jamais il n'avait eu si peu envie de convaincre quelqu'un.

— Tout m'intéresse, dit-il d'un ton morne.

Il vit qu'elle fixait sur lui des yeux narquois. Il rougit.

— Dites donc, suggéra-t-elle, ce n'est pas une fuite ? Personne ne vous a brisé le cœur ?

— Mais non, protesta-t-il avec un agacement hâtif. Quelle idée ! Je vous assure, l'expédition m'intéresse beaucoup. Je suis sûr qu'il y aurait pour moi, professionnellement…

— Est-ce que vous savez au moins ce que nous allons chercher ?

Il eut un instant de panique – et puis se rappela un mot. Il le lança victorieusement :

— Une mandibule…

Il ajouta en souriant :

— … avec trois dents.

Elle rit avec affection. Qu'il était gentil ! Elle l'aimait beaucoup.

— Non, dit-elle. La mandibule et les trois dents, Kreps les a rapportées – le géologue allemand. Ce que nous allons essayer de trouver, c'est le crâne et le squelette.

— C'est ce que je voulais dire, grommela Doug.

— Si nous mettons la main dessus, nous aurons peut-être découvert ce qu'on appelle le *missing link* – le chaînon manquant. Vous savez ce que c'est ?

— Oui… enfin… à peu près, balbutia-t-il. Le chaînon qui manque dans la chaîne de l'évolution… le dernier chaînon entre le singe et l'homme…

— Et ça vous intéresse… passionnément, dit-elle avec une emphase rieuse.

— Mais, bon sang, pourquoi voudriez-vous que cela ne m'intéresse pas ?

— Parce que, mon vieux, on n'entre pas dans la zoologie comme dans un moulin. Quand je vous aurai dit que nous allons partir pour la Nouvelle-Guinée parce que la troisième molaire de la mandibule de Kreps possède cinq tubercules, en sauterez-vous en l'air d'impatience ?

— Pas si vous me le dites comme ça. Mais j'en sais assez pour comprendre que Kreps a dû trouver une dent de singe sur une mandibule d'homme, ou quelque chose du même tabac. Non ?

— Si, en effet, à peu près.

— Vous voyez que je ne suis pas complètement idiot.

— Je n'ai pas dit cela. Je vous demande : en sautez-vous en l'air d'impatience ?

— Mais pourquoi voulez-vous que je saute en l'air ? Je n'ai pas non plus sauté en l'air quand j'ai appris l'existence des vieux majors à Stagford Manor. J'y suis allé et j'ai raconté ce que j'ai vu, c'est tout.

— Si vous venez avec nous, vous n'aurez pas grand-chose à raconter.

— Pourquoi ?

— Parce qu'on voit bien que vous n'avez jamais assisté à ce genre de fouilles. Ce n'est pas spectaculaire, mon vieux, je vous assure. On remue des tonnes de terre. On les passe au crible. Au bout de six semaines, ou de six mois, on trouve dans les cailloux ou les coquillages un morceau d'os fossilisé, ou une dent. On s'assure d'abord qu'ils n'ont pas pu se trouver là par hasard, qu'ils ont bien le même âge que le terrain – un ou deux millions d'années. Dans ce cas on active les fouilles. Si dans les mois qui suivent on a la chance encore de trouver un morceau de crâne, ou de fémur, on est bien content. Parce que la plupart du temps, on ne trouve plus rien. Vous voyez que ça ne présente guère d'intérêt pour vous.

— Comment pouvez-vous juger ce qui présente ou non de l'intérêt pour moi ?

Sur ces mots, Cuthbert Greame entra. Il parut surpris mais sincèrement content de voir Doug. Il s'écria

« Hello ! » en lui serrant les mains vigoureusement. Il alla embrasser Sybil.

— Eh bien, dit la jeune femme, c'est décidé : Douglas part avec nous.

Douglas faillit tomber à la renverse :

— Comment ! Mais…

Sybil l'interrompit du geste, avec un sourire charmant.

— J'ai tout fait pour le décourager, dit-elle à son mari. Mais Dieu sait pourquoi, il y tient. Vous êtes-vous déjà entendu avec Speed ?

— Ma foi… euh… quasiment, bredouilla Greame, que les événements dépassaient. Je ne savais pas que… mais on pourrait sûrement…

— Écoutez, s'écria Doug…

— J'en fais mon affaire, dit Sybil. Speed n'était pas tellement enchanté. C'était plutôt qu'il ne voulait pas nous refuser – à moi surtout, dit-elle en souriant. Au fond, je suis sûre qu'il sera soulagé. Vous le connaissez ? demanda-t-elle à Doug.

— Oui… un peu… Justement, dit-il vivement, je ne veux absolument pas…

— N'ayez aucun scrupule, je vous assure. Tout ce que Speed fera, ce sera de pousser un soupir de délivrance. Le boulot n'est pas drôle, je vous le répète : tenir le journal de l'expédition. Aucun de nous n'a un don de plume, et n'est au surplus capable de le tenir régulièrement : nous avons trop d'autres choses en tête. Eh bien, conclut-elle, tope là. Pas de regret ?

Il eût voulu trouver le courage de dire : « Laissez-moi quand même le temps de réfléchir », mais les mots ne purent passer ses lèvres : le vieux savant et sa femme le regardaient avec un sourire si amical, si visiblement ravi de lui faire plaisir… « Buvons un coup ! » dit le premier, et il alla chercher du whisky. Tandis qu'il remplissait les verres, sa bonne grosse face rougeaude rayonnait d'affection heureuse.

CHAPITRE IV

Embarquement pour Sougaraï. Frances et Douglas consentent à l'amour, mais séparément. Commodité du silence. Facilités du sourire. Présentation sur le navire d'un géologue allemand, d'un bénédictin irlandais et d'un anthropologue britannique. La belle Sybil initie Doug aux luttes de l'Orthogenèse contre la Sélection. Des coquillages fossiles aux circonvolutions du cerveau. Hofmannsthal au clair de lune.

L'expédition termina la semaine à Liverpool, pour y rassembler les derniers impedimenta. Doug n'avait point revu Frances. Il avait l'esprit trop bouleversé. Il ne se dissimulait plus qu'il l'aimait. Qu'elle l'aimât aussi, maintenant qu'il examinait les choses avec la tête froide, était à peine moins sûr : toute cette histoire n'était qu'un malentendu idiotement absurde, Mais que faire à présent ? Impossible honnêtement de laisser tomber les Greame, qui avaient en sa faveur rendu à Speed sa liberté. Il était allé le voir, ce Speed, dans un ultime espoir que celui-ci peut-être aurait aimé partir. Mais Sybil avait vu juste : Speed s'était montré ravi qu'on eût trouvé un remplaçant.

Quant à Frances, il n'avait pas même osé lui téléphoner. Ce qu'il eût fallu faire, c'était accourir chez elle, tomber à ses pieds, et trouver en lui-même assez de hardiesse et de décision pour exposer toute la chose au grand jour. Il avait bien tenté de s'y résoudre un soir, mais après avoir longtemps déambulé dans les ruelles du Vale of Health, il avait cru l'apercevoir et pris tout aussitôt ses jambes à son cou.

De son côté, Frances passait des jours abominables. Elle relisait sans cesse la lettre de Douglas qui lui annonçait son départ. Lettre merveilleusement pareille aux précédentes, empreinte de ce calme, de cet humour et de cette honnêteté objective qui donnaient à Frances, depuis plus d'un an, un tel sentiment de confiance… Mais les dernières lignes la bouleversaient :

En somme, écrivait-il, *me voici embarqué malgré moi, après tout. Mais tout est bien, si vous le trouvez bien. Un mot de vous me fait partir. Un mot de vous m'eût fait rester. Cette obéissance-ci m'est cruelle, mais j'aime vous obéir. Il est de ces joies douloureuses, n'est-ce pas, Frances? Tout ce qui viendra de vous me sera toujours joie, même la douleur. N'en abusez pas, je vous prie, chère petite amie. Adieu. Pensez à moi quelquefois. Votre*

DOUG.

Et puis le jour de l'embarquement, comme Douglas, au troisième mugissement de la sirène, était monté sur le pont, le cœur serré, pour voir au moins disparaître la côte anglaise, il avait soudain reconnu, parmi les personnes sur le quai, une silhouette immobile qui lui coupa le souffle. Il cria : « Frances ! » et se précipita vers la passerelle. Trop tard : on la retirait déjà. Il revint vers la poupe. Frances s'était approchée du bord. Doug voyait levé vers lui le beau visage un peu pâle. Ils ne trouvèrent rien à dire – sans doute parce qu'il eût fallu presque crier. Frances simplement souriait, il lui rendit ce sourire, et pour la première fois le silence put durer un temps incroyable sans qu'ils se sentissent pris de panique, ni que leur sourire devînt une grimace. Au contraire, il devenait de seconde en seconde plus naturel et plus léger. Quand le navire commença lentement de s'éloigner du quai, Frances leva un peu la main, la porta à ses lèvres, et Doug fit de même. Et ils agitèrent les doigts sans cesser de sourire, jusqu'à ce que le bâtiment eût disparu derrière le môle.

*

* *

Douglas espérait mettre à profit la longue traversée pour s'acclimater un peu à la paléontologie. Mais il fut déçu. Ses compagnons semblaient n'avoir qu'un seul souci : celui de ne jamais parler boutique.

Ils étaient trois hommes et Sybil. Il fallut à Doug des semaines pour s'initier à la spécialité de chacun d'eux. Sa plus grande surprise fut d'apprendre que cet éternel fumeur de pipe, gros buveur, gros mangeur, et volontiers grivois dans ses propos, était un bénédictin irlandais. Doug l'entendait bien appeler « Pop » à longueur de journée, mais il n'avait pu imaginer que ce fût rien de plus qu'un surnom dû à son âge.

— Il n'y a rien à faire, cela déteint toujours, avait dit Sybil un soir (on passait au large de l'île Socotari), tandis que disparaissaient dans la coursive les blancs cheveux bouclés. Ils étaient tous les deux allongés sur des transats.

— Quoi donc ? demanda Douglas.

— La calotte (*the cloth*), dit Sybil qui professait un athéisme scandaleux.

— Quelle calotte ?

— Eh bien, l'habit religieux.

La surprise de Doug dut être fort comique, à en juger par le rire qu'elle provoqua.

— Comment ! Vous ne saviez pas ? Non seulement il est papiste, mais encore bénédictin ; et le pire de tout, orthogéniste enragé.

— Pardon ?

— Orthogéniste. Partisan de l'orthogenèse. Il croit que l'évolution a un but. Au moins une direction.

L'expression de Douglas était attendrissante et pathétique. Sybil expliqua avec un peu d'agacement :

— Il pense que les mutations ne se font pas au hasard, par sélection naturelle, mais qu'elles sont provoquées, dirigées, qu'elles obéissent à une volonté de perfectionnement… Oh ! zut, dit-elle devant cette incompréhension persistante. Il pense qu'il y a un plan et un architecte, que le Bon Dieu sait d'avance ce qu'il veut ! résuma-t-elle.

— Ce n'est pas un crime, dit Douglas en souriant.

— Non. C'est une ineptie.

— Qu'est-ce que vous êtes, vous ?

— Plaît-il ?

— Si vous n'êtes pas orthogéniste, qu'est-ce que vous êtes ?

— Rien. Je suis disponible. Je pense que l'orthogenèse est une mystique, et que, comme le veut Darwin, la sélection naturelle a un rôle majeur. Toutefois je pense aussi qu'elle n'est pas seule. Que l'évolution est le produit de facteurs complexes, internes et externes – de toutes sortes d'interactions. Je pense qu'on ne pourra jamais ramener l'évolution à un seul facteur. Je pense que ceux qui le font sont des ânes.

— Expliquez-moi. Les facteurs externes, c'est le climat, la nourriture, les autres animaux ?

— Oui.

— La sélection, c'est que subsistent et prospèrent les formes les plus adaptables à ces facteurs ? Tandis que les moins adaptables disparaissent ?

— C'est à peu près cela.

— Et les facteurs internes ?

— Ce sont les forces de transformation issues d'une sorte de volonté de l'espèce, une volonté diffuse de se corriger peu à peu.

— De se rapprocher peu à peu de… d'un prototype idéal, en somme ?

— Oui, disons.

— Et vous croyez aux deux à la fois ?

— Oui, et à d'autres. À des tas encore d'autres causes, moins explicables.

— Par exemple ?

— Je ne peux pas vous les expliquer, puisqu'elles ne sont pas explicables.

— Divines ?

— Mais non. Pas du tout. Hors d'atteinte pour l'intelligence humaine, rien de plus.

— Et vous y croyez sans les comprendre ?

— Je n'imagine pas ce qu'elles *sont*, puisque je ne peux pas les connaître. Je pense qu'elles existent, c'est tout.

— Mais alors ça ne sert à rien.

— Comment ?

— Ce n'est pas très différent que de croire au Père Noël.

Elle rit en le considérant avec une espèce de respect nouveau :

— Ce n'est pas idiot, ce que vous dites là.

— Je préférerais m'en tenir, il me semble, à ce que mon cerveau peut comprendre. À la sélection naturelle et à la… à… l'hormogenèse, par exemple.

— L'orthogenèse. Ce serait en effet raisonnable, mais il y a des choses qu'elles ne suffisent pas à expliquer, même réunies.

— Par exemple ?

— Par exemple, l'extinction brusque de certaines espèces en pleine prospérité. Ou encore, tout simplement, le cerveau humain.

— Pourquoi le cerveau humain ?

— Ce serait trop long à vous expliquer. Enfin, *grosso modo*, parce qu'on se heurte là à trop de contradictions. Pourquoi – si nos capacités cérébrales n'ont d'autre fin que la prospérité biologique de l'espèce humaine – notre cerveau s'occupe-t-il en même temps, gratuitement, de tout autre chose ? Et s'il s'agit de cet « autre chose », dans ce cas c'est une belle faillite.

— Nous n'en sommes peut-être qu'au premier chapitre.

— Alors c'est ce que je dis : c'est quand nous en serons au dernier chapitre que nous comprendrons enfin toutes les causes.

— Voulez-vous que je vous dise ?

— Quoi ?

— Au fond, vous êtes encore plus orthogéniste que Pop.

— C'est un jugement sentimental, mon petit Doug.

— Sentimental ?

— Même Pop n'est orthogéniste que pour des raisons strictement scientifiques – du moins, il en est sûr. Ce n'est point parce qu'il croit à une volonté divine qu'il est orthogéniste, mais au contraire parce qu'il est orthogéniste qu'il croit à une volonté divine. Et s'il est orthogéniste, c'est seulement à cause – entre bien d'autres phénomènes – à cause de la façon par exemple dont s'enroulent certains types de coquillages fossiles. Il a trouvé des variations d'espèces où l'enroulement allait si loin que l'animal enfin mourait enfermé, à un âge très jeune. Pourtant ces espèces ont persisté, malgré ce handicap. D'où Pop conclut à l'existence d'un facteur interne, d'une « volonté » interne d'enroulement, contraire à tout processus d'adaptation. À quoi Cuthbert répond, en fidèle darwiniste, que ce facteur interne n'était rien d'autre à l'origine qu'un processus d'adaptation, simplement mal contrôlé ensuite par la constitution génétique. Ils se disputent là-dessus depuis trois ans comme des chiffonniers.

— Parce que votre mari s'occupe aussi de coquillages ?

— Mon cher, si vous voulez comprendre quelque chose aux origines de l'homme, il vous faut bien d'abord remonter aux origines de tout.

— En êtes-vous sûre ? dit Douglas après un moment.

— Quelle question ! Cela tombe sous le sens !

— Pas tellement, dit Douglas.

— Comment cela ?

— Il me semble, dit Douglas, qu'il y a quelque part une confusion. Entre vos coquillages et l'éléphant, par exemple, ou même les grands singes, bon, je conçois que le problème en effet ne change pas de qualité. Qu'on peut passer des uns aux autres pas à pas. Mais entre le singe et l'homme… ou plutôt, voyez-vous, entre le singe et la personne et même, si vous voulez, entre l'animal humain et la personne, là je vois un abîme. Quelque chose que toutes vos histoires d'enroulement ne peuvent pas combler.

— L'âme, sans doute ? Tiens, tiens, mon petit Doug, seriez-vous dévot ?

— Je n'ai pas une once de foi, ma chère Sybil, vous le savez bien. Je suis aussi mécréant que vous.

— De quoi parlez-vous, alors ?

— Eh bien, si vous voulez, du fait que… qu'il a au moins fallu inventer un mot comme celui-là. L'âme. Même si l'on n'y croit pas, il faut bien reconnaître… que puisqu'il a fallu l'inventer, et l'inventer pour l'homme, voyez-vous, pour le distinguer justement de l'animal… c'est donc qu'il y a chez l'homme, dans sa façon d'agir… Mais vous avez déjà compris ce que je veux dire, bien sûr.

— Non. Précisez.

— Je veux dire... qu'il y a dans les mobiles des actions humaines... quelque chose de... de particulier, de... quoi, de spécifique, de tout à fait unique, qu'on ne retrouve dans aucune autre espèce. Quand ce ne serait, par exemple, que... que, d'une génération à l'autre, notre comportement est différent. Il change constamment. Les animaux ne varient jamais dans leur manière d'être, même en mille ans. Tandis que dans la façon de considérer la vie, et donc de la vivre, entre mon grand-père et moi, il y a autant de distance qu'entre une tortue et un casoar.

— Et alors ?

— Alors, rien. Vous croyez qu'on peut expliquer cela par l'évolution d'une mandibule ?

— Oui : par celle des circonvolutions du cerveau, en tout cas.

Doug secoua la tête avec une sorte d'exaspération.

— Mais non. Ce n'est pas ça du tout. Ça n'explique rien. Les circonvolutions n'ont pas évolué depuis mon grand-père. Bon sang, que c'est difficile d'exprimer une idée de façon compréhensible !

Là-dessus une grande forme noire entre le ciel et eux leur fit lever la tête. C'était le professeur Kreps. Il était si énorme que, lorsque dans un salon il passait devant la fenêtre, toute la pièce un instant sombrait dans l'ombre. Ses pantalons étaient toujours trop étroits, toujours fripés et sans pli, et ils lui collaient aux cuisses, accentuant encore son aspect de pachyderme. Ses yeux même, entre les paupières boursouflées, prenaient, fût-ce dans la colère, l'expression rieuse de l'éléphant. Il portait une moustache de phoque où traînait généralement quelque relief de ses repas. Le plus surprenant était sa voix haute et pointue, comme celle d'un garçonnet.

— Eh bien, les enfants, dit-il, on ne va pas se coucher ?

Il parlait correctement l'anglais ; il y mêlait pourtant mainte expression germanique, bien qu'il vécût à Londres depuis l'époque lointaine où le nazisme l'avait chassé d'Allemagne.

— Vous ne voudriez pas ! dit Sybil. La nuit est trop belle !... D'ailleurs, et vous ?

— Moi, vous savez bien que je ne dors jamais.

C'était pratiquement vrai. Il se couchait rarement avant deux ou trois heures dans la nuit, et encore se mettait à lire. Il interrompait sa lecture ici et là pour sommeiller, sans jamais éteindre la lumière, et gagnait ainsi les premières lueurs de l'aube ; alors il dormait profondément une heure. Et puis il se levait, frais et dispos.

Cette nuit-là, tandis que le navire passait du golfe d'Aden à l'océan Indien dans l'eau phosphorescente, sous un ciel prodigieusement étoilé, était une nuit si douce et lumineuse, à peine agitée d'une brise à peine tiède, qu'aucun des trois ne quitta le pont jusqu'à l'aurore. Kreps récita en allemand les œuvres complètes de Hofmannsthal, qu'il leur traduisait ensuite dans un anglais un peu lourd, mais non dénué de poésie. Et quand il récita la strophe *À chanter en plein air*, qui commence et finit ainsi :

Die Liebste sprach : « Ich halt dich nicht,
Du hast mir nichts geschworn.
Die Menschen soll man halten nicht.
Zieh deine Strasse hin, mein Freund…

……………………………………………………

Und wenn mein Mund dir suesser ist,
So komm nur wieder zu mir[1] *! »*

Douglas se sentit le cœur soulevé d'une émotion et d'un bonheur amers, avec toute la simplicité de l'adolescence.

1. La tant aimée me dit : « Va,
Tu ne m'as rien juré.
Les hommes sont faits pour être libres.
Va-t'en tes routes, mon ami…
……………………………………………
Mais si ma bouche t'est plus douce,
Eh bien, alors, reviens-moi ! »

Chapitre V

Six cents milles à travers la forêt vierge. Commodité des erreurs de direction. Une dérive de quatre-vingts milles mène opportunément l'expédition où l'auteur le désirait. Le camp est attaqué à coups de pierres par des primates. Dispute sur l'habitat des singes. Avantages de l'ignorance vierge sur les œillères des spécialistes. Douglas triomphe sans modestie. Une trouvaille de Kreps fait sensation.

« *La vie est lente*, chère Frances, *mais l'espérance est violente* (avec Verlaine, le poète français que Doug préférait était Apollinaire). Nous voici à Sougaraï. Quand je pense que Londres est de l'autre côté, que nous nous opposons par la plante des pieds, et que pour vous je marche la tête en bas ! Et pourtant les semaines écoulées sont peu de chose auprès de celles qu'il nous faudra pour gagner le lieu des fouilles, à travers six ou huit cents milles de forêt vierge. Le chemin que le puissant Kreps a tracé parmi les palétuviers, les lianes et les fougères, il y a maintenant dix mois (rien qu'en fonçant comme un rhinocéros, je suppose...), est depuis longtemps effacé. En fait, toute cette région est encore pratiquement inconnue. C'est un des derniers "blancs" de la carte du monde.

« Nous allons partir sans désemparer. Toute la troupe a débarqué en bonne forme, et rien ne manque de nos multiples bagages. Tout le reste était préparé d'avance ici, et nous attendait. Vous l'avouerai-je ? Je suis assez excité… »

Frances sourit. Comme elle avait envie de l'embrasser, ce cher garçon ! Elle ne se retint pas – « combien stupide ! » se dit-elle – de donner à la lettre un baiser léger.

Le cher garçon, en ce moment, se battait sous sa tente contre les moustiques. Il dégageait une forte odeur de citronnelle, mais les insectes semblaient s'en moquer. Il se demandait si le matin arriverait jamais.

Il en était ainsi toutes les nuits, et il en fut encore ainsi toutes les nuits, jusqu'à ce qu'enfin les membres de l'expédition atteignissent la lisière de la forêt. Ils marchaient depuis soixante-seize jours à la boussole et à l'estime, sous un toit opaque de verdure qui rendait impraticable l'usage du sextant. Mais alors qu'ils s'attendaient à rencontrer une séquence de collines basses et boisées – selon les indications de Kreps – ils se trouvèrent face à face avec une muraille dénudée, de douze ou quinze cents pieds de haut. Le sextant, enfin utilisable (sous le ciel qu'ils revoyaient pour la première fois), décela une dérive vers l'est de quelques degrés seulement, mais qui se chiffrait, après ces longs jours de marche, par une erreur de près de cent milles. Greame et le père Dillighan se montrèrent fort impatients de trouver un passage pour atteindre au plus tôt la région des collines. Ils eurent avec Kreps une altercation orageuse, celui-ci prétendant tirer parti de l'aventure, en demeurant sur place pour étudier la géologie de l'étrange falaise, qui lui semblait apporter la confirmation, disait-il, de sa théorie des ruptures volcaniques. Sybil ne prit point part à la dispute. Elle se contentait de sourire. Douglas fit comme Sybil, se sentant plus qu'elle encore merveilleusement disponible.

Kreps l'emporta par sa masse et son obstination. On lui accorda huit jours pour ses recherches. Il déclara – après une observation sommaire – qu'une dépression se trouverait assurément à quelques milles au sud-ouest. La troupe se mit en marche. On trouva la dépression, plutôt même une faille, au point prévu. Un camp fut installé au pied de la falaise, près d'une source. Et Kreps pénétra dans l'étroit défilé, avec deux Malais et six Papous pour les travaux.

Au soir du cinquième jour, il survint une chose étrange. Le camp fut attaqué à coups de pierres, sans doute par des orangs-outangs – il faisait trop sombre déjà pour les identifier. On ne vit pas très bien non plus d'où ils survinrent. Les premiers arbres de la forêt étaient à près d'un demi-mille, et l'on sait que les grands singes ne s'aventurent guère hors des bois. Doug suggéra qu'ils avaient pu descendre des falaises ; on lui expliqua avec condescendance que les anthropoïdes étant arboricoles, c'était une hypothèse absurde. Doug demanda s'il n'était pas aussi absurde qu'ils eussent attaqué le camp, puisque, d'après ce qu'il savait, les singes fuyaient l'homme, loin de le provoquer. On lui expliqua encore que ce n'était point constant. Si quelques Négritos de passage avaient d'aventure tué une femelle, ou des petits, la rancune des singes pouvait être assez longue. Et même il arrive souvent que certains singes, comme les cynocéphales, attaquent à coups de pierres les hommes isolés.

Deux jours plus tard, Doug devait triompher. Kreps revint de son expédition. Il était enchanté. Il parlait avec volubilité de couches brusquement inversées de tuf, de lœss et de lapilli du miocène, du pliocène et du pléistocène ; les autres écoutaient comme s'il leur eût parlé de thé de Chine ou de Ceylan, mais le pauvre Douglas ne comprenait pas la moindre bribe. Parmi tout ce fatras il retint seulement que Kreps avait, entre autres choses, découvert une sorte de cirque où des dalles de lave pavaient le sol comme une salle de bain. Il entendit surtout qu'il ajoutait : « L'endroit est pourri de singes. »

Doug n'eut pas la délicatesse d'éviter de sourire en regardant les autres. Pop et le vieux Greame ne lui cachèrent point, par leur air vexé, qu'il ne se comportait pas en gentleman. Mais Sybil se conduisit plus étrangement. Elle prit Doug dans ses bras et l'embrassa sur les deux joues.

— La vérité nous viendra des ignorants, dit-elle. Nous nous fions trop à nos lunettes.

Greame et le père Dillighan suggérèrent qu'il y avait peut-être, dans quelque dépression inaperçue, des arbres de faible hauteur, tels que les fameuses bombacées nommées « arbres en bouteille ». Mais Kreps secoua la tête. Pas plus d'arbres que sur le dos de sa main, dit-il. Ce sont des singes troglodytes : ils vivent dans les trous de rochers. Sur quoi Pop changea la conversation, et demanda à quand le départ.

— Pas de si tôt, dit Kreps avec un sourire d'archange derrière sa moustache de phoque.

— Comment ? Quoi ? Hein ? s'exclama Greame, dont le visage rubicond passa au rouge brique.

— Oh ! dit Kreps, moi je veux bien. J'ai vu ce que je voulais voir. Mais je doute que Pop et vous décidiez de quitter ces lieux.

Il s'était assis voluptueusement dans un transat, dont les montants pliaient de façon inquiétante sous le poids du corps énorme. Il balançait sa grosse jambe d'un air espiègle, en considérant le vieux Cuthbert par-dessus ses lunettes de fer. Il y eut un beau « suspens », comme disent les cinéastes.

— Vous avez déniché quelque chose ! s'écria enfin Sybil sans cacher une impatience soudaine.

Kreps sourit en abaissant la tête.

— Ne nous faites pas languir ! cria-t-elle. Qu'est-ce que c'est ?

— Une calotte crânienne, dit Kreps avec calme.

Il fit un signe à l'un de ses aides malais, qui disparut aussitôt sous la tente du géologue.

— Où l'avez-vous trouvée ? s'exclama Sybil.

— Dans un lapilli du pléistocène. Ou je me trompe fort, ou c'est une calotte plus hominienne que celle du Sinanthrope.

— Traduisez, expliquez-moi ! supplia Doug à mi-voix en se penchant vers Sybil.

— Tout à l'heure, dit celle-ci presque sèchement. Qu'est-ce qui vous fait dire cela ? demanda-t-elle à Kreps.

— Vous examinerez le pariétal. Enfin, ce qui en reste, dit Kreps.

Le Malais s'approchait, avec une boîte dans ses mains. Kreps l'ouvrit avec soin. La boîte était pleine de sable, qu'on avait dû passer au crible le plus fin, tant il était léger. Kreps l'écarta de ses gros doigts avec une adresse, une délicatesse surprenantes. Il en sortit un objet blafard, arrondi et allongé, qu'il déposa dans les paumes tendues de Sybil. Greame et le père Dillighan s'étaient approchés, sans un mot. Ils étaient aussi pâles, c'est-à-dire aussi peu rouges que l'un et l'autre pouvaient l'être. Ils se penchèrent par-dessus l'épaule de Sybil.

Ce qui se passa ensuite défie toute description.

CHAPITRE VI

Petit cours élémentaire de génétique humaine à l'usage des femmes (et des hommes) de lettres. Une chute de dix mille siècles devant un crâne de trente ans. Survivance inespérée des hommes-singes fossiles. Hommes ou singes ? Douglas voudrait une réponse, mais Sybil et l'objectivité scientifique l'envoient promener. Naissance et prospérité des tropis.

« Je ne supposais pas, chère, chère Frances, que je pourrais vous donner des nouvelles aussi vite. Nous sommes à sept cents milles de tout lieu habité, du moins civilisé. Devant nous se dresse la chaîne infranchissable du Takoura, et, derrière, la masse à peine plus franchissable de la forêt vierge. Il n'y a pas de courrier possible.

« Du moins, il n'y en avait pas jusqu'à ce jour. Mais tout a été bouleversé par une découverte de Kreps, que je vais tenter – si je peux – de vous expliquer.

« Chère Frances, nous sommes scandaleusement ignares. Savez-vous (mieux que vaguement et par ouï-dire) ce que c'est que le Pithécanthrope, et l'Australopithèque, le Sinanthrope, l'homme de Néandertal ?

Notre absence de curiosité me fait honte, concernant nos origines. Voici que je suis passionné, figurez-vous ! Et par chance, Sybil est avec moi d'une patience d'ange (pas toujours : il lui arrive de me rabrouer comme un gamin de douze ans ; c'est que sans le savoir je la dérange alors dans une méditation). Donc, voici ce qu'il vous faut savoir : à l'origine des hommes et des singes, on le sait désormais de façon à peu près sûre, il y a une souche unique. Celle-ci a "buissonné" (c'est l'expression technique), c'est-à-dire qu'elle a subi, selon les contraintes diverses des conditions environnantes, des formes variées d'évolution, qui ont donné naissance à des rameaux divergents. Au bout de ces rameaux se trouvent actuellement, d'une part toutes les familles de singes, d'autre part toutes les races des hommes. Ainsi l'homme ne descend pas du singe, mais le singe et l'homme descendent, chacun de son côté, de la même souche originelle.

« Toutefois, dans ce buissonnement, nombreuses furent les formes qui ont prospéré quelque temps et puis ont disparu. On trouve dans les terrains du pliocène et du pléistocène – oh ! pardon : dans des couches géologiques vieilles d'un ou deux millions d'années – quantité d'ossements fossiles d'espèces variées de singes, éteintes depuis des millénaires. On a trouvé aussi – à Java, en Chine, au Transvaal – des crânes ou des morceaux de crânes d'animaux quasi humains, qui ont disparu eux aussi. Ce sont ces animaux qu'on appelle Pithécanthrope (ce qui veut dire homme-singe) ou Australopithèque (singe du Sud) ou Sinanthrope (l'homme de Chine). Ces crânes (d'ailleurs différents entre eux) sont plus développés que ceux des plus grands singes actuels, moins développés que ceux des hommes les plus primitifs. Ils sont à mi-chemin.

« Parmi les anthropologues, les uns – comme Greame et Sybil – pensent que ces animaux étaient nos ancêtres directs ; les autres – comme le père Dillighan, peut-être pour des raisons théologiques, c'est du moins l'opinion de Sybil – qu'ils étaient l'aboutissement d'un rameau à part, qui s'est éteint il y a six ou huit cent mille ans, peut-être exterminé par le rameau voisin des hommes véritables, plus intelligents et plus cruels.

« Je viens d'écrire "pensent" au présent. J'aurais dû l'écrire au passé. Parce que depuis quelques jours ils n'osent plus rien penser du tout…

« Frances, ma chérie, combien je sens brusquement votre éloignement ! C'est de ne pas pouvoir vous demander, comme je l'ai fait si souvent : "Je ne vous ennuie pas ? Je peux continuer ?"

« Il faut bien que je continue sans réponse. Oh ! je vous prie, chérie, soyez patiente. Toutes ces choses désormais m'intéressent tellement ! Je ne pourrais supporter sans souffrir de croire qu'elles vous font bâiller…

« Eh bien, il y a une dizaine de jours, Kreps a découvert dans un éboulis volcanique, vieux de milliers de siècles, un morceau de crâne qu'il a rapporté. D'après lui, c'était un crâne intermédiaire entre celui du Sinanthrope (un des singes fossiles les plus proches de l'homme) et celui de Néandertal (l'homme fossile le plus proche du singe). Il pensait ainsi fournir de l'eau au moulin des deux Greame, puisque l'antique existence de cet être ambigu, encore singe et déjà homme, serait en faveur de leur thèse d'une lignée unique.

« Je me demande, Frances chérie, si vous serez comme moi, mais quand j'eus compris tout cela, j'ai ressenti une sorte de gêne, de malaise, même d'angoisse. Sybil a trouvé ma question stupide. Cette question pourtant, elle me paraissait, à moi, essentielle. "Mais, ai-je demandé, 'encore singe et déjà homme', qu'est-ce que cela veut dire, précisément ? Que ce n'était qu'un singe, ou que c'était un homme ?" – "Mon vieux, m'a dit Sybil, les Grecs ont longtemps disputé de la grave question de savoir à partir de quel nombre exact de cailloux on pouvait parler d'un tas : était-ce deux, trois, quatre, cinq ou davantage ? Votre question n'a pas plus de sens. Toute classification est arbitraire. La nature ne classifie pas. C'est nous qui classifions, parce que c'est commode. Nous classifions d'après des données arbitrairement admises, elles aussi. Qu'est-ce que ça peut vous faire, au fond, que l'être dont voici le crâne entre nos mains soit appelé singe, ou soit appelé homme ? Il était ce qu'il était, le nom que nous lui donnerons ne fait rien à la chose." – "Croyez-vous ?" ai-je dit. Elle a haussé les épaules. Seulement c'était *avant*.

« Avant que nous ayons pleinement compris ce qui constitue, je crois, Frances, un des événements les plus bouleversants de la zoologie moderne. Je vais – malgré mon impatience à tout vous révéler – tâcher de raconter les choses comme elles se sont produites.

« Donc, Kreps a rapporté de son expédition cette calotte crânienne ; il faut vous dire que Kreps est géologue. Il en sait énormément plus sur la paléontologie que les gens comme nous, bien sûr, mais enfin, ce n'est pas sa spécialité. Comme ce crâne était enfoui dans un terrain très ancien, et comme il était tout couvert de sédiments, il le croyait fossile et très ancien lui aussi.

« De sorte qu'il n'a tout d'abord pas beaucoup mieux compris que moi ce qui se passait quand le vieux Greame, après avoir examiné ce crâne un instant, a été pris d'une colère incroyable. Il a littéralement bondi sur Kreps, en l'agonisant d'injures. Quand j'y repense, d'ailleurs, cette colère même paraît inexplicable. Que pouvait-il reprocher à Kreps, en somme ? Une mauvaise plaisanterie, tout au plus. Maintenant, à la réflexion, la raison profonde de cette colère démesurée m'apparaît dans une clarté beaucoup plus grande qu'elle ne dut l'être, sur le moment, pour le vieux Cuthbert lui-même : son instinct de savant avait compris de quoi il s'agissait avant même sa raison, et il a ressenti simultanément de tels espoirs et – si c'était une blague – une telle déception, que la colère a joué en lui comme une soupape pour ces émotions.

« Sybil a un tempérament plus calme. Peut-être aussi lui fallut-il plus de temps pour découvrir ce que son vieux mari avait compris dans un éclair. Le second à comprendre, ce fut Pop. Tout d'un coup je l'ai vu sauter en l'air, sur les deux pieds, comme une fillette qui joue à la corde. Il s'est mis à sauter ainsi tout autour de Sybil qui tenait le crâne dans ses mains. Greame criait et Pop sautait, et Sybil s'est mise peu à peu à ressembler à une statue de marbre. Pendant quelques instants, je vous jure que je n'ai pas été très rassuré.

« Kreps a fini par soulever son grand corps. Il a écarté Greame comme on écarte une mouche. Il s'est approché de Sybil et lui a repris le crâne des mains. Il a sorti son canif et a commencé à gratter. Et alors j'ai entendu la plus belle collection de jurons allemands que l'on puisse rêver dans toute une vie.

« Parce que ce crâne, Frances, n'était pas du tout fossile. C'était bien un crâne d'homme-singe, d'une de ces espèces éteintes depuis cinq cent mille ans – mais il n'était pas du tout fossile ; il était au contraire d'une époque toute récente, vingt ou trente ans au maximum.

« Vous commencez à comprendre, je suppose. Quand Pop, lui, eut enfin mis un peu ses idées en ordre, il s'est écrié : "Les cailloux !" – et nous l'avons vu bondir à travers le camp, et ramasser les pierres que les singes, l'avant-veille, nous avaient lancées. C'est étrange, Frances, quand l'esprit est excité, combien il est capable de comprendre vite. J'ai compris tout de suite pourquoi Pop cherchait ces cailloux. Que c'était pour voir s'ils étaient taillés. Vous savez, comme ces pointes de flèches, ou ces haches de silex, qu'on trouve dans les terrains préhistoriques de l'âge de la pierre. Et il m'apparut d'évidence (ou du moins je le crus...) que si les singes qui les avaient lancés savaient tailler la pierre, alors ce n'étaient pas des singes, mais des hommes.

« Les pierres étaient taillées, Frances. Elles étaient même taillées avec un soin et un art singuliers. C'étaient ce qu'on appelle, paraît-il, des "coups-de-poing", c'est-à-dire une arme primitive dont ces êtres se servent pour assommer plus sûrement une proie.

« Remarquez que cette découverte n'était pas absolument contraire à ce qu'on soupçonnait déjà. En effet, autour des restes du Sinanthrope (le singe fossile qui vivait il y a un million d'années et qu'on a mis au jour dans les environs de Pékin), on avait trouvé aussi des pierres taillées et des traces de feu. Sur quoi s'était ouverte une grande dispute. C'est la preuve, disaient les uns, que le singe à ce degré d'intelligence était déjà capable d'inventer le feu et de fabriquer des outils. Mais non, rétorquaient les autres, c'est seulement la preuve que, contrairement à tout ce qu'on croit, des hommes vivaient déjà à cette époque, qui tuèrent le Sinanthrope avec ces pierres et le rôtirent avec ce feu.

« Nous venons d'avoir, nous, la preuve que ce sont les premiers qui ont raison.

« Car il ne paraît pas douteux non plus que, par leur constitution zoologique, les êtres qui nous ont lancé ces cailloux taillés ne sont pas des hommes, mais des singes. Je vous raconterai plus loin comment nous avons fait, mais Greame, Pop et Sybil ont déjà pu se livrer sur eux à des études approfondies. L'état d'excitation où ils se trouvent, je vous le laisse à imaginer. Le fait est que je le partage ! Avoir trouvé l'Anthropopithèque, le *missing link*, le chaînon manquant – et l'avoir trouvé vivant ! Des crânes pareils à celui que Kreps a rapporté, nous en avons déterré depuis des centaines. Et aussi des squelettes entiers – car il apparaît bien que ces singes étranges enterrent leurs morts. Nous avons découvert une vraie nécropole, grossière et primitive certes, mais dont le caractère funéraire est certain. Pourtant ce sont des singes.

Je n'y connais pas grand-chose, assurément, mais il suffit de les regarder. Ils ont des bras démesurés, et bien qu'ils se tiennent généralement droits, il leur arrive, au plus fort d'une course, de s'appuyer encore sur le dos des doigts, à la façon des chimpanzés. Leur corps est couvert de poils, mais je dois dire que l'aspect en est troublant, surtout celui des femelles. Elles sont plus fines que les mâles, ont les bras moins longs, de vraies hanches et une poitrine très féminine. Le poil est court et velouté, un peu comme celui des taupes. Tout cela leur confère une apparence gracieuse et délicate – attendrissante, presque sensuelle ; mais le visage est terrible.

« Car il est nu, comme celui des humains. Mais presque aussi écrasé que celui des singes. Le front est bas et fuyant, l'arcade sourcilière énorme, le nez quasi absent, la bouche prognathe comme celle des Nègres, mais sans lèvres comme celles des gorilles, avec des dents puissantes, et des canines comme des crocs. Les mâles portent une sorte de barbe en collier qui les fait ressembler aux vieux matelots d'antan. Les femelles, une crinière soyeuse qui leur retombe sur les yeux. Elles sont très douces, et ne demandent qu'à être apprivoisées. Les mâles sont d'humeur instable, le plus souvent paisibles, pacifiques, mais sujets à des colères imprévisibles qui obligent à quelque prudence.

« Vous voyez que je parle de singes mâles et femelles. Pourtant, la tentation est grande de parler d'eux en êtres humains – puisqu'ils taillent la pierre, font du feu, enterrent leurs morts, et même communiquent entre eux par une espèce de langage (un petit nombre de cris articulés, que Pop évalue à une centaine).

« Voilà où nous en sommes. Pour le moment, la question reste en l'air de savoir comment les nommer. Au vrai, je crains d'être seul à en être vraiment préoccupé. Je vous ai raconté ce que m'a répondu Sybil. “Quelle importance !” À première vue, il semble en effet qu'elle ait raison. Greame, Kreps et elle ont tranché provisoirement la question en les désignant familièrement entre eux sous le nom de *tropis* (sans doute parce que c'est une contraction d'*anthrope* et de *pithèque*). Assez curieusement, Pop semble répugner à user de ce mot, pourtant plutôt gentil, au fond. Il parle d'eux toujours par périphrases, n'osant visiblement dire ni “singes”, ni “hommes”, ni “tropis”. Comme moi, et plus que moi peut-être, cette indécision paraît le tourmenter. Oui, au fond, plus que moi. Parce qu'en définitive j'ai adopté “tropis”, comme les autres. C'est plus facile. Mais il est bien entendu dans mon esprit que c'est “en attendant”. Il faudra bien que l'on décide un jour si ce sont des singes ou des hommes. » ....
....

Chapitre VII

Détresse et indécision du père Dillighan. Les tropis ont-ils une âme ? Mœurs et langage des hommes-singes. Vivent-ils déjà dans le péché originel, ou encore dans l'innocence bestiale ? Baptisera, baptisera pas. Comme à l'ordinaire, l'étude, l'expérience et l'observation multiplient l'incertitude.

« Mon petit Doug, quelle joie de pouvoir vous écrire à mon tour ! Vous ne m'avez pas raconté – vous aviez trop à dire ! – par quel miracle vos lettres me parviennent du fond de votre désert, ni comment les miennes franchiront vos montagnes ou votre forêt vierge. Mais vous ne m'eussiez pas si gentiment pressée de vous répondre si la réponse devait rester poste restante à Sougaraï.

« Quelle aventure, Doug, quelle découverte ! Vous m'avez communiqué le feu de la passion. J'ai immédiatement acheté tout ce qui a paru en Angleterre sur les Grands Singes et les Hommes Fossiles. J'y suis déjà plongée. J'ai quelque mal à me familiariser avec tout ce jargon technique, mais je m'y habitue peu à peu. Est-ce parce que je vous aime, Doug, mais je réagis tout comme vous : l'existence de vos "tropis" me plonge dans un vrai malaise. Je n'arrive pas encore à savoir exactement pourquoi. Peut-être est-ce la survivance des anciennes croyances dans lesquelles on m'a élevée : je me prends parfois à me dire qu'il faut absolument savoir si *vos tropis ont une âme*, ou s'ils n'en ont pas. Après tout, le plus mécréant d'entre nous ne peut tout à fait rejeter l'idée que l'homme a reçu, seul, une étincelle divine. Oui, n'est-ce pas de là que vient notre malaise ? Si l'homme est tout doucement venu de l'animal, à quel moment a-t-il reçu cette étincelle ? Avant d'être tropi, ou après ? Ou pendant ? N'est-ce pas toute la question, Doug, en définitive : est-ce que vos tropis ont une âme ? Qu'en pense le père Dillighan ? »........

*

* *

Le pauvre père Dillighan était justement au martyre de ne savoir que penser. Les premiers jours, la fièvre scientifique l'avait seule envahi. Il avait travaillé avec les autres dans la joie et l'exaltation. Puis on le vit devenir inquiet, distrait, tomber dans des périodes de silence et de sombre humeur. Tandis qu'il écoutait Sybil et Doug discuter sur la nature, humaine ou non, des tropis, son visage chevalin et rougeaud pâlissait, ses fortes lèvres semblaient trembler dans un marmonnement secret, et il lui arrivait de laisser éteindre sa pipe. Un jour que Sybil avait mis fin aux observations de Doug par un « Laissez-moi donc tranquille ! » agacé, Pop avait pris le jeune homme par le bras et lui avait confié à l'oreille :

— Vous avez fichtrement raison. Dans des moments pareils, la science me dégoûte.

Il tenait le bras de Doug serré contre lui, comme s'il s'y fût accroché.

— Savez-vous ce que je pense ? dit-il d'une voix soudain chavirée. Nous méritons tous d'être damnés.

Il tourna vivement la tête vers le jeune homme comme pour surprendre sa réaction. Doug, en effet, ne cacha pas sa surprise :

— Qui, tous ? Tous les hommes de science ?

— Non, non ! corrigea vivement le vieux Pop en secouant sa chevelure d'argent : Nous tous, hommes de foi et de dévotion.

Il lâcha le bras de son compagnon et reprit en marchant tête basse :

— Nous manquons d'imagination à un point vraiment damnable, dit-il. Une aventure comme celle qui nous arrive ouvre des perspectives terrifiantes.

Il redressa la tête, appuya sur Doug un regard d'où débordait comme une anxiété intolérable.

— Il n'y a pas vingt siècles que Jésus est venu, et il y en a cinq mille que les hommes existent, dit-il. Cinq mille siècles pendant lesquels ils ont vécu dans l'ignorance et le péché. Comprenez-vous ce que cela veut dire ? Et notre charité est si faible que nous n'y pensons jamais ! Nous devrions, en songeant à eux, transpirer d'angoisse et d'amour. Mais nous trouvons très suffisant de nous préoccuper du salut de quelques vivants.

— Vous supposez que Dieu les a damnés ? Je croyais que la doctrine veut, du moment qu'ils péchaient dans l'innocence…

— Je sais bien… je sais bien… peut-être sont-ils dans les limbes. C'est une façon de nous rassurer… Mais croyez-vous qu'il soit moins abominable d'errer pour l'éternité dans le vide horrible des limbes, que de brûler en enfer ? Notre vieux sens de la justice se révolte à la pensée… – mais la justice de Dieu n'est pas la nôtre. Nous en ignorons les desseins.

Il murmura :

— Vous croyez que tout cela me laisse tranquille ? Quel bonheur, si mes péchés sont absous, aurai-je à la droite de Dieu, sachant que par millions des âmes moins fortunées endurent éternellement le soufre et le feu ? Je me ferai l'effet d'un nazi qui fête Noël en famille et se réjouit des camps de concentration…

Il tendit le bras vers la « réserve » où l'on avait parqué les tropis capturés.

— Que doit-on faire de ceux-là ? dit-il comme s'il eût crié à voix basse. Faut-il les abandonner dans l'innocence ? Mais s'y trouvent-ils seulement ? S'ils sont hommes, ils sont pécheurs : et ils n'ont point reçu de sacrement ! Doit-on les laisser vivre et mourir sans baptême, avec tout ce qui les attend au-delà, ou bien…

— À quoi pensez-vous, Pop ? s'écria Doug, stupéfait. Pas à les baptiser, quand même !

— Je ne sais pas, murmura Pop. Je ne sais vraiment pas, et j'en crève.

*

* *

Il est bon peut-être de combler ici quelques lacunes dans le récit de Douglas. Celui-ci avait trop à raconter pour penser à tout. C'est seulement petit à petit que Frances apprit les faits et gestes de l'expédition depuis la découverte de Kreps.

Le premier moment d'émoi passé, l'esprit scientifique tout aussitôt prit le dessus, c'est-à-dire l'esprit d'observation, c'est-à-dire encore l'esprit pratique : comment mettre à profit cette chance incroyable, en tirer le meilleur parti pour la science ?

Pour commencer, le camp se transporta dans le fameux cirque « dallé de lave comme une salle de bain », afin de se rapprocher des tropis. On découvrit bientôt que ce dallage était artificiel ; on vit que chaque dalle recouvrait une poche naturelle plus ou moins grande – la lave en cet endroit apparut grêlée comme un gruyère – et que la plupart des trous étaient remplis d'ossements.

Pop et les époux Greame eurent tôt fait d'en assembler les éléments. Cela donna des squelettes parfaitement constitués de quadrumanes ; mais plus proches, dans l'ensemble, du squelette humain qu'aucun des singes fossiles trouvés jusqu'à ce jour, même le Sinanthrope. Sans toutefois pouvoir s'identifier encore à celui qu'on appelle – malgré la disproportion des membres, la plantation avancée du crâne encore exigu sur l'échine fléchie – non plus le singe mais déjà l'homme de Néandertal, à cause des divers objets, façonnés à la main, qui furent découverts près de lui.

Pendant plus de huit jours, on ne put apercevoir de tropis vivants. Sans doute cette intrusion les avait-elle effarouchés. On en profita pour explorer leurs grottes désertées. On y trouva partout des traces de feu, des litières de feuilles, et une quantité incroyable de « coups-de-poing ». Toutefois les parois étaient vierges : ni dessins, ni signes d'aucune sorte.

Contrairement aux grands singes qui vivent de racines et de fruits (parfois d'insectes), de nombreux restes montrèrent que les tropis étaient quelque peu carnivores. On put constater que leurs feux ne leur servaient pas à cuire la viande, mais à la fumer grossièrement. On découvrit ainsi fumés, et cachés sous des quartiers de roc, quelques morceaux abandonnés de tapir et de porc-épic, qu'ils n'avaient pu sans doute emporter dans leur fuite.

— Des êtres capables de tout cela sont sûrement des hommes ! s'était exclamé Douglas.

— Ne vous emballez pas, dit Sybil. Vous n'avez pas vu les castors construire leurs digues, changer le cours des rivières, transformer des marais nauséabonds en cités plus salubres que Bruges ou Venise ? Savez-vous que les fourmis font des conserves de champignons, qu'elles élèvent du cheptel ? Et qu'elles ont aussi leurs nécropoles ? Au-dessous d'un certain niveau d'industrie, il est difficile de savoir à première vue s'il s'agit d'instinct ou d'intelligence. Ce n'est pas sur ces choses-là que l'on peut asseoir un classement zoologique, réellement scientifique. Et d'ailleurs, quand bien même un cheval apprendrait à jouer du piano comme Braïlowsky, il n'en deviendrait pas un homme pour autant. Ce serait toujours un cheval.

— Mais vous ne l'enverriez pas à l'abattoir, dit Douglas.

— Vous mélangez tout, dit Sybil. Il ne s'agit pas de cela !

— Peut-être pas pour vos singes fossiles d'il y a un million d'années – et encore, Pop aurait son mot à dire là-dessus. Mais ces tropis sont vivants !

— Et alors ?

— Ah ! flûte ! fit Doug hors de lui. C'est à se demander si vous êtes vous-même un être humain, ou une table de logarithmes !

Il vit que Pop l'encourageait d'un sourire, et cela lui rendit son calme.

Entre-temps, Greame avait fait fonctionner le petit poste émetteur qui ne devait servir, en principe, que pour demander du secours. Le message qu'il envoya à Sougaraï fut tout aussitôt transmis à Sydney et à Bornéo. On sut plus tard que le Muséum de Bornéo avait seulement (si l'on peut dire) haussé les épaules. Mais Sydney s'excita. Un riche anthropologue amateur fournit un hélicoptère, puis bientôt un autre. Deux semaines plus tard, le camp s'était agrandi de six nouvelles tentes, d'un médecin, d'un chirurgien-anatomiste, deux cinéastes, un biochimiste et son caisson-laboratoire, deux monteurs avec trois tonnes de grillage et de poteaux d'acier, et une quantité fantastique de jambon en conserve.

Car on avait pu constater que les tropis s'en montraient extrêmement friands. Ils avaient en effet regagné leurs grottes, au bout de quelques jours, d'abord timidement, puis avec une hâte joyeuse quand les premiers y eurent trouvé le jambon que les Greame y avaient déposé à tout hasard. Des feux s'allumèrent partout pour le faire fumer, – ce qui était une curieuse pratique puisqu'il fut consommé sur-le-champ. Et les falaises retentirent de nouveau de ce que Kreps appelait leurs jacassements, et Pop leur langage.

— Langage ! ! ironisait Kreps. Parce qu'ils font « ouille ! » quand ils se font mal, et « oh ! là ! là ! » quand ils sont contents ?

— Ils ne disent ni ouille ni oh ! là ! là ! répondait Pop avec gravité. On peut distinguer des sons précis, je vous assure. Ils ne ressemblent pas aux nôtres, c'est pourquoi vous ne les reconnaissez pas. Mais on les saisit parfaitement dès qu'on les a isolés une fois. Je commence déjà à les comprendre.

Kreps se montra moins sarcastique quand, après quelques jours, Pop tenta une expérience, et réussit. Il poussa deux petits cris et la falaise tomba aussitôt dans un étrange silence ; puis un autre, et des centaines de tropis se montrèrent ensemble à l'entrée de leurs grottes ; deux ou trois nouveaux cris enfin, mais après une période comme d'attente ou d'hésitation, les tropis disparurent en jacassant.

— Qu'est-ce que vous leur avez dit ? s'exclama Kreps.

— Rien, dit Pop. J'ai poussé d'abord deux cris d'alerte ; puis un que l'on pourrait appeler de circonstance insolite ; par les derniers je croyais les intriguer plus encore : ce sont ceux qu'ils jettent pour signaler les vols d'oiseaux sauvages. Du moins c'est ce que j'avais cru, et j'espérais qu'au moins ils lèveraient la tête. Mais j'ai dû mal comprendre, ou mal crier.

— Quoi qu'il en soit, dit Doug, le professeur Kreps a raison : ce sont des cris, ce n'est pas un langage.

— Qu'appelle-t-on langage ? dit Pop. S'il faut pour mériter ce nom une grammaire et une syntaxe, bien des tribus primitives ne savent pas parler. Les Veddahs de Ceylan disposent à peine de cent ou deux cents mots, qu'ils se contentent de débiter à la queue leu leu. Je dis qu'il y a langage dès que des sons articulés désignent des objets ou des faits, des sensations ou des sentiments qui varient avec la place et le choix des sons.

— Mais alors, selon vous, les oiseaux parleraient ?

— Si l'on veut – mais leurs chants sont trop pauvres en modulations distinctes pour qu'on les puisse vraiment qualifier de langage.

— Alors les cris des tropis sont-ils assez riches ? Nous retombons dans l'histoire du tas de cailloux, soupira Doug. Combien faut-il de mots ou de sons distincts pour mériter le nom de langage ?

— C'est bien là le hic, dit Pop.

*

* *

Ainsi le pauvre Douglas, chaque fois qu'il croyait tenir enfin un fil conducteur, voyait-il ce fil lui échapper, ou du moins n'aboutir à rien de certain. Sa seule consolation – si c'en était une – était de savoir Pop plus malheureux que lui.

— Voyons, Pop, disait-il, à quoi rime votre tourment ? Même si les tropis sont des hommes, comment les baptiser sans leur consentement ?

— S'il fallait, soupira Pop, attendre le consentement des gens pour les baptiser, on ne baptiserait pas les nouveau-nés.

— Mais, au fait, c'est vrai, Pop, pourquoi les baptise-t-on ?

— Dans sa réponse à Pélage, dit Pop, saint Augustin est formel : l'âme de l'enfant qui naît est lourde de tout le poids du péché originel. « La foi catholique enseigne, dit-il, que tous les hommes naissent si coupables que les enfants mêmes sont certainement damnés quand ils meurent sans avoir été régénérés en Jésus. » Je ne puis pas, étant bénédictin, mettre en doute la parole de celui à qui mon ordre doit le meilleur de son esprit. Donc, si les tropis sont des hommes, et même s'ils pèchent dans l'innocence, ils sont coupables. Seul le baptême peut les laver du péché originel en attendant que, la raison leur étant venue, ils comprennent ce qu'ils font et deviennent responsables de leur salut. D'ici là, tous ceux qui meurent sans baptême sont pour le moins promis, eux aussi, au silence éternel des limbes, si ce n'est pas aux flammes de l'enfer. Comment pourrais-je supporter l'idée d'avoir été pour eux, par mon abstention, la cause d'un si grand malheur ?

— Eh bien, alors, dit Doug, baptisez-les ! Qu'est-ce que vous risquez ?

— Mais si ce sont des bêtes, Douglas, on ne peut pas songer à leur administrer un sacrement ! Ce serait une action impie ! Rappelez-vous, dit-il cette fois en souriant, l'erreur du vieux saint Maël, dont la vue était basse, et qui, ayant pris une tribu de pingouins pour de pacifiques sauvages, les baptisa incontinent. Ce qui, raconte le chroniqueur, mit le Ciel dans un embarras bien grand : comment recevoir à la droite de Dieu des âmes de pingouins ? Un concile d'archanges décida que la seule façon de s'en sortir était de les changer en hommes. Ce qui fut fait. Sur quoi tous ces pingouins cessèrent de pécher dans l'innocence, et furent bel et bien damnés.

— Alors ne les baptisez pas !

— Mais si ce sont des hommes, Douglas !

Ces tergiversations du père Dillighan avaient le don de faire rire Sybil aux larmes. Elle se faisait expliquer l'Encyclique « *Humani generis* » où est précisé quelle limite zoologique l'Église entend tracer entre l'animal et l'homme. « Mais, justement, ces malheureux tropis s'y trimbalent, sur la limite ! s'écriait Pop. Comme Charlot sur la frontière du Mexique et du Texas, à la fin du *Pèlerin.* Un pied de chaque côté », gémissait-il.

— Allons, allons, Pop, disait Sybil, un peu de patience. Le feu n'est pas en la demeure. Tous ces braves tropis peuvent bien se passer de baptême encore quelques mois !

— Mais ceux qui mourront entre-temps !

Ils semblaient en effet mourir avec une assez grande facilité, à des âges divers – ce que semblait compenser un peu une remarquable fécondité. Il n'était guère de jours qu'on ne vît quelques tropis sortir un mort de sa grotte. Mais aucun membre de l'expédition n'avait pu réussir encore à surprendre les funérailles. Soit que la présence du camp sur leur nécropole eût fait abandonner celle-ci par les tropis, soit que cet abandon fût plus ancien, on les voyait grimper sur les falaises avec une agilité de macaque, et disparaître dans les vallées de lave, emportant leur fardeau macabre.

« Nous retrouvions ensuite les corps facilement, écrivait Doug à Frances. Et il ne semble pas que les survivants s'aperçussent du larcin : nous avons dérobé quatre nuits à la suite, dans le même trou de lave, les corps qu'ils venaient d'y mettre. La cinquième fois, nous avons laissé la dalle en place : alors seulement ils sont passés au trou voisin.

« J'ai assisté aux dissections, que Théo et Willy (le toubib et le chirurgien) ont pratiquées. Toujours le même résultat : certains organes sont presque humains, d'autres ont encore les caractéristiques des grands singes. Impossible de se décider là-dessus. La cervelle surtout est troublante. Elle présente, paraît-il, la plupart des circonvolutions de notre cerveau. Les sillons toutefois sont moins approfondis, les frisures moins nettes. Mais rien ne s'oppose, d'après Willy, à une éducation de leur intelligence. Elle pourrait, semble-t-il, être poussée très loin.

« Depuis ma dernière lettre, nous avons réussi à capturer quelques tropis – mâles, femelles et enfants, une trentaine en tout. Capturer n'est pas le mot propre. Nous les avons attirés et séduits. Attirés avec du jambon, séduits avec la radio. Ce sont évidemment les moins timides. Et aussi les plus mendiants. Au point qu'ils ont fini par s'attacher à tous nos pas, et à ne plus quitter le camp. Nous leur avons installé une "réserve" près de chez nous – hors de vue de leurs congénères. Ils y sont heureux et ne cherchent plus à en sortir. Chaque jour, quelques nouveaux tropis mendiants viennent rôder au camp et se joignent aux autres. Malgré le grillage qui les entoure, je crois qu'ils n'ont pas compris réellement qu'ils sont en captivité.

« Nous avons multiplié sur eux les tests d'intelligence. Puisque vous avez lu *Les Grands Singes*, vous savez comment on s'y prend. Et que les résultats sont déroutants : par exemple, si le chimpanzé est plus intelligent que l'orang-outang, s'il résout beaucoup plus vite les problèmes d'astuce (comme d'attraper un fruit hors de portée, ouvrir une serrure, etc.), l'orang-outang, en revanche, en inventant avec une barre de fer, pour écarter les grilles de sa cage, l'usage du levier, a montré une capacité de réflexion inattendue chez un animal.

« Nos tropis ne semblent guère plus avancés qu'eux. Ils ont des mains plus déliées, assez proches de celles des Pygmées, avec de longs doigts autonomes (ils désignent souvent un objet lointain de l'index, dans un geste très humain). Mais ce qu'ils savent faire de ces mains est limité. Ils obtiennent du feu en battant deux silex taillés sur du lichen. Nous avons allumé devant eux du papier avec des allumettes. Ils ont d'abord simplement eu peur. Puis leur curiosité a pris le dessus. Ils nous ont longtemps regardés faire, ont tenté de nous imiter, mais ils ont mis un temps considérable à établir l'ordre des liens de cause à effet. Enfin le plus intelligent d'entre eux est parvenu à comprendre le rôle de l'allumette. Mais il n'a fait depuis aucun progrès dans le choix du bout à frotter. S'il frotte le bon bout, c'est toujours par hasard.

« En revanche, Pop est vraiment parvenu à leur apprendre à dire cinq ou six mots d'anglais – l'anglais d'un enfant de trois ans. Le premier mot qu'ils ont su dire est "ham" (jambon), ensuite "zik" pour réclamer la radio, qu'ils adorent. Mais cela ne prouve encore rien, paraît-il. Il y a des années, m'a dit Pop, qu'un nommé Furness est parvenu à des résultats du même ordre avec un orang-outang. Il faudrait voir si plus tard, dit Pop, nos tropis lieront ces mots en idées.

« De l'un d'entre eux, Pop est même parvenu à obtenir qu'il reconnaisse la lettre H, à force de lui faire désirer des morceaux de jambon sur lesquels était dessinée la lettre. Le tropi sait la découvrir parmi d'autres, dire "ham" quand il la voit et même, maintenant, la tracer avec un crayon. Mais il répugne à tout effort gratuit, et ne sait que faire du crayon quand il n'a plus faim. Il n'a montré aucune curiosité pour les dessins que Pop multipliait devant lui, et d'une manière générale, pour aucune image, aucune photographie. Il est patent qu'il ne les "voit" pas.

« Tout dans ce domaine-là paraît donc apparenter les tropis au singe plus qu'à l'homme. Mais beaucoup d'autres faits pourraient plaider en sens contraire. Leur visage, si proche qu'il soit encore de celui de l'orang-outang, est beaucoup plus expressif. D'abord, ils savent rire, et si le rire est le propre de l'homme, alors ils sont humains comme vous et moi. Je n'oserais prétendre qu'ils sont sensibles à l'humour ! Mais toute guignolerie qui fait rire un enfant de deux ans les fait rire aussi.

« Ils sont surtout remarquables à voir tailler leurs coups-de-poing. S'ils n'avaient le corps couvert de ce poil fauve et ras, si leur attitude fléchie n'était assez pareille à celle du gorille, s'ils n'avaient enfin quatre mains et ces jambes trop courtes, ces bras trop longs, ce front fuyant et ces crocs, on croirait voir travailler quelque artisan, quelque sculpteur primitif. Ils frappent la pierre avec une précision inouïe, les éclats volent d'abord par larges quartiers, puis par morceaux de plus en plus petits, et ils donnent alors des coups légers et délicats, jusqu'à ce que la pierre enfin prenne cette forme d'œuf à bords tranchants, que nous serions presque tous, au camp, bien incapables de façonner.

« L'étrange est qu'ils continuent de fabriquer tous les jours quantité de ces coups-de-poing, bien qu'ils n'aient plus jamais l'occasion de s'en servir – je parle de ceux de la "réserve". Les tout-petits s'y exercent déjà. Ils s'y prennent maladroitement, s'écrasent un peu les doigts, et tous les autres rient.

« Pop a eu l'idée un jour de tailler une pierre devant eux avec un vrai marteau et un ciseau à froid. Ils n'ont pas su se servir du ciseau, mais bientôt ils se disputaient bruyamment le marteau : ils avaient constaté que les pierres se taillaient plus vite. Ainsi ils sont capables d'améliorer leur industrie, mais non de s'apercevoir qu'elle est devenue sans objet. Comme ces lapines prêtes à mettre bas, qui continuent, malgré le nid tout fait que l'on a mis près d'elles, de s'arracher du poil et ne savent plus qu'en faire.

« Vous le voyez, Frances, nous ne progressons guère. Ou plutôt je ne progresse guère, car je reste seul – avec Pop – à m'inquiéter de savoir s'ils appartiennent ou non à l'espèce humaine.

« J'ai eu ces jours derniers encore, avec Sybil, presque une vraie dispute. Elle m'avait dit :

« — Non seulement cette question n'a pas de sens, mais elle entraverait nos travaux. Ce que nous avons à faire, ce sont des observations objectives. Si nous voulons *prouver* quoi que ce soit, mon vieux, nous sommes foutus. Vous pensez en journaliste, Doug, avec la déformation des gros titres : "*Les tropis sont-ils des hommes* ?" Mais la science n'a que faire de ces jeux grossiers. Par conséquent, s'il vous plaît, laissez-moi tranquille avec ça, une fois pour toutes.

« J'ai répondu :

« — Bon. Mais supposez demain qu'il me prenne envie de chasser et de les utiliser comme gibier. Me laisserez-vous faire ?

« — Vous êtes idiot, Doug. Vous n'avez pas plus le droit de les occire que des chimpanzés ou des ornithorynques. La loi protège toutes les espèces en voie de disparition.

« — Si j'étais vous, je ne serais pas fière de cette réponse-là. Je vais donc vous poser la question autrement : si nous nous trouvions affamés, sans vivres, et sans autre gibier alentour, mangeriez-vous un tropi sans remords ?

« Elle se leva en protestant : "Doug, vous êtes ignoble !" et quitta la tente aussitôt. Mais elle ne m'avait pas répondu. »..

Chapitre VIII

Les tropis peuvent-ils servir de rôti à des créatures chrétiennes ? Les porteurs papous résolvent la question. Détresse accrue du père Dillighan, et consternation du camp. Visites des tropis, leur amitié pour Doug et ses compagnons. Première déroute de l'objectivité scientifique. La Société Fermière du Takoura. Lainages australiens et concurrence anglaise. Projets d'équipement industriel à partir d'une main-d'œuvre gratuite. Les tropis seront-ils vendus comme bêtes de somme ? Deuxième déroute de l'objectivité scientifique. L'œuf de Christophe Colomb. Une proposition délicate. Indignation du père Dillighan.

C'est bien pourtant ainsi que la question se posa un jour. Ou plutôt certaine nuit où des feux insolites s'allumèrent dans le camp des porteurs papous. « Que peuvent-ils bien foutre ? » s'étonna Kreps. Doug vit le père Dillighan se lever, et muettement s'enfoncer dans la nuit vers le camp illuminé, où il semblait bien qu'on distinguât nombre de silhouettes dansantes ou gesticulantes.

— Le père s'inquiète pour ses ouailles, ironisa Sybil. Leur foi n'est pas encore d'une fermeté inébranlable.

On plaisantait souvent le père sur ses conversions parmi les Papous. Pop n'était point parvenu par exemple à faire renoncer ses prosélytes à leurs tatouages. Simplement ils y mêlaient parfois la croix ou la couronne d'épines. Alors Pop entrait dans des colères tonnantes sous lesquelles ses catéchumènes pliaient une échine terrifiée.

Doug et ses amis prêtaient l'oreille, à l'affût de l'éclat attendu. Mais ils n'entendirent rien.

Et quand ils virent revenir le bénédictin, c'était un homme pâle et hagard. Il s'assit sans dire un mot ni regarder personne.

— Eh bien, dit Kreps, qu'est-ce qu'ils font ? Ils célèbrent Vichnou, ou la lune, ou quoi ?

Pop d'abord leva sur lui des yeux égarés. Puis il secoua ses boucles blanches et lentement imita une broche qu'on tourne. Enfin il dit :

— Ils les font rôtir.

— Rôtir ? Vichnou et la lune ?

— Non : les tropis.

Deux mois plus tôt, cette « tropophagie » n'eût pas été sans doute pour les gens du camp – hors Douglas et Pop – de grande conséquence. On eût grondé les Papous, on eût menacé de les punir s'ils recommençaient. Peut-être eût-on ri en dessous comme font les parents d'enfants espiègles.

Mais entre-temps les sentiments de tous, même ceux de Kreps et de Sybil, avaient fort évolué. Ils étaient lentement passés de l'indifférence expérimentale à l'éclosion d'une affection sincère.

D'une affection et même, dans certains cas, de réel respect et d'estime. Non pas, sans doute, pour les tropis de la « réserve », doux et domestiqués, à qui l'on s'était attaché comme à des animaux fidèles dont la gentillesse est charmante. Mais bientôt on s'aperçut que la retenue des autres, de ceux qui farouchement restaient dans les falaises, ne tenait pas tellement à la crainte ou à la méfiance, qu'à une indépendance plus sourcilleuse.

Tandis que les premiers s'étaient tout de suite approchés du camp par petites bandes jacassantes, instables, frivoles, mendiantes de jambon – ce jambon pour l'amour duquel ils avaient fini par abdiquer leur liberté –, les autres, au contraire, firent attendre plusieurs semaines l'honneur d'une première visite.

Et puis, un beau matin, on vit venir un vieux tropi, tout seul. Il s'approcha du camp sans hâte, mais sans crainte ; et comme si c'eût été la chose la plus normale du monde, il commença de déambuler lentement entre les tentes, avec l'allure flâneuse, un peu distante, d'un visiteur à l'Exposition. D'abord on le laissa tranquille, comme si l'on ne prenait qu'à peine garde à lui. Ainsi s'arrêtait-il ici et là, avec un naturel de badaud parisien, à considérer choses et gens. Il marqua de l'intérêt pour du linge flottant au vent, parut surpris par la présence, sous un abri, de l'hélicoptère, captivé par le moteur en marche du groupe électrogène, fasciné par les mécaniciens en train de se raser, le visage barbouillé de mousse.

Le père Dillighan enfin vint doucement à lui, et à dix pas émit un son bref et mouillé. Le vieux tropi ne sursauta point, il dévisagea Pop, mais ne dit rien. Pop souriait sans bouger, murmura encore le même son moelleux, sans davantage obtenir de réponse. Simplement il vit le tropi prendre de la main gauche le coup-de-poing qu'il avait dû, tout ce temps-là, tenir dissimulé dans la main droite, et lentement se passer celle-ci sur la poitrine velue, dans un geste de douceur pacifique.

Il n'y eut rien de plus ce jour-là. Tandis qu'il repartait, Doug essaya bien de lui offrir la moitié de tout un jambon, mais essuya le hautain refus d'une inattention ostensible. On n'insista point, et le vieux tropi regagna sa falaise avec une noblesse tranquille.

Le lendemain, ils vinrent à dix ou douze. Le vieux tropi de la veille était-il parmi eux ? Ils se ressemblaient trop, ou du moins l'on était trop peu exercé encore à saisir leurs différences, pour qu'on en fût certain. Mais qu'ils fussent tous de vieux tropis, c'était sûr.

Ils visitèrent le camp à leur tour, avec le même intérêt flâneur, comme une petite bande de retraités des postes en rupture de leur province. Quand l'un d'eux s'attardait, il rejoignait le reste de la troupe en s'aidant pour courir de ses bras trop longs, à la façon des singes. On observa qu'ils n'étaient pas tous également fascinés par les mêmes choses. La mousse savonneuse sur le visage des hommes en train de se raser ne les retint guère. Aucun ne fut insensible au moteur du groupe électrogène, mais ils lui montrèrent, selon les individus, un intérêt variable. L'un d'eux, même, manifestait une sorte d'indifférence imperturbable à tout ce qui retenait ses amis. Il se retournait vers eux dans l'attitude de patience ennuyée du père qui traîne son fils le long des vitrines aux jouets.

Greame et Pop – les doyens du camp –, assis en tailleur entre deux tentes, les attendaient au passage. Ils avaient disposé sur le sol une douzaine de jambons en conserve. Les vieux tropis s'arrêtèrent, surpris. Pop fit entendre le son bref et mouillé qu'il avait employé la veille. Il y eut un vague murmure parmi les tropis, mais ils ne bougèrent point d'abord. Les deux hommes se levèrent ; Pop émit à l'adresse des tropis quelques sonorités moelleuses, puis Greame et lui rentrèrent sous la tente. Un jacassement hâtif parcourut la bande des tropis, quand ils virent qu'on les laissait seuls. Ils agréèrent alors les jambons et regagnèrent ensemble leurs falaises, mais d'une allure cette fois moins flegmatique que leur prédécesseur.

Depuis lors, les visites se multiplièrent. Mais celles-ci ne prirent jamais un caractère de mendicité. Au contraire, s'il avait fallu en préciser le caractère, on l'eût assurément appelé « amical ». Oui, c'est un élan de curiosité et d'amitié qui manifestement poussait tous ces tropis, de plus en plus nombreux, à ces visites. Les moins vieux montrèrent même, dans l'investigation, une avidité assez pareille à celle de très jeunes garçons à qui l'on ferait visiter une usine de locomotives. Peu à peu ils se plurent à participer aux travaux du camp, du moins à ceux qu'ils pouvaient imiter sans mal. Il est à noter que les femelles ne furent jamais amenées.

Aucun de ces tropis toutefois ne demeura au camp plus de quelques heures ; aucun n'y passa la nuit. On tenta une expérience scabreuse, ouvrir la « réserve ». Mais la plupart des captifs n'en franchirent pas les portes. Ceux qui le firent y revinrent dormir. « Nous avons écumé tous les larbins ! » dit Kreps.

Un matin, celui-ci, Doug et le docteur Williams (Willy pour ses amis) se décidèrent à tenter à leur tour une visite aux falaises. On leur rendit la politesse des premiers jours : c'est-à-dire qu'on les laissa s'y promener sans faire, en apparence, la moindre attention à eux. Quelques semaines plus tard, le va-et-vient entre les falaises et le camp était devenu incessant.

Kreps et ses compagnons purent ainsi observer, avec une amitié, une estime grandissantes, que la vie dans les falaises était celle d'une communauté paisible, d'une démocratie plus que parfaite : point de chef, ni même rien qui rappelât un « conseil des anciens ». Simplement on imitait ou suivait les plus vieux dans leur science à la chasse, leur prudence ou leur témérité devant une menace collective (on se rappelle l'attaque du camp à coups de pierres, lors de son apparition près des falaises : elle ne fut jamais suivie que d'une pacifique vigilance).

Il se fit même, à la longue, de vraies amitiés individuelles – non plus, cette fois, l'affection soumise du chien pour son maître, mais celle plus digne qui s'instaure d'égal à égal. Amitiés silencieuses, pour le simple plaisir d'être ensemble : Doug avait ainsi trois amis qui ne le quittaient guère, dont l'un se passionnait pour l'ouverture des boîtes de conserve (sans y goûter jamais à moins d'y être invité), les deux autres pour le rinçage des bouteilles, qu'ils aimaient rendre propres comme du cristal.

Doug avait tenté de leur donner un nom (ils ne s'en donnaient point entre eux) et de les habituer à y répondre, mais ce fut sans succès. Il essaya aussi de leur apprendre son propre nom, sans y parvenir davantage. Il parut, d'une façon générale, que l'idée de différenciation, d'individu, leur était trop étrangère.

Ce qui sembla d'abord singulier, c'est que les tropis domestiques avaient fini, eux, par répondre au nom qu'on leur donnait. Mais Pop fit remarquer, sans doute avec pertinence, que ce nom s'associait pour eux à l'idée de nourriture, et qu'il ne s'agissait probablement, comme chez les chiens, que d'un réflexe conditionné.

Il fit remarquer autre chose : quand un tropi se désignait lui-même, il émettait une sorte de murmure intérieur, un « mmm » qu'il semblait enfouir au fond de ses poumons. Quand au contraire il voulait désigner autrui, il jetait entre ses dents un son très dur, un « ttt » qu'il crachait violemment vers l'extérieur. Pop se demandait s'il ne fallait pas voir dans ces deux sons (vers le dedans, vers le dehors) l'origine des mots « moi » et « toi » qui, dans presque toutes les langues du monde, commencent par le son *m* pour le premier, *t* ou *d* pour le second.

Il prétendait aussi avoir avec un vieux copain, en langage tropi, de réelles conversations – si l'on accepte de nommer ainsi le fait de s'informer mutuellement, en une syllabe, qu'il fait chaud, plus frais, ou froid, plein jour ou nuit tombante… Le plus subtil de leurs entretiens eut trait à la constatation que le feu fait mal. Pop ne put mener son tropi plus loin. Ni le tropi, pour être juste, son ami Pop : le don des langues de ce dernier échouait sur mainte sonorité par trop insaisissable.

Sybil fut la seule à n'avoir point d'ami parmi les habitants des falaises. Non qu'elle y répugnât, ou n'y pût parvenir. Mais certains signes trop manifestes montrèrent qu'il était sage qu'elle ne fréquentât point les tropis mâles sans nécessité absolue.

Enfin, on avait bien remarqué l'animosité immédiate qui régna entre tropis et Papous. Mainte bagarre faillit éclater. L'humeur paisible des tropis faisait place soudain à celle d'un molosse rencontrant dans la rue un congénère : grognements, poil hérissé, babines retroussées. Les Papous restaient silencieux ; mais une cruauté soudaine suintait de leur regard comme de tous leurs pores.

On ne prévit point pourtant qu'ils se livreraient un jour à cette tropophagie clandestine. Ce fut, dans tout le camp, une consternation sans bornes, une colère explosive mêlée de vrai chagrin. Il fallut tout le prestige, toute la persuasion du père Dillighan pour éviter des représailles trop sévères. Pourtant personne n'avait été plus affecté que lui par cette mésaventure, puisque la plupart de ces Papous étaient convertis à la foi chrétienne. Mais que leur reprocher ? disait-il. Ont-ils mangé des animaux, ou des hommes ? Nous n'en savons rien nous-mêmes, comment leur demander d'en savoir plus que nous ?

Chacun écoutait (sans rire, se sentant soi-même coupable) Pop se demander pathétiquement s'il devait ou non confesser les Papous d'un péché mortel. Mais ils auraient beau jeu, disait-il, de faire les étonnés. Et d'ailleurs sur quoi lui-même fonderait-il le refus d'une absolution sans pénitence ? Exiger d'eux la contrition pour le péché de gourmandise serait une tartuferie sinistre.

Doug eut du moins une satisfaction : ce fut de constater que Sybil n'osait le regarder en face. Si c'était une revanche à leur récente dispute, elle fut vite oubliée. Car une dernière alerte, infiniment plus grave encore que celle des Papous tropophages, vint donner raison à Doug et à Pop de façon si éclatante, qu'il ne fut plus un seul membre du camp, et même Sybil et même Kreps, qui n'en vînt à vouloir tout autant qu'eux régler décidément la fameuse question : les tropis sont-ils des hommes ?

*

* *

Jour après jour, les cinéastes avaient filmé les tropis, ceux des falaises quand ils le pouvaient, mais plus souvent les captifs, spécialement pendant les « tests » qu'on leur faisait subir. Ils travaillaient ainsi sur deux plans, l'un purement spectaculaire à l'usage du grand public, l'autre scientifique, à titre de documents et d'archives.

Quand les hélicoptères allaient au ravitaillement, on en profitait pour acheminer les bobines vers le laboratoire de la firme australienne dont dépendaient les cinéastes, afin qu'elles y fussent développées. Que se passa-t-il au juste ? Tout porte à supposer que, parmi les administrateurs et leurs invités devant qui, en séance privée, ces *rushes* furent projetés, devait se trouver un nommé Vancruysen – un de ces grands requins d'affaires dont l'esprit d'entreprise est toujours en éveil.

Il faut reconnaître que les derniers tests auxquels on avait soumis les tropis domestiques étaient fort suggestifs. Ce n'étaient plus des tests d'intelligence, destinés à mesurer leur capacité d'observation et de réflexion (qui s'était montrée, on l'a vu, à peine supérieure à celle des grands singes), mais des tests d'éducation, destinés à mesurer leur capacité d'apprendre et d'exécuter des gestes, des actes, ou des travaux. On sait que n'importe quel chimpanzé apprend très vite ainsi à s'habiller, à nouer ses lacets, à manger ou servir à table, à fumer un cigare, à monter à cheval ou à bicyclette. On voit souvent, dans les ménages coloniaux, des chimpanzés qui vaquent aux soins de la maison comme les autres domestiques. Les tropis dépassèrent bientôt le stade de ces actes faciles. Sous la conduite des deux monteurs, ils apprirent avec une rapidité surprenante à manier les charpentes métalliques, à les reconnaître, à les choisir, et bientôt même à les assembler ; on ne put pas leur enseigner un usage efficace de la perceuse, mais ils prirent un plaisir visible à enfiler les boulons et visser les écrous. Ils se montrèrent patients dans le travail, un peu à la manière des éléphants, à condition d'être de temps en temps encouragés, félicités, et aussi récompensés par quelques morceaux de jambon. Ils manifestèrent en outre une puissance musculaire à peu près infatigable.

Qu'ils apparussent dès lors, à ce Vancruysen, comme une main-d'œuvre merveilleusement économique et soumise, cela ne saurait surprendre. Il importe peu en somme de connaître le détail des choses. Toujours est-il que Vancruysen se souvint de l'existence d'une vieille compagnie à moitié endormie, la Société Fermière du Takoura, fondée dix ou douze ans plus tôt pour prospecter le sous-sol de ce massif inexploré. En fait, on avait cru à l'existence, tout au nord, d'une nappe de naphte. Elle existait, en effet, mais fut épuisée en deux ans. En revanche, on avait découvert plus à l'ouest quelques centaines d'hectares de maniçobas (arbres à caoutchouc) dont l'exploitation faisait vivoter l'entreprise. Celle-ci louait aussi dans la plaine des chasses à des sociétés privées. Tout ceci fit penser sans doute à Vancruysen que la concession octroyée à la Société Fermière devait lui reconnaître accessoirement l'exploitation exclusive de la faune et de la flore du Takoura tout entier. Il lui fut facile de vérifier la chose ; et de découvrir qu'en conséquence la Société Fermière se trouvait propriétaire de tous les tropis des falaises, comme de ceux que l'on découvrirait peut-être dans les autres vallées de la chaîne.

Vancruysen contrôlait lui-même à Sydney une des grandes entreprises de transformation des sous-produits de la laine. Il fit acquérir par celle-ci, à bas prix, la majorité des actions de la Société Fermière. Une fois celles-ci dans sa poche, il s'en fut voir un homme nommé Granett, qui avait un pied dans le gouvernement et un autre dans la production lainière.

On sait que l'immigration en Australie est sévèrement restreinte et contrôlée. D'autre part, le standard de vie est élevé. Il s'ensuit que la main-d'œuvre y est rare et coûteuse. C'est pourquoi l'énorme quantité de laine que donnent chaque année les vastes troupeaux de moutons qui peuplent les plateaux ne peut être tissée sur place ; les étoffes ainsi produites ne pourraient concurrencer les prix anglais. La laine est donc envoyée brute en Angleterre, où elle est traitée et tissée.

— Avez-vous vu les films sur les tropis ? demanda Vancruysen à Granett.

— Non, dit celui-ci. Qu'est-ce que c'est ?

— Venez, dit l'autre.

Et il l'emmena les voir.

— Qu'en pensez-vous ? dit-il après la projection.

— Ma foi… commença Granett…

— Imaginez-les, dit Vancruysen, dans une filature… Trois tropis pour un ouvrier…

Granett le regarda et resta bouche bée.

— J'ai fait mes calculs, dit Vancruysen. Trente ou quarante mille tropis, avec un dressage approprié et sous la conduite de spécialistes, pourraient traiter les deux tiers de la production du continent. Coût : leur nourriture et quelques soins. Nous battrions de six longueurs les filatures anglaises.

— Bon sang, murmurait Granett. Nous pourrions leur rafler le marché américain !

— *Without taking our coats off*[1], dit Vancruysen en riant. On évalue, je crois, à deux ou trois mille le nombre des tropis qui vivent dans le Takoura. L'animal semble adulte à dix ans. Un millier de femelles pourraient en quatre ou cinq ans produire le cheptel

---

1. Les doigts dans le nez.

nécessaire. Dans douze ou quinze ans au plus tard, on pourrait tourner à plein rendement.

— Que vous faut-il ? demanda Granett.

— Des capitaux, naturellement, dit Vancruysen, et l'appui du gouvernement.

— Les capitaux, les éleveurs vous les donneront.

— Je n'en veux pas, dit Vancruysen. Je veux ceux des banques.

— Pourquoi ?

Vancruysen rit et demanda :

— Vous ne les avez pas bien regardés ?

— Qui ? Les éleveurs ?

— Non, mon cher. Les tropis. Ils ressemblent un petit peu trop à de vrais hommes.

Granett haussa les épaules en souriant.

— Voui, voui, dit Vancruysen. Mais vous croyez que les Anglais resteront tranquilles ?

— Vous pensez que...

— Bien sûr. Ils nous mettront des bâtons dans les roues ; ils soulèveront le droit moral d'exploiter ces animaux ambigus, et tout le bataclan. Ça ne fait pas un pli.

— Je ne vois quand même pas pourquoi les banques...

— Il faut, dit Vancruysen, les engager jusqu'au cou. Si ensuite, dans un procès, le tribunal doit choisir entre le droit moral des tropis et l'écroulement du crédit des banques australiennes, le choix est fait d'avance. Non ?

— Assurément. Comment comptez-vous faire ?

— Cela dépend de vous, au gouvernement. Il faut que vous subventionniez la construction immédiate des filatures, et leur équipement moderne. Peu importe le montant de la subvention : cela doit simplement permettre aux banques d'investir les millions de livres nécessaires... Vous comprenez l'opération ? Il faudrait être fou, ensuite, pour laisser perdre tout cet argent. Quand les tropis y seront, ils y resteront. D'ailleurs, on n'attendra même pas qu'ils soient ici pour leur établir un camp modèle, avec dortoirs, infirmerie, réfectoires, médecins, zoologues, toute la lyre... Sans compter une vaste clinique expérimentale. Parce qu'il faudra développer chez les tropis leur capacité de travail, et surtout hâter chez la femelle le rythme de la parturition. Cela doit s'obtenir par la sélection, je suppose. Vous êtes plus ou moins éleveur, cela doit vous connaître.

— En effet, dit Granett, et je pense, suggéra-t-il, qu'il faudrait aussi que vous songiez à faire castrer les mâles. Vos films montrent bien que leur défaut, c'est leur humeur instable. Et je suis sûr qu'il en sera d'eux comme de toutes les bêtes domestiques : la castration les rendra plus maniables sans diminuer leur rendement.

— Voilà une idée en or ! dit Vancruysen.

*

* *

Granett mena les choses avec adresse, vigueur, et discrétion. Tout était déjà solidement emmanché quand, ayant quitté le Takoura après un séjour de huit mois, l'expédition se trouva de retour à Sydney. Elle ramenait avec elle une trentaine de tropis, tropiettes et tropiots, qui furent logés au Muséum.

Peu de temps après son arrivée, Doug reçut à son hôtel un coup de téléphone qui le laissa indifférent : on l'appelait du *Sydney Herald*, pour une entrevue le lendemain matin. Il pensa avec ennui qu'il lui faudrait sans doute éconduire un confrère ; il ne se sentait le droit, en effet, de faire aucune déclaration, encore moins d'accepter (si c'était leur désir) d'écrire sur les tropis une série d'articles.

L'homme qu'il vit entrer le rassura tout d'abord ; il ne s'agissait point de cela. Il n'avait, dit-il, avec les gens du journal que des rapports d'amitié. Pendant quelques minutes la conversation flotta, indécise. L'homme, élégant et sûr de lui, souriait. Il ne cessait de répéter qu'il venait voir Douglas, plutôt que tout autre membre de l'expédition, dans la certitude qu'il trouverait en lui un garçon compréhensif ; puis que cette compréhension ouvrirait pour Douglas des perspectives considérables. Tant enfin que celui-ci fut bien obligé de flairer, sous ces propositions voilées, quelque entreprise équivoque. Il entra dans le jeu, se montra aussi « compréhensif » qu'on paraissait le désirer, et même un peu plus. Si bien qu'une heure après il savait tout sur la Société Fermière du Takoura, sur ses moyens et ses buts, et sur ce qu'on attendait de lui : qu'il facilitât, par ses connaissances des chemins, des lieux, et des tropis, la capture d'un premier millier d'entre eux.

Il discuta âprement les conditions de son concours, et demanda à réfléchir. Sitôt l'homme parti, il bondit dans la chambre des Greame. Une heure plus tard, l'expédition au grand complet écoutait atterrée le rapport de Doug. Le directeur du Muséum avait été prié de se joindre à la réunion, assisté de son *solicitor* ; et c'est vers l'homme de loi que chacun tourna son regard quand Doug eut terminé.

L'avocat resta d'abord quelque temps silencieux. Il plissait le nez et se le frottait de l'index. Puis il dit :

— Mais enfin que sont-ils, ces tropis, après tout ? Des singes ou des hommes ?

Pop bondit de son siège en levant les bras au ciel. Et il s'en alla bouder à la fenêtre, comme un mari furieux des sottises de sa femme.

Sybil avait tourné vers Doug un visage défait. Si le jeune homme eût voulu triompher, combien c'eût été facile ! Mais il n'en avait nulle envie. Qu'il pût lire, dans les beaux yeux d'eau profonde, une sorte de pathétique appel, était bien assez pour son amour-propre. La jeune femme se mordait la lèvre dans une sorte de colère attristée, où le regret sinon le remords se revêtait déjà d'énergie et de décision.

Greame enfin manifesta l'intention de répondre. Il regardait le tapis entre ses pieds, et laissait sa lèvre. inférieure déborder, de façon involontairement comique, sur le petit menton rougeaud tout remonté, tout plissé. Il claqua la langue :

— Des singes ou des hommes ? bredouilla-t-il en rougissant. Nous aurions été… euh… bien négligents, reconnut-il, et bien coupables si… si, en définitive… il n'était pas, euh, probablement pas… impossible de le préciser.

Et il leva sur l'avocat des yeux mouillés d'inquiétude.

— Comment cela impossible ! s'écria celui-ci, les yeux ronds. Le dernier des bergers des Savanes saurait reconnaître un homme à première vue ! Même un idiot goitreux du Bullarook le saurait. Si le tropi n'est pas visiblement un homme, c'est donc un singe !

Greame poussa un soupir.

— Voyez-vous, dit-il d'un ton plus ferme, cela pouvait nous paraître ainsi jusqu'à ce jour. Et en effet, entre... entre un citoyen britannique et un... euh... et le Négrito le plus sauvage, la distance biologique est tellement moindre qu'entre un Négrito et le chimpanzé, que cela permettait à votre berger goitreux de... de distinguer *grosso modo* un singe d'un être humain aussi bien qu'un anthropologue. Mais inversement (continuait-il, à la surprise de tous, d'une voix soudain volubile), inversement il s'ensuit qu'un anthropologue, de son côté, ne mettait pas à les distinguer beaucoup plus de pénétration. Pourquoi se contentait-il de cette connaissance simpliste ? C'est que la chance lui souriait. La chance qui a fait s'éteindre depuis cinq cent mille ans toutes les espèces intermédiaires. Ainsi notre esprit vivait-il dans une tranquillité trompeuse. De ce point de vue-là, dit-il d'un ton légèrement piteux, la survivance de ces tropis est une catastrophe. Elle nous pose d'urgence une question que nous pouvions toujours éviter paresseusement. À savoir de délimiter, de façon indiscutable et précise, les caractères spécifiques de ce que nous appelons l'Homme. Rien ne pressait – continuait-il d'une voix sarcastique, que ses amis surpris ne lui connaissaient pas : qui eût pu se tromper ? Et même nous nous flattions ainsi de rester dans les frontières rationnelles de la science. Surtout, proclamions-nous, ne débordons pas notre domaine ! Gardons-nous du sentiment, des chausse-trapes de la psychologie, des imprécisions de l'éthique ! Ne mélangeons pas les torchons avec les serviettes !

Il soupira encore.

— Nous nous gargarisions de notre ignorance parce que l'espèce humaine était si bien tranchée, si bien détachée du reste du règne animal, que même un berger goitreux ne s'y trompait pas. Si l'on vous donne de l'eau très « chaude », de l'eau très « froide », vous ne pouvez pas non plus hésiter. Mais de l'eau tiède ? Comment l'appellerez-vous, à moins de vous être mis d'accord au préalable sur le nombre exact de degrés qu'il faut à l'eau pour être « chaude » ? C'est ce qui nous arrive aujourd'hui. Entre l'homme et le chimpanzé, on ne peut hésiter. Mais entre le chimpanzé et le Plésianthrope, entre celui-ci et le Sinanthrope, entre le Sinanthrope et le tropi, entre le tropi et l'homme de Néandertal, entre l'homme de Néandertal et le Négrito, enfin entre le Négrito et vous, mon cher Maître – et j'en passe ! – la distance chaque fois est à peu près la même. Alors, si vous pouvez nous dire où finit le singe, où commence l'homme, vous nous rendrez un fier service !

— À moins, nous disiez-vous, de s'être mis d'accord au préalable ?

— Oui…

— Eh bien, cela ne peut-il être fait ? Ne pourrait-on demander, même si c'est un peu tard, une telle définition à un congrès d'anthropologues ?

Kreps éclata de rire et se frappa la cuisse d'une claque sonore.

— Je vous la souhaite bonne et heureuse ! s'écria-t-il. Vous aurez des cheveux blancs avant qu'ils soient parvenus à s'entendre !

— Est-ce donc si difficile ?

— Ce n'est pas que c'est difficile, mon vieux, c'est que c'est arbitraire. Il vaudrait mieux tirer au sort, cela irait plus vite. Et ce ne serait pas moins exact. Il y a trois cents ans que Locke a demandé, à propos des monstres humains, quelle est la borne entre la figure humaine et l'animale, quel est le point de monstruosité auquel il faut se fixer pour ne pas baptiser un enfant, pour ne pas lui accorder une âme. Vous voyez que ce n'est pas nouveau. Alors vous comprenez que ce n'est ni en trois jours ni en trois mois qu'on fixera un point qui traîne depuis des siècles.

L'avocat garda posés sur Kreps des yeux un peu absents. Et puis il retira ses lunettes, les essuya, et les remit.

— Eh bien, dit-il, s'il en est ainsi, je crains fort que la Société Fermière ne parvienne à ses fins.

— Excusez-moi !... dit Sybil.

L'avocat tourna vers elle un visage interrogatif.

— Il existe, reprit-elle, une loi qui protège les espèces zoologiques en voie de disparition. Il doit être possible de la faire jouer.

— On le pourrait, dit l'avocat, si la Société Fermière se proposait de vendre les tropis comme viande de boucherie. Mais elle se propose au contraire de les soustraire aux incertitudes du désert, de veiller à leur existence, leur hygiène, leur nourriture, et pardessus tout leur reproduction. Elle aura beau jeu de prouver que la loi ne s'applique pas à elle. Sans doute le Muséum pourrait-il réclamer une loi de protection spéciale pour les tropis… Mais le temps qu'il faudrait pour la promulguer, je vous laisse à l'imaginer. Encore est-il rien moins que sûr de l'obtenir. L'entregent de la Société Fermière est considérable, vous ne l'ignorez pas. Des intérêts énormes y sont déjà mêlés. Non, voyez-vous, dit-il, s'il est impossible de prouver que les tropis ne sont point des bêtes, rien ne peut empêcher actuellement leur légitime propriétaire de les traiter comme des chevaux ou des éléphants. Bref, ou bien les tropis constituent la faune du Takoura, ou bien ils en constituent la population. C'est l'un ou c'est l'autre. On ne peut pas sortir de là.

— Vous n'avez rien à proposer ? demanda Doug après un silence.

— Il faudrait y réfléchir, dit l'homme de loi. Pour le moment, je ne vois guère que deux méthodes. L'une consisterait à obtenir une définition scientifique sous la garantie indiscutable d'une institution officielle, telle que la Royal Academy of Science. Il semble, d'après Mr. Kreps, qu'on ne l'obtiendra pas. L'autre alors serait d'obtenir un jugement qui supposerait *ipso facto* que les tropis sont des hommes. Il y aurait ainsi un précédent. Ce n'est peut-être pas impossible…

— Par exemple ?

— Par exemple… Supposons que Mr. Templemore prenne un tropi à son service… Il ne lui paie pas ses gages… Le tropi l'attaque en justice, et fait plaider son cas par un *barrister.* La cour lui donne raison. C'est donc qu'on lui a reconnu des droits égaux à ceux de Mr. Templemore, autrement dit les droits d'un homme.

— C'est, hélas ! impossible, dit Pop sans se retourner.

— Ha… Pourquoi ?

— Un tropi ne peut prêter serment, à moins d'être un homme. Ce serait un acte sacrilège, par ailleurs sans valeur légale. Et puis, comment ferez-vous juridiquement recevoir une assignation émanant d'un individu sans état civil ? Cercle vicieux. Et vous pensez bien au surplus que la Société Fermière ouvre l'œil.

— Nous perdons de vue le vrai problème, il me semble, dit alors doucement le chirurgien Willy.

Chacun se tourna vers lui, sauf le père Dillighan, farouchement impassible à sa fenêtre.

— Nous ne sommes pas la Société Protectrice des Animaux, dit encore Willy.

— Eh bien ? lança Douglas, inquiet.

— S'il était prouvé que les tropis sont des singes, de quoi nous mêlerions-nous ? À moins de remettre en question le droit que l'espèce humaine a pris d'utiliser à son profit le travail des bêtes domestiques, sur quelle base morale nous opposerions-nous aux projets de la Société Fermière ? Ce seraient alors des projets raisonnables ; et même parfaitement louables, puisqu'ils aideraient à soulager le genre humain, et à lui épargner une part de ses fatigues. Non ? jeta-t-il à Douglas avant de continuer.

— Si, en effet… dit celui-ci sur la réserve.

— Les projets de la Société Fermière ne sont des projets criminels que si les tropis ne sont pas des singes, que s'ils appartiennent eux aussi au genre humain. Et d'ailleurs, que cela soit prouvé, et ces projets du même coup tomberont à la mer, puisque le commerce des esclaves est interdit, au moins dans le Commonwealth. Mais s'il est prouvé au contraire que les tropis sont des bêtes, alors notre devoir, mes chers amis, loin de faire échec à la Société Fermière, devient le devoir inverse : celui de tout mettre en œuvre pour diminuer, grâce aux tropis domestiqués, la somme du travail humain. Il me semble que nous nous laissons quelque peu influencer par des considérations sentimentales. Nous nous sommes, pendant ces six mois, trop attachés à nos tropis. Nous devons réagir. Ce qui doit nous agiter en vérité, voyez-vous, ce n'est point le sort des tropis ; c'est seulement la crainte de nous réveiller les complices d'un crime, s'il était un jour reconnu que les tropis étaient des hommes, après tout. Ce n'est pas un problème tellement nouveau. Quand on a découvert l'Amérique, la question s'est posée pour les Indiens : qu'étaient donc ces bipèdes, qui ne pouvaient, de l'autre côté de l'Océan, prétendre être les fils d'Adam et Ève ? On les appela « chimpanzés sans queue », et l'on en fit grand commerce. Ne pas commettre les mêmes erreurs, voilà toute notre ambition. Nous ne sommes tenus à rien de plus. D'accord ? lança-t-il cette fois à toute l'assistance, qui d'abord ne dit rien.

— Oui, dit enfin Sybil d'une voix ferme.

— Eh bien, mes petits amis, reprit Willy en riant, nous n'avons pas à être fiers de nous. Rien en effet n'est plus facile que de savoir à quoi nous en tenir. Excusez-moi, Cuthbert, dit-il gentiment au vieux Greame, mais depuis six mois nous ne faisons que penser en anthropologues, et même en paléontologues.

Comme si tous ces tropis étaient des squelettes fossiles. Mais ils vivent, bons dieux, ils vivent, comme les canards ou les crocodiles. Ils vivent et ils se reproduisent ! Il serait temps de réfléchir en zoologues, vous ne pensez pas ?

Là-dessus, le géant Kreps fit retentir son rire de trompette-major.

— Bon sang ! s'exclama-t-il. L'œuf de Christophe Colomb !

— On le dirait, constata Willy. Qu'appelle-t-on « espèce » ? demanda-t-il. Un groupe d'animaux aptes à se reproduire même si extérieurement ils ne se ressemblent pas. Ainsi le molosse danois et le loulou de Poméranie : ils diffèrent entre eux comme un chat d'une girafe, mais leur union est féconde. Nous les classifions donc dans une même espèce : celle des chiens. Inversement, le lion ressemble à la panthère, mais leur union est stérile. Ils sont donc d'une espèce distincte. Vous devinez où je veux en venir : tentons de faire engrosser par un homme une femelle tropie. Si la chose réussit, eh bien, nous serons fixés. Nous ne le serons pas moins si elle rate.

Pop s'était retourné. Il était excessivement pâle, et quand il put parler, on vit qu'il avait quelque mal à maîtriser sa voix. Il dit que si pareille chose devait jamais se faire, il rentrerait pour la fin de ses jours cacher sa propre honte dans son couvent de bénédictins.

— Mais pourquoi donc, Pop ? s'exclama Willy. Toutes sortes de croisements se tentent quotidiennement chez les éleveurs, et dans les instituts zoologiques ! Il n'y a rien là… Au surplus, rassurez-vous, dit-il quand il crut comprendre ce qui indignait le religieux. Vous pensez bien qu'il ne m'est pas venu à l'esprit de proposer une véritable union charnelle, réellement consommée… Les médecins et les biologistes disposent aujourd'hui de moyens techniques qui dépouillent cette sorte d'expérience de tout aspect équivoque ou gênant. D'ailleurs…

— Sodomie ! Sodomie[1] ! s'écria Pop. Les bêtes ne peuvent pécher et il n'y a pas péché à imiter, pour le besoin de l'élevage ou de la science, les errements de leurs instincts. Il est licite de faire un mulet, ou de rechercher par divers croisements à créer de nouvelles espèces. Mais l'homme est une créature divine. Et les pratiques détournées que vous évoquez dissimulent sans l'abolir un sacrilège abominable.

— Mais voyons, mon père, dit Willy, si les tropis sont des hommes, leurs femelles sont des femmes ; et le péché qui subsiste dans ce cas-là est bien véniel, au regard du but poursuivi. Sans doute, je sais que l'Église condamne, même entre époux, cette sorte d'insémination. Mais elle la condamne pour des raisons familiales et morales, et je sais, pour y avoir été mêlé à diverses reprises, qu'elle n'est pas intransigeante et ferme souvent les yeux. Il me semble que si par une telle tentative nous pouvions sauver de l'esclavage…

— Et si les tropis sont des singes ? coupa le père Dillighan.

— Dans ce cas, quel mal aura-t-on fait ? Il ne se passera rien et nous saurons du moins…

1. Ce mot n'a pas le même sens en anglais qu'en français.

— Vous parlez, dit Pop, comme s'il n'existait pas des cas d'hybridation ; une chienne peut être fécondée par un loup, cela donne un crocotte, une ânesse par un étalon, et même une vache par un âne : vous avez un jumart. Vous ne pouvez être sûrs de rien. Quant à moi, je refuse d'être complice d'une pareille profanation. Si vous vous y décidez quand même, vous en porterez seuls l'irrémissible scandale.

Ayant ainsi parlé, il quitta sans un mot de plus la réunion, qui le regarda partir dans un silence consterné.

Chapitre IX

Un câble laconique et une réponse concise. Les surprises du désert. L'aveu est le courage de la faiblesse. Une tentative trop riche en lendemains. Le racisme entre en scène. Julius Drexler met en question « l'unicité de l'espèce humaine ». Enthousiasme à Durban. Les Nègres sont-ils des hommes ?

Quelques semaines plus tard, Frances à qui Douglas, depuis son retour à Sydney, écrivait chaque jour, travaillait à la longue nouvelle qu'elle avait entreprise, quand on vint lui remettre un câble. Il venait d'Australie et portait ces mots laconiques :

Voulez-vous m'épouser ?
Douglas.

C'était tout. Et c'était sinon tout à fait imprévu du moins tellement impromptu, que la joie fut sans force devant l'interrogation et l'alarme. Elle ne pensa pas distinctement peut-être : « Il est en danger » ; disons qu'elle en ressentit la crainte. Elle comprit aussi qu'elle devait répondre sans réfléchir, et sans délai. Elle prit l'appareil pour dicter une réponse plus laconique encore :

Of course.
Frances.

Et le cœur apaisé, elle commença de tourner et retourner dans son esprit un nombre inépuisable d'hypothèses.

*
* *

Sauf celle, naturellement, qui devait six jours plus tard la surprendre et l'alarmer plus encore qu'elle n'avait craint. Six jours pendant lesquels elle ne reçut rien – ni lettre, ni petit bleu. Et puis (c'était un lundi, jour qu'elle détestait) la lettre explicative arriva enfin.

« Frances chérie (disait-elle), vous avez donc reçu mon télégramme, et depuis ce matin je me gorge le cœur de votre réponse.

« Mais si je crois – si je suis sûr que vous avez deviné que je ne vous offre point le bonheur, mais l'épreuve, je me demande si vous devinez à quel point.

« Par où commencer, Frances ? Non – ce n'est pas difficile : je fais semblant d'hésiter ; il faut commencer par un aveu – pénible et humiliant.

« Frances, au cours de ces longs mois passés dans le désert, je vous ai été infidèle : Sybil, oui… Est-ce une circonstance atténuante d'ajouter – c'est vrai, je vous le jure – que le cœur n'y fut pas mêlé ? Vous ne connaissez pas Sybil, – presque pas. Je la connais depuis l'enfance. Étrange fillette, étrange femme. Immorale ? Amorale ? Comment dire : ce n'est pas cela. Son esprit juge de tout par lui-même, et lui seul. Il serait faux de dire qu'elle a rejeté toutes les conventions : les conventions n'ont jamais existé pour elle. À seize ans elle a pris un amant de trente, qu'elle a dominé et transformé, puis rejeté quand elle en eut découvert les limites. Son mariage avec le vieux Cuthbert a fait scandale, mais le scandale n'a pu l'atteindre ; il s'est étouffé sous lui-même. Il n'est pas impossible qu'elle l'ait ignoré ; en tout cas, ce fut tout pareil.

« C'est cette femme-là, Frances, qui est entrée calmement dans ma tente, par une belle nuit étoilée, une nuit pareille aux autres, plutôt fraîche que chaude. Elle m'a dit, peut-être avec une pointe d'ironie : “Mon petit Doug, ne pensez à rien”, et puis elle a laissé tomber le peignoir de bain qu'elle avait mis, et elle a refermé sur moi, avec un naturel de coquillage, la chair tranquille d'un corps admirable. Elle a tout juste verrouillé mes lèvres d'un doigt, en murmurant : “Il faut boire le vin simplement, Doug, quand vient la soif...” et elle s'est laissée glisser en souriant. Qu'aurais-je fait, Frances ? Et puis... la vérité est que mes sens m'ont subjugué. J'avais soif aussi un peu, faut-il croire. Aurez-vous moins de peine, ou plus d'indignation, si je vous dis que je vous ai adressé une prière muette, que je vous ai demandé secrètement l'absolution ? Quoi qu'il en soit, cela est vrai aussi.

« Mais vrai encore que ce ne fut pas une chute unique. Je n'ai jamais pris l'initiative de ces jeux païens,

Frances ; mais je ne les ai pas refusés non plus, quand ils se présentaient, toujours avec cette simplicité, cette grâce naturelle. Du moins, jusqu'à notre arrivée ici.

« Je ne veux pas maintenant faire de littérature, tenter de me justifier ou implorer votre pardon : assurément, je me ferais horreur. Mais plus assurément encore, ce serait hors de saison ; car si tout cela, certes, était le plus dur à vous avouer, mon amour, le plus grave reste encore à dire.

« Frances, j'ai pris une décision terrible. Je ne sais où elle me mènera. Au vrai, rien, absolument rien ne m'y oblige. Mais ce que je vais faire, il fallait que quelqu'un le fît. Je n'ai pas – cela, vous le savez – l'esprit de sacrifice. Au contraire, je l'ai en abomination. Pourtant ce qui *doit* être fait, comment s'y soustrairait-on, si l'on est seul à pouvoir le faire ?

« Mais je veux vous avoir avec moi, Frances, ma chérie. Je veux que vous partagiez cette décision. Je veux que vous l'approuviez. Je veux que nous la prenions ensemble, comme l'issue inéluctable d'une calme méditation. Si ce que je vais faire devait vous paraître, plus tard, un geste théâtral, puéril, ou romantique, je serais trop mortifié.

« Ah ! je le veux, Frances, si toutefois vous me gardez assez d'estime et d'amour après l'aveu que je viens de faire. Je n'ai fait cet aveu que pour cela. Rien ne m'y obligeait non plus, n'est-ce pas ? Je ne me suis pas montré très droit, très fort, très héroïque, mais sont-ils nombreux les hommes qui pourraient me jeter la pierre ? Vous n'auriez rien su et, comme eût dit mon père, "ce qu'on ne sait pas n'existe pas". Je ne plaide pas, Frances, au contraire. Et même j'avoue encore : ce silence prudent, je l'aurais gardé sans vergogne en toute occasion. Ce n'est pas brillant peut-être, mais j'ai toujours pensé qu'il est des sincérités odieuses : elles ne font que du mal. Oui, je me serais tu. Après tout, vous ne m'avez jamais interrogé sur ma vie privée, ni moi sur la vôtre.

« Mais il fallait que vous connussiez mes faiblesses avant que je vous vendisse mes vertus. Je vous ai demandé de m'épouser et vous avez accepté – mais sachez bien *que cela ne vous engage point*, Frances. Je serai, très bientôt, l'objet d'un scandale retentissant, car au lieu de tenter de l'étouffer, nous serons plusieurs, et moi-même, à tout faire pour le nourrir. Je passerai sans doute en jugement. Je serai peut-être pendu. Tel est le futur destin de l'homme qui vous demande en mariage, pendant qu'il est encore libre.

« Frances, voici ce qui est arrivé : »

....

Là-dessus Frances s'aperçut qu'elle ne comprenait pas ce qu'elle lisait. Son cœur bouillonnait et par-dessus les mots flottait l'image obscène de Sybil se refermant sur Doug « comme un coquillage ». Elle relut ce qu'elle venait de lire, s'efforçant, le front plissé, de tirer des mots une substance qui ne cessait de fuir comme le vif-argent entre les doigts. Elle crut y parvenir. Elle pensait : « Avec cette Sybil ! » Elle lisait : « Depuis samedi il est absolument certain… » Elle pensait : « N'avoir pas même la pudeur… » Elle tournait la page et lisait : « Si seulement nous avions écouté le père Dillighan… »

« … mais qui eût supposé que *toutes* ces inséminations réussiraient ? Vous avez bien lu, Frances, toutes. Puisque, à peu près sûrs qu'un croisement avec l'homme ne donnerait rien, nous avons, en zoologistes consciencieux, tenté parallèlement les croisements avec les espèces simiennes les plus voisines : le chimpanzé, le gorille, l'orang-outang. Tous ces croisements ont réussi.

« Du point de vue qui nous préoccupe, la tentative est donc un fiasco : elle n'a rien éclairé, rien prouvé. Le problème reste entier, il va se compliquer seulement du pénible problème que le père Dillighan avait prévu et redouté : que seront les pauvres tropiots issus du croisement avec l'homme ? Des êtres intermédiaires encore, plus ambigus que jamais, de petits hommes-singes sur lesquels s'ouvriront les mêmes disputes sans fin…

« Qu'ai-je à voir dans tout ceci, direz-vous ?

« C'est que je serai, Frances, le père de ces malheureux tropiots-là.

« Je devine vos sentiments : encore une chose que je vous ai cachée. Pourquoi ai-je commis la sottise de me prêter, comme sujet bénévole, à cette expérience ! Et pourquoi ne vous avoir rien dit ! Parce que je sentais confusément que c'était une sottise. Et que vous n'eussiez point manqué de me la reprocher. Alors pourquoi l'avoir quand même faite ? Je vais tenter de vous l'expliquer.

« Mais ne haïssez pas Sybil, ma chérie ; ne la haïssez point, dans la mesure même où je vous fais souffrir de son fait. Elle ignore le mal, je crois : c'est ce qui le lui fait commettre peut-être. Mais le commet-elle ? Elle agit, d'autres souffrent : le froid qui gèle commet-il le mal, le feu qui brûle ? Elle n'est pas plus consciente qu'eux, et l'idée de mal suppose la conscience qu'on en a.

« Sybil est une "femme de science" à un point presque monstrueux. Rien n'a grande importance pour son esprit, ni dans sa vie, hors la recherche et la méthode. Pour procéder à l'essai d'un croisement avec l'homme, un problème pratique se posait, assez grave : celui d'être assuré de la discrétion du donneur. Il a donc paru à Sybil que la méthode la plus simple, et aussi la plus sûre… Pour dire vrai, elle eut à peine besoin de s'exprimer et, le jour venu, ce fut tout naturellement que je me suis soumis aux garanties biologiques et juridiques indispensables. Six femelles, isolées et contrôlées depuis cinq semaines, furent aussitôt inséminées selon les derniers procédés de la gynécologie, par les soins du docteur Williams. C'est bien plus tard que l'idée m'est venue, avec un léger malaise, que peut-être il eût mieux valu ne pas se contenter de moi seul, et rendre plus indécise l'identité du père. La vérité, Frances, est qu'au fond je n'y croyais pas : je croyais que rien n'arriverait – que les femelles resteraient stériles.

« Après tout, en d'autres circonstances, cette mésaventure aurait pu seulement m'amuser. Mais ce qui est survenu d'autre part ne me permet plus l'insouciance, encore moins de me dérober.

« Il est toujours très difficile de savoir d'où est partie une indiscrétion. Le fait est que, de manière ou d'autre, la Société Fermière avait été avertie de l'expérience. Puis qu'elle a connu l'ensemble des résultats. Elle s'était tenue tranquille entre-temps. Elle vient de brûler ses vaisseaux.

« Le Muséum a reçu, par voie légale, sommation de restituer à la Société la propriété des trente tropis "ainsi que de toute progéniture présente ou à venir", précise la sommation, "indûment soustraits à la faune d'une région concédée pleinement et sans réserve à la Société Fermière". C'est évidemment nous provoquer à un procès : n'est-ce pas ce que nous désirions ? Mais il s'ouvrirait très mal pour nous – ou plutôt pour les tropis. Dans l'état actuel des lois, l'affaire se plaiderait au civil, sur le terrain commercial ; et sur ce terrain-là, la Société Fermière aurait fatalement gain de cause. Nous n'avions aucun droit de ramener des animaux du Takoura, ni d'en faire don au Muséum. Il faudrait donc pouvoir transporter l'affaire sur notre propre terrain, arguer que les tropis échappent aux prétentions de la Société, n'étant point faune mais population. Mais alors le Muséum s'accuserait du même coup du crime de rapt et de séquestration, et vous pensez bien qu'on s'arrangerait à ce que nous y soyons tous entraînés ; ce n'est pas dans cette atmosphère de scandale mêlé de farce qu'une vérité objective aurait chance de se faire jour. Car on rétorquerait trop facilement au Muséum qu'il ne peut pas soutenir sérieusement sa prétention de tenir les tropis pour des hommes, la place d'êtres humains étant certainement moins dans des cages de fer que devant un métier à tisser… Oui, tout cela finirait en pantalonnade et réglerait, peut-être à jamais, le sort de tous les tropis.

« Le conseil juridique du Muséum propose donc à celui-ci de se dérober au procès, de ne pas faire de difficulté pour reconnaître à la Société la propriété des tropis, en lui demandant toutefois, pour l'intérêt de la science, de les lui "prêter" quelque temps, ou même de les lui vendre. Ce qui, sous-entendant *ipso facto* la nature animale des tropis, serait accorder à la Société un point si considérable qu'elle ne se refusera sans doute pas à ce compromis. Mais cette attitude semble bien être pour nous la seule façon de gagner du temps.

« Ce n'est pas encore le pire, Frances. Je vous envoie ci-joint l'article qui vient de paraître à Melbourne dans une des plus grandes revues australiennes. Vous le lirez tout à l'heure. Il porte la signature de Julius Drexler, anthropologue de renom, mais de réputation vénale, et dont on sait qu'il mange au râtelier d'un grand flibustier d'affaires de Melbourne, le vieux J. K. Pendleton. Lequel n'a pas de rival plus puissant que le nommé Vancruysen. Et ce Vancruysen enfin est celui qui tire les ficelles de la Société Fermière...

« Pendleton veut-il couler l'affaire de son rival, en faisant subtilement mettre en doute, par un article adroitement intempestif, la nature animale des tropis ? À première vue, il semblerait que cela dût nous aider. Vous verrez plus loin qu'au contraire cela risque de saboter diaboliquement nos efforts. Car tout porte à croire que les vraies intentions de Pendleton sont, très probablement, de monter à son tour une affaire encore plus incroyable et odieuse. En tout cas, ce qui est certain, c'est que l'article de Drexler pourrait bien ouvrir la voie à des abominations sans limites.

« C'est un article machiavélique. Le pauvre Greame est hors de lui : "On ne peut pas même répliquer ! dit-il. Sur le plan paléontologique, ce salaud-là sait bien qu'il a raison !" Que dit Drexler en substance ? Que la découverte du *Paranthropus greamiensis* (ce sont les tropis, ma chère…), non seulement vient confirmer nos connaissances sur les origines de l'homme, mais encore et surtout balayer les notions que nous avions de l'homme lui-même, ou plutôt, dit-il (écoutez bien !), des espèces diverses que nous englobions à tort dans ce mot unique. Puisque, montre-t-il, si l'on veut classer le *Paranthropus* dans l'espèce *Homo*, c'est accorder que cette espèce peut comporter des individus quadrumanes (sans compter maint autre attribut simien) ; si en revanche (comme il semble, dit-il, que certains veuillent faire) on lui dénie l'appartenance à l'espèce *Homo*, de quel droit alors appeler "homme" le fossile de Heidelberg, à la mandibule de chimpanzé, et celui de Néandertal, qui ne diffère du tropi que par quelques détails de charpente ? Et ainsi, de proche en proche, pourquoi appeler homme le fossile de Grimaldi, qui ne diffère du précédent que par quelques détails encore, celui de Cro-Magnon, et enfin le Pygmée d'Afrique, le Veddah de Ceylan ou le Tasmanien, dont la boîte crânienne est moins développée que celle de Cro-Magnon, et dont les arrière-molaires comportent encore un cinquième denticule comme chez les grands singes ? L'apparition des tropis, conclut-il, prouve l'inanité de la notion simpliste de l'unicité de l'espèce humaine. Il n'y a pas d'espèce humaine, il n'y a qu'une vaste famille d'hominidés, qui descend l'échelle des couleurs, au sommet de laquelle est le Blanc – l'homme véritable – pour aboutir, à l'autre bout, au tropi et au chimpanzé. Il faut abandonner nos vieilles notions sentimentales, et scientifiquement établir enfin la hiérarchie des groupes intermédiaires "abusivement dits humains".

« Abusivement dits humains. Voici donc tout prêts à renaître, Frances, le fantôme grimaçant du racisme et ses infernales séquelles. Et quel racisme, Frances ! Un racisme au nom duquel des populations entières pourront demain être privées de leur appartenance à l'humanité et des droits qui s'y attachent, être vendues à leur tour comme cheptel par un Pendleton ! Où fera-t-on passer la limite, Frances ? *Où les plus forts le voudront*. Imaginez ce qui arrivera aux indigènes dans les colonies, aux Noirs dans les États où se pratique la ségrégation ! Et, d'une façon générale, à toute minorité ethnique !

« En fait, c'est déjà commencé. Tous les journaux de l'Union Sud-Africaine ont reproduit l'article de Drexler, avec de gros titres. Le *Durban Express* pose déjà la question : "Les Nègres sont-ils des hommes ?"

« Alors vous comprenez bien, chérie, qu'il ne s'agit plus tellement, maintenant, du sort des pauvres tropis, ni même de mes petits tropiots. Tout cela risque d'être bientôt immensément dépassé. Il ne s'agit plus seulement de savoir si les tropis sont ou non des hommes : ce n'est qu'un épisode. Il s'agit de faire en sorte que toute l'humanité soit enfin obligée de se définir une bonne fois elle-même. De se définir sans équivoque, d'une façon irrécusable et formelle. De telle manière que ses droits et devoirs envers ses membres cessent d'être fondés confusément sur quelques traditions discutables, des sentiments transitoires, des commandements religieux ou des obligations sectaires, qu'on peut à chaque instant attaquer ou contredire ; mais qu'ils le soient solidement sur la claire notion de ce qui, en vérité, distingue spécifiquement les hommes du reste de la création.

« Si c'est qu'ils possèdent une âme, il faudra dire à quels signes s'en reconnaît la possession ou l'absence.

« Si c'est qu'ils vivent en société, il faudra dire quels signes distinguent foncièrement les sociétés primitives des sociétés animales.

« Si c'est autre chose encore, il faudra préciser quoi.

« Or je suis en mesure d'exiger, Frances – non, ce n'est pas le mot : je suis en mesure de mettre l'immense et solennel appareil de la magistrature du Royaume-Uni dans l'obligation de répondre. Et il ne me suffira pas qu'elle accorde ou refuse aux tropis la qualité d'êtres humains : il faudra qu'elle établisse et publie les bases de son jugement.

« Concevez-vous la portée de ce précédent juridique ? Et que, puisque je suis – et seul – en mesure de l'obtenir, je n'ai pas le droit de me dérober ? Même si je dois dans ce débat risquer de perdre mon bonheur, peut-être ma vie ?

« Rien de grand ne s'obtient sans risque, Frances. Ce n'est pas en soufflant sur mes doigts que je secouerai les fondations séculaires de la justice britannique. L'acte qu'il me faut commettre doit être à la même mesure.

« Je ne puis confier un tel projet aux hasards d'un bout de papier ni à la fortune des messageries. Mais vous avez déjà compris qu'il sera douloureux, et lourd à accomplir.

« Vous savez tout, Frances. Voulez-vous m'épouser ?

« Je vous aime.

DOUGLAS. »

Chapitre x

Hiérarchie des émotions dans le cœur féminin. Une promenade sous la pluie. Triomphe de la hiérarchie des causes. Une étrange passagère. Franc-maçonnerie des femmes. Derry et Frances. Frances et Sybil. Délivrance de Derry. Premier baptême d'un homme-singe. Premières difficultés avec l'état civil. Une veillée funèbre.

Quand les yeux de Frances eurent parcouru la dernière ligne, ses mains plièrent la lettre soigneusement en quatre, et la jeune femme, du fond du divan où elle était allongée tout du long, se leva avec un calme étudié, prit le temps de se coiffer, se maquiller, alluma une cigarette, endossa son imperméable, et sortit, se dit-elle, pour faire des courses. Mais elle passa devant l'épicier, le boucher et le boulanger sans même tourner la tête, qu'elle avait enfouie au fond d'un capuchon. Il tombait une bruine fine et serrée, comme le crachin à marée montante. Les collines de Hampstead Heath étaient, au travers, décolorées et imprécises. Le sable de la petite route crissait sous les semelles.

« Vaccinée ! » songeait-elle et elle eût voulu rire. Oui, elle s'était crue vaccinée. De la dernière passion qui avait secoué sa vie, trois ans plus tôt, elle était sortie victorieuse à l'instant de sombrer, dans un sursaut de volonté. Pauvre Johnny ! Frivole Johnny, instable et destructeur… Elle avait dit « au revoir », comme d'habitude, et même secoué la main derrière la vitre du train. Mais elle savait déjà qu'elle ne le reverrait pas. Il avait ensuite écrit tous les jours, pendant plus d'un mois – des lettres d'abord pleines d'étonnement, puis de colère, puis de raison, de douceur, de plaintes, de menaces, d'ironie, d'amertume, de rage, de supplications. Elle ne les déchirait pas : elle les lisait. D'abord dans les sanglots des regrets et du désir : mais elle mesurait ainsi sa propre force et sa fermeté. À la fin, elle cessa de les lire : fatigue et indifférence. Vaccinée, pensait-elle avec un peu d'orgueil.

Aimer ? Peut-être encore. Mais souffrir ? Plus jamais. Ne peut-on aimer sans souffrir ? Ne *doit*-on aimer sans souffrir ? Dans l'amour, souffrir est abaissant. Elle n'avait jamais approuvé ses propres souffrances. Elle méprisait ces femmes qui brandissent comme un drapeau glorieux « leur grand cœur déchiré ».

C'était même le sujet de la nouvelle qu'elle venait d'entreprendre ; l'histoire d'une femme pour qui aimer sans souffrir n'est pas vraiment aimer : comment être sûre que l'on aime si l'on ne souffre pas ? Elle se sent diminuée, déchue. Elle finira par quitter l'homme trop parfait qui lui donne ce bonheur trop calme.

Vaccinée… Cette tranquille liaison avec Doug n'avait-elle pas confirmé à Frances qu'elle était enfin immunisée ? Elle l'aimait, il ne l'aimait pas – croyait-elle – pourtant elle n'avait pas souffert. Et quand elle avait compris, un beau jour, que lui aussi l'aimait, il était parti pour un an, dans les bagages de cette femme. Les circonstances idiotes de ce départ l'avaient rendue furieuse, certes. Mais malheureuse ? À peine. On ne peut appeler cela souffrir. Ensuite il y eut l'attente, la dure patience, l'oreille au guet pour le facteur, parfois l'inquiétude, et même par-ci, par-là – pourquoi le nier ? – une petite pointe, la piqûre de la jalousie... Mais la souffrance, Dieu merci, non. N, i, ni, fini : vaccinée... Voilà ce qu'elle avait cru...

Les feuilles lisses des châtaigniers laissaient tomber de grosses gouttes qui s'écrasaient avec un claquement discret sur le capuchon.

Et maintenant tout recommençait. Pour ce petit journaliste ! Le cœur écrabouillé, et l'envie de crier, et cette douleur, familière, intolérable, au creux de l'estomac... Pour cette grande pâte molle de garçon instable et veule...

Elle mordit son mouchoir. Tiens, elle pleurait. Joli spectacle. Elle se moucha rageusement. Son pied droit entra dans une flaque. Elle aurait dû mettre des chaussures de sport.

Avec cette Sybil ! Avec cette déterreuse de cadavres ! Et ce front de m'écrire : « J'ai pensé à vous. » Idiot, ô idiot, triple idiot ! Et moi, me remettre à souffrir pour un idiot pareil ! « Je ne sais si vous aurez moins de peine ou si vous serez plus indignée »... Oh ! vraiment, vraiment, a-t-on le droit d'être aussi bête !

Elle ne lui répondrait même pas. Si, elle lui répondrait ! Elle écrirait : « Je vous croyais différent des autres. Ce que j'aimais, c'était la confiance merveilleuse que vous m'inspiriez. Vous l'avez réduite en cendres. »

Elle passa l'heure suivante à déambuler entre les arbres, et à construire, sous la pluie fine, une lettre d'adieu, d'une splendide violence. Quand elle l'eut terminée, il se fit d'abord un creux vertigineux, gris et froid comme toute cette épaisseur de pluie. Ensuite elle pensa : je ne lui ai pas même parlé de ses tropis. Elle haussa les épaules. Le crachin s'était aggravé, il se résolvait en averse. Frances serra le cordonnet de son capuchon plus étroitement autour du cou. Là-dessus elle se rappela qu'il avait écrit : « Je serai peut-être pendu. » « *What a cock-and-bull story!* » s'était-elle dit – quelle histoire d'après-boire ! Ce style de journaliste… Pendu ! S'il s'imaginait qu'elle allait croire… D'abord pourquoi pendu ? Cette longue salade à propos des tropis, elle n'en avait pas compris la moitié. C'est que toute cette partie de la lettre, malgré de méritoires efforts, elle l'avait lue dans le brouillard… Il faudrait quand même la relire, se dit-elle – avec un petit début de remords et d'inquiétude. Quels étaient donc les derniers mots ? « Un projet atroce et sanglant. » Non, il n'y avait pas « sanglant ». Ni « atroce », d'ailleurs. Pourquoi croyait-elle se souvenir du mot « sanglant » ? Le vrai mot était : « douloureux » : Pourquoi avait-elle pensé « sanglant » ? La peur lentement monta en elle, l'envahit. Elle se mit à marcher plus vite vers la maison. « Douloureux, et lourd à accomplir », voilà ses mots exactement. Accomplir quoi ? Et pourquoi, pourquoi « sanglant » ? Elle courait presque.

Une heure plus tard, les souffrances de Frances avaient changé de nature, sans rien perdre de leur virulence. Non qu'elle eût absous Douglas de sa trahison. Mais elle avait cessé de le traiter intérieurement de « petit journaliste » et de « grande pâte molle ». Elle avait repris la lettre pour en lire et relire la fin. Et elle savait – oui, elle savait bien qu'il ferait ce qu'il annonçait. Ô hommes, animaux incroyables ! Cette moche petite veulerie devant l'affreuse Sybil, et en revanche cette résolution, cette témérité – en l'honneur de qui ? des tropis. Sur le premier moment, elle s'était sentie doublement insultée. Ensuite l'humour de cette situation l'avait aidée à se reprendre. Et dans une dernière lecture, elle sut retrouver enfin un jugement moins passionné. Elle découvrit du même coup, d'un bout à l'autre de la lettre, un accent d'amour profond et fort : ainsi toute réchauffée, elle sut reconnaître aussi ce qui s'y trouvait de belle générosité, de virile exigence. Bref, que le pauvre Doug méritait, en définitive, davantage l'estime, voire l'admiration, que le mépris ou la colère.

Si bien que peu à peu c'est elle-même qu'elle morigéna. Toutes choses mises à leur vraie place, combien l'affaire des tropis, en effet, dépassait par l'ampleur de ses conséquences son propre désarroi sentimental ! Elle commença d'avoir honte. Il s'y mêla un brusque élan de tendresse maternelle à l'égard de l'infidèle, et de ce qui n'était, après tout, qu'une pardonnable faiblesse charnelle sous le ciel du désert… Même Sybil ne fut pas sans profiter de cet attendrissement.

Désormais la voie fut libre dans l'esprit de Frances pour une inquiétude sans bornes. Avec l'inquiétude se réveilla le désir immodéré d'être près de Douglas. Qu'il ne reste pas seul avec ses chimères ! Si par malheur il était trop tard, pensait-elle, pour empêcher une sottise, qu'au moins elle en partageât les effets ! Elle téléphona un télégramme : *Marions-nous tout de suite*, comme si cela pouvait se faire à douze mille milles de distance. Les obstacles comptent peu dans les desseins d'une amoureuse. Comment rejoindrait-elle Doug, sans argent ? Elle en dénicherait. Ou bien Doug trouverait le moyen de la faire venir. Ou encore ils se marieraient par procuration. En cas de force majeure, la loi n'admettrait-elle pas un mariage par correspondance ? On ne peut pas empêcher les gens de se marier pour la stupide raison qu'ils sont aux deux bouts du monde.

Elle reçut le surlendemain, en réponse, un câble assez long. Doug y annonçait son retour à Londres. « Accompagné », disait-il. La première pensée de Frances fut qu'il revenait avec Sybil, et pendant un moment l'indignation l'aveugla. Quand elle comprit enfin que cela signifiait probablement, à demi-mot, qu'il convoierait des tropis, elle se sentit de nouveau « horrible » à son égard. Puis elle pensa que l'absence d'allusion à Sybil pourrait bien vouloir dire quand même que celle-ci serait du voyage. La lettre qu'elle reçut ensuite n'infirmait ni ne confirmait rien. Il y était simplement indiqué en passant que « Kreps, Pop et les Greame préparaient aussi leur retour ». Doug précisa plus tard qu'il prendrait l'avion. Cela d'abord rassura Frances : il était peu probable qu'un avion pût ramener toute l'expédition, avec ses impedimenta et ses tropis. Mais après tout l'expédition ne pouvait-elle se partager ?

Frances n'était pas plus avancée, ni rassurée, quand enfin elle se trouva sur le terrain de l'aérodrome, près de Slough, guettant dans le ciel brumeux l'arrivée du courrier d'Australie.

*

* *

L'avion s'était vidé de tous ses passagers sans que Doug se fût montré à la porte de la carlingue. Frances désespérait déjà quand enfin il apparut. Le cœur de Frances battit : il n'était pas seul, une femme était à son bras… Mais Frances aperçut sans tarder combien elle était plus petite et boulotte que la belle Sybil. « Une Malaise », pensa-t-elle, car la passagère était vêtue à l'indienne : un péplum ample et drapé d'un beau jaune brun. Malade des yeux, sans doute, sinon, par un jour aussi sombre, pourquoi ces lunettes noires démesurées qui lui mangeaient le visage ? Ah ! mariée ? – Un dernier voyageur la tenait attentivement par l'autre bras.

Le trio descendit l'escalier volant, et Doug, apercevant Frances derrière la barrière blanche, agita une main en souriant. Les trois voyageurs franchirent l'espace vide entre l'avion et les bâtiments. La femme, un peu penchée, avançait avec hésitation, comme une personne en effet de fort mauvaise vue. Les deux hommes étaient avec elle pleins d'attention charmante.

Ils disparurent dans le bâtiment. Le temps qu'ils y restèrent parut long à Frances. Douglas enfin sortit le premier. Ils s'enlacèrent sans un mot. Frances sanglotait doucement.

Quand (après une minute ou une année ?) les bras de Doug s'ouvrirent pour la libérer, un taxi attendait, tout proche. La Malaise et son compagnon s'y trouvaient déjà. Doug aida Frances à monter et à s'installer. Le taxi démarra, et alors, d'un geste imprévu, Doug retira du visage dans l'ombre la paire de lunettes noires.

Frances dut retenir un cri, bien qu'elle comprît dès la première seconde quel était cet être devant elle. Mais elle ne s'attendait pas à « cela ».

« Cela » exprimait dans l'esprit de Frances un sentiment composite : qu'elle eût jusqu'à la dernière minute pu prendre cet être pour une femme ; et qu'il eût ce visage.

« Elle ressemble à Miss Merrybotham », pensa-t-elle avec une envie de rire mêlée d'attendrissement. Miss Merrybotham avait jadis tenté d'apprendre le dessin au frère cadet de Frances. Elle lui faisait peindre à l'aquarelle, à longueur d'année, des feuilles de houx, des violettes et des boutons de roses. Elle y ajoutait parfois, de sa propre main, une mésange ou une hirondelle. Elle ne cessait jamais d'arborer une dignité triste et grave, qui s'alliait fort mal avec la sonorité risible de son nom[1] : Frances se souvenait des fous rires qui les prenaient, elle et son frère, rien qu'à voir apparaître

1. Miss Merrybotham pourrait se traduire : Mlle Guédairière.

ce visage empreint de noble mélancolie. Ils devaient les étouffer sous la paume de leur main comme s'ils eussent été pris d'une quinte de toux… La petite femelle tropi avait le visage de Miss Merrybotham. Elle en avait surtout l'expression.

— Comment la trouvez-vous ? demandait Doug pendant ce temps.

Au vrai – à part cette première impression – Frances à cette minute était peu soucieuse de jugements : son esprit et son cœur débordaient de questions. Mais comment devant ce garçon inconnu (« Voici Mimms, avait dit Douglas, du Muséum de Sydney ») pouvait-elle poser toutes ces questions-là ?

— Elle ressemble à Miss Merrybotham », dit-elle, et elle expliqua pourquoi. « Vous n'avez pas eu d'ennuis ? »

— *You bet, my pet*[1], dit Doug en riant. Il nous fallait onze visas, et une ribambelle de certificats de vaccins. Pour un individu ordinaire, vous savez quelle gymnastique il faut déjà déployer avant de les réunir. Alors imaginez la chose pour une femme fictive : une bête, nous n'aurions pu la prendre avec nous. Heureusement, pendant la guerre, on m'a parachuté six fois en territoire occupé : les faux papiers, ça me connaît.

— Mais elle, pendant le trajet ?

— Elle s'est conduite comme une grande personne, dit Doug avec une tendresse rieuse.

La tropiette, immobile et sage sur sa banquette, levait à tout instant sur Doug un regard chargé

1. « Tu parles, Charles ! »

d'attente, de soumission, de chaleureuse interrogation. Doug lui sourit, tira d'une sacoche à ses pieds un sandwich entouré d'un papier un peu gras. Elle suivait chacun de ses mouvements, comme fait un chien près de son maître à table, dans l'espoir de quelque morceau. D'une secousse Doug fit sauter le sandwich sur son avant-bras comme une balle, il le rattrapa au vol et la tropiette eut un bref éclat de rire enfantin, qui découvrit de fortes dents blanches et pointues et quatre canines impressionnantes. Doug lui tendit le sandwich. Elle avança une main basanée, aux doigts longs, effilés, terminés par des ongles qu'on lui avait taillés en pointe et passés au rouge. « Elle a des mains plus belles que les miennes », pensait Frances avec une émotion étrange. Elle la regardait qui broyait puissamment son sandwich avec la noblesse morose de Miss Merrybotham mangeant des choux à la crème. Doug dit à Frances : « Elle s'appelle Derry », et la tropiette, en entendant son nom, suspendit sa mastication. « Elle a le regard de Van Gogh dans son portrait à la pipe, pensa Frances. À moins, se dit-elle, que Van Gogh au bord de la folie n'ait eu des yeux de tropi… » Douglas dit : « Donne », et Derry lui tendit la fin du sandwich. Doug mit le pain au jambon dans les mains de Frances, puis il sourit à la tropiette avec un signe de tête encourageant. Celle-ci regarda deux ou trois fois, attentivement, Doug et Frances, et enfin émit un son entre *bliss* et *prise* qui ressemblait assez au mot « *please* » pour que Frances lui tendît le sandwich sans hésiter. Derry déjà y plantait ses dents mais Doug fit « tst, tst ! » d'un air sévère et elle prononça :

« Zankiou » et puis éclata du même rire bref et enfantin qu'elle avait eu un moment plus tôt. Mais l'instant d'après tout le visage avait repris son expression touchante de dignité mélancolique.

« Enlevez-lui ce voile, sur la tête », suggéra Frances, et Doug obéit. Du même coup Derry, cessant de ressembler à Miss Merrybotham, prit un visage ambigu, mi-guenuche, mi-fille à matelots. C'était cette crinière, sans doute, rabattue en « chiens » jusqu'aux sourcils. Ainsi dévoilé, on voyait bien que le front, sous cette crinière, était anormalement bas. En revanche, les oreilles veloutées, que la mastication agitait, pointaient trop haut à travers les mèches.

— Où allons-nous ? s'étonna Frances.

La voiture en effet venait d'abandonner la route qui mène à Londres par Hammersmith, pour tourner à droite sur celle de Windsor. Et Doug prit en souriant la main de Frances et la serra.

— La Société Royale d'Anthropologie a loué pour nous une petite maison dans le Surrey. Un cottage charmant au fond des bois, entouré d'un jardin discret. Du moins, dit-il en riant, c'est ainsi que je l'imagine.

— Pour... Derry et vous ?

— Pour Derry et *nous.* Qui serons mariés dès demain, ma chérie – sauf votre consentement.

— Dès demain, Doug !

— Pourquoi non, Frances ? N'avons-nous pas attendu assez ?

Encore que le gentleman nommé Mimms tournât sur la campagne, depuis le début du trajet, un regard tenacement discret, Frances n'osa pas prendre Doug dans ses bras.

— Profitons de ces quelques mois, dit celui-ci.

Sa voix s'était étouffée un peu, et assombrie.

Ce fut au tour de Frances de lui saisir la main, mais sans sourire, mais avec, au contraire, une vivacité anxieuse. Elle tourna vers Doug un visage interrogateur et tendu, où les coins de la bouche tremblèrent et s'affaissèrent.

— Plus tard, murmura Douglas.

Derry s'était endormie au ronronnement de la voiture et aux cahots de la route. Elle s'était laissée aller en arrière, et sa tête avait trouvé avec naturel l'épaule accueillante de Mimms pour y appuyer sa joue. Les paupières étaient brunes et soyeuses, pourvues de longs cils très fournis. Les babines délicates s'étaient entrouvertes sur la mâchoire bombée, découvrant discrètement les canines puissantes. Une des oreilles trop hautes s'était découverte. Elle avait la couleur de l'abricot mûr. Tout le visage endormi exprimait une douceur triste, mêlée de cruauté inquiète.

Frances et Doug ne se marièrent point le lendemain, ils se marièrent onze jours plus tard, quand enfin ils purent faire un saut à Londres.

L'installation de Derry leur avait donné des soucis. Que se passa-t-il dans ce petit crâne mystérieux ? À Sydney, elle semblait s'être habituée à vivre seule – loin des autres tropis – pendant la quarantaine qui précéda sa fécondation. Elle s'était attachée d'abord à Mimms, puis plus encore à Doug, autant qu'une chienne fidèle. Où qu'ils fussent, elle semblait se plaire. Pourtant, pendant la première nuit passée à Sunset Cottage, Mimms, réveillé par l'air frais, trouva la fenêtre ouverte et la chambre vide. On finit par dénicher Derry au jardin, cachée entre les ifs et le grillage qu'elle n'avait pas su franchir.

Frances, avec une patience narquoise, écouta les deux hommes se perdre en conjectures. Enfin elle intervint pour affirmer doucement :

— Elle est jalouse.

— De qui ? s'exclama Doug.

— De moi... Nous savons nous comprendre entre femmes, ajouta-t-elle avec un sourire plein d'une fausse douceur.

Douglas rougit jusqu'aux oreilles.

— Vous ne m'avez pas pardonné ? demanda-t-il quand ils furent seuls. J'aurais pu ne rien vous dire, plaida-t-il comme dans sa lettre.

— Je n'aurais eu qu'à vous regarder en prononçant le nom de Sybil, mon pauvre Doug, pour tout savoir. Mais présentement il s'agit de Derry. Pensez-vous qu'elle s'habituera ?

— À quoi ?

— À ma présence.

— Vous croyez sérieusement à sa jalousie ?

Il fallut bien y croire. Non que Derry manifestât la moindre hostilité envers Frances. Au contraire, il sembla bientôt qu'elle s'attachait à elle autant qu'aux deux garçons. Ce qu'elle ne supportait pas, c'est que Doug et Frances fussent ensemble loin de ses yeux. Elle devenait alors nerveuse, taciturne, déambulait clopin-clopant dans la maison, ouvrait les portes. La deuxième nuit, quand Frances et Doug se furent retirés, Mimms s'attacha par le poignet au poignet de Derry avec une cordelette. Mais Derry s'agita tellement sur sa natte qu'il ne put fermer l'œil une minute.

La contre-épreuve fut positive : Doug passa la nuit suivante auprès de la tropiette, et celle-ci dormit sans histoire. Frances remplaça Doug : Derry dormit aussi bien. Mimms reprit sa place, la cordelette au poignet : au matin, la cordelette était là, mais la tropiette avait disparu. Elle avait su se dégager, manœuvrer la serrure, trouver la chambre de Doug. Elle dormait sur sa descente de lit.

Il fallut aménager la maison différemment. On transforma en chambrette une salle de bain; celle-ci communiquait avec les deux grandes chambres : l'une fut celle du gardien, l'autre celle de Doug (et plus tard du ménage). Chaque soir, Derry s'endormait sagement dans sa chambrette, si la porte de Doug était ouverte. Celui-ci ensuite pouvait la fermer; mais si, au petit matin, Derry se réveillait la première, elle entrait bonnement chez Doug, comme pour vérifier s'il était seul. Doug la chassait, et elle allait se recoucher sur sa natte, sans protester.

Toutefois, quand, après le mariage, elle trouva Frances auprès de Doug, rien ne put la décider à repartir. Elle s'allongea sur la descente de lit et refusa d'en bouger; on vit bien qu'elle se fût laissé plutôt tuer sur place. Cette scène se répéta tous les jours. Et sans doute Frances, en persuadant Douglas de faire contre mauvaise fortune bon cœur, fut-elle bien inspirée : Doug voulait fermer la porte à clef; si Derry s'en était aperçue, cette découverte assurément eût tout remis en question.

Frances s'amusait avec la tropiette comme une petite fille avec sa poupée. C'est elle qui lui faisait faire sa toilette – elle trouvait cela plus convenable : dans son bain, en dépit ou à cause de sa fine fourrure couleur gorge-de-pigeon, mais surtout de sa poitrine rose, Derry avait un aspect trop féminin... Et il fallait la baigner chaque jour, car elle dégageait vite une puissante odeur de fauve. Les premiers temps, Frances la savonnait elle-même. Mais Derry montra pour cette caresse un goût vraiment trop sensuel : elle fermait les yeux, susurrait un gémissement doux, et semblait proche parfois de la pâmoison. Frances lui apprit très vite à se savonner seule, et riait aux larmes de la voir s'employer de ses quatre mains : le savon, l'éponge, la brosse passaient des unes aux autres dans une sorte de jonglerie clownesque. Derry riait aussi, de voir Frances rire.

Celle-ci avait acheté à Londres toutes sortes de tissus pour lui faire des robes. Ou plutôt des péplums à l'indienne : dans une robe occidentale, le dos fléchi et les longs bras suggéraient trop l'image d'un singe habillé. Derry mettait à se vêtir un amusement visible, et même un embryon de coquetterie : si on la laissait choisir, son choix invariablement se portait sur l'étoffe la plus rouge. Cette coquetterie ne s'étendait pas aux ornements. C'est en vain que Frances avait tenté de l'intéresser aux bijoux. Derry les maniait quelques secondes, et les abandonnait bientôt. La question chaussures parut impossible à résoudre : Derry ne les supportait pas, marchait comme une infirme. Elle ne put s'habituer même aux sandales, lesquelles au surplus soulignaient plus qu'elles ne dissimulaient que ces pieds étaient des mains.

Un jour, Frances voulut la farder. Le résultat fut déplorable. Le rouge sur les babines ne fit qu'accentuer l'absence de lèvres ; le rose aux joues, que marquer davantage leur aspect fripé, ridé : Derry parut soudain plus vieille que les cinquante-six ans de Miss Merrybotham.

La présence de Derry, et les problèmes qu'elle impliquait pour Frances et Doug, avaient quelque peu, on le voit, incommodé leur « lune de miel ». Comme si, en voyage de noces, il leur eût fallu emmener quelque nièce orpheline, au surplus maladive et ombrageuse. Ils y perdirent les joies de la solitude à deux ; ils y gagnèrent en revanche d'en éviter l'envers, le rodage difficile des caractères et des sentiments. Mieux encore, les rares instants (principalement nocturnes) qu'ils parvenaient à dérober à cette tyrannie encombrante prirent un caractère précieux dont ils profitèrent fougueusement. Une fougue étrangement mêlée d'insouciance et de désespoir. C'est que Frances savait désormais que ce bonheur ne durerait pas. Bonheur condamné à court terme. Il fallait donc en jouir dans l'absence de pensée, qui seule peut combattre celle de l'espérance. Frances n'ignorait plus rien du projet de Douglas. Elle s'était écriée d'abord : « Tu n'oseras jamais ! » Mais lui, avec tranquillité : « Des milliers de gens chaque jour s'en vont noyer la portée de leur chienne ou de leur chatte. Ils font cet acte sans l'aimer, pourtant ils le font. – Mais ce sont des chatons ou des chiots ! » Il répondit : « Et alors ? »

Elle avait mis longtemps à décider si elle acquiesçait ou non. Elle ne faisait point part de ses doutes à son mari : celui-ci était décidé, cela n'aurait pu que le tourmenter vainement. Par la suite, à mesure qu'elle comprenait mieux tous les motifs de Doug, et les conséquences de son geste, elle en vint peu à peu, ce geste, à l'admettre, plus tard à l'approuver, enfin à y consentir non point passivement, mais avec tout son esprit, tout son cœur. Un cœur angoissé, déchiré, mais prêt à accepter les souffrances futures.

Entre-temps, toute l'expédition, Kreps, Pop et les Greame étaient rentrés par bateau, ramenant avec eux vingt mâles et femelles, dont toutes celles diversement fécondées. Il avait fallu les négocier avec la Société Fermière, comme l'ensemble du lot. Il était spécifié que toute progéniture pourrait être réclamée par la Société. Douglas avait insisté pour qu'on acceptât : cela s'inscrivait bien dans ses projets.

Greame avait sollicité (et obtenu) de la Société Royale d'Anthropologie que fût gardée secrète l'arrivée des tropis à Londres, et que lui soit réservé l'honneur – qui lui revenait de droit – de parler le premier du *Paranthropus erectus* dans la presse ou les revues. Le sans-gêne de Julius Drexler avait soulevé heureusement, parmi les membres de la Société, une réprobation unanime qui fut profitable à Greame.

De telle sorte que lorsque approcha la date de la délivrance de Derry et de ses compagnes, rien d'important encore n'avait transpiré, ni dans le public, ni dans les milieux de la science ou des affaires. Ainsi

Doug avait-il les mains libres autant qu'il l'avait souhaité.

Le docteur Williams vint de Sydney par avion pour les accouchements. Tous ceux-ci se firent à quelques jours d'intervalle à Kensington, dans les locaux du Muséum, aménagés en clinique de fortune. Sauf pour Derry, que Willy accoucha comme il était prévu à Sunset Cottage.

Prévenus par téléphone, Greame et sa femme accoururent de Londres. Deux mois plus tôt, Sybil était venue, sans prévenir, un jour qu'elle savait trouver Frances seule. Quand elle fut repartie, Frances s'avouait joyeusement vaincue. C'est bien vrai, pensait-elle, que les sentiments conventionnels s'effondrent devant une telle femme. La franchise de Sybil, sa gaieté, sa force vitale, et une affection vraie qu'elle montra aussitôt pour Frances emportaient comme dans un torrent les rancunes rancies. Frances s'était efforcée de penser : « Ces mains ont touché Douglas. Elles l'ont caressé. Ces lèvres l'ont embrassé » – mais c'était, justement, un effort, et les images se refusaient. Au contraire, Frances se surprit à certain moment – tout à fait à l'improviste – agitée par un élan d'affection incontrôlée, subtilement fraternelle… Surtout, il était si ouvertement certain, si clairement visible, que Sybil ne prétendait pas, n'avait jamais prétendu se prévaloir du moindre droit sur Doug, que Frances se sentit devant elle dans une sécurité qu'elle serait loin, pensa-t-elle, d'éprouver dans l'avenir, peut-être, devant des femmes moins directes.

Dans la suite, elle ne fut pas toujours, à l'égard de Sybil, le siège de sentiments aussi nobles. Il arrivait que l'image obscène de Sybil « comme un coquillage » surgît d'un sourire, d'un geste ou d'un mot. Mais cela durait peu. Le torrent de nouveau emportait tout, et laissait seulement, sur ses bords, du sable clair. Il arrivait parfois aussi que Frances supportât mal chez Doug, en présence de Sybil, une attitude par trop naturelle, c'est-à-dire par trop oublieuse. C'est un fait que Douglas se sentait parfaitement à l'aise. Comme il advient ordinairement, il était le premier à s'être accordé un pardon sans arrière-pensée.

*

* *

Ce que Frances, dans le secret du cœur, n'avait cessé d'espérer, c'était la naissance d'un tropiot dont l'aspect trop humain ferait fléchir Douglas dans sa résolution.

Le nouveau-né maintenant était devant eux, endormi. À première vue, il ressemblait à tous les nouveau-nés, rougeauds, fripés et grimaçants. Mais il était couleur d'abricot, couvert d'un duvet blond et fin, « comme des soies de porc », dit Willy. Il avait quatre mains, des petits bras démesurés, des oreilles écartées et trop hautes, la tête plantée en avant. Greame lui ouvrit la bouche, et dit que la mâchoire faisait un U plus ouvert que chez les vrais tropiots ; l'arcade sourcilière était moins affirmée peut-être ; le crâne... trop tôt pour se prononcer. Peu de chose, en somme.

— Pas de doute ? dit Doug.

— Non, dit Greame. C'est un tropi.

Frances restait silencieuse. Elle sentit deux bras frais l'entourer : ceux de Sybil. Elle se laissa entraîner dans la pièce voisine, et demeura longtemps à serrer convulsivement dans la sienne la main de son amie. Ni l'une ni l'autre ne dit rien. Mais cette heure-là, passée dans le silence, acheva de sceller durablement leur amitié.

Ce ne fut chez Frances qu'une faiblesse passagère. Le lendemain matin, c'est elle qui habilla le nouveau-né – le langea, l'enveloppa d'une douillette, couvrit d'un bonnet son petit crâne duveté – et le posa sur les bras de Douglas comme elle eût fait de leur enfant.

Une heure plus tard, à Guildford, Douglas sonnait à la porte du presbytère. Le pasteur le fit attendre quelques minutes : « Je ne puis plus être matinal, s'excusa-t-il ; des vertiges atroces... Mon foie et mon estomac ne s'entendent plus guère, l'anarchie s'installe dans l'état vieillissant... Je n'ai pas moins de mal auprès d'eux, pour les persuader de s'aimer l'un l'autre, qu'auprès de mes fidèles... Adorable bébé, dit le prêtre en soulevant distraitement la douillette. C'est pour un baptême, je suppose ? »

— En effet, sir.

— Nous allons descendre à l'église. Les parrains nous y attendent sans doute ?

— Non, dit Douglas. Je suis seul.

— Mais... commença le pasteur, et il considéra Doug avec surprise.

— Les circonstances m'y obligeaient, sir.

Le pasteur lâcha la poignée de la porte :

— Ah !... fit-il en s'approchant. Sans doute vous proposiez-vous... Je vous écoute, mon enfant.

— Je viens de me marier, sir, et cet enfant est né hors du mariage.

Le visage du pasteur, dans une mimique experte, sut revêtir tout à la fois la sévérité, la compréhension, l'indulgence.

— Je désire entourer cette cérémonie de la discrétion la plus grande, dit Doug.

Le pasteur hocha la tête en fermant les yeux.

— N'avez-vous pas à votre service, m'a-t-on dit, un vieux ménage de jardiniers ?... Ne pourrait-on, sir, leur demander...

Le pasteur avait gardé les yeux clos.

— Il est hautement souhaitable, dit Doug, que ma femme et moi soyons seuls à connaître... Elle accepte l'existence de cet enfant avec une grande noblesse de cœur. C'est à moi de prendre garde qu'elle n'ait pas publiquement à souffrir... de...

— Nous ferons comme vous voudrez, monsieur, dit le pasteur. Veuillez donc m'attendre un instant.

Il revint bientôt, accompagné du vieux ménage. Tous descendirent à l'église. La vieille femme tint l'enfant sur les fonts. Elle aurait voulu dire à Doug, pour lui faire plaisir : « Comme il vous ressemble ! », mais vraiment, elle avait vu dans sa vie maints nouveau-nés bien laids, mais de pareils à celui-là... On l'inscrivit sous les noms de Gerald et Ralph.

— Né de ?

— Douglas M. Templemore.

— Et de... ?

— La mère n'a qu'un prénom. C'est une indigène de Nouvelle-Guinée. On l'appelle Derry.

« Voilà... pensa la vieille, c'est donc ça... »

Le pasteur fit tourner dix ou douze fois sa plume, dans une hésitation perplexe, au-dessus du registre. Son visage, cette fois, cachait mal une profonde réprobation. Il dit enfin en écrivant :

— … d'une femme… indigène…

Il fit signer Douglas, le parrain, la marraine. Il referma le registre sans un mot. Doug lui tendit une poignée de billets : « Pour vos œuvres ». Le pasteur inclina la tête, sans se départir d'une gravité muette.

— Je dois maintenant, dit Doug, aller déclarer l'enfant à l'état civil. Je n'ai pas de témoins. Puis-je demander encore…

Les vieux échangèrent un coup d'œil avec le prêtre. Sans doute ne lurent-ils point dans son regard d'interdiction majeure. La femme dit : « Nous, on veut bien… » et ils partirent tous trois. La vieille avait mainte question sur le bout de la langue. Mais elle n'osait pas. Elle portait toujours dans ses bras l'enfant endormi. Elle tentait d'imaginer le visage qu'il aurait plus tard. Elle le voyait dans un *public school*, parmi les camarades moqueurs : « Pauvre petit… ils le feront souffrir… »

Les choses n'allèrent pas sans difficulté auprès du *clerk* de l'état civil. Il n'avait jamais, dit-il, inscrit un enfant « né de mère inconnue » ! Il répétait sans cesse :

— La loi anglaise ne prévoit pas…

Doug répondait patiemment :

— L'enfant existe, n'est-ce pas ? Le voici, là, sous vos yeux…

— Oui…

— S'il n'avait pas légalement de père, vous l'inscririez pourtant : toute naissance doit être enregistrée.

— Sans doute. Mais…

— Et voici ces personnes qui témoignent qu'il est né chez moi, à Sunset Cottage, qu'il a été baptisé sous mon nom.

— Mais la mère, bon sang ! Elle était là quand elle l'a mis au monde ! Il faut bien qu'elle existe, qu'on la connaisse, qu'elle ait un nom elle aussi !

— Je vous l'ai dit : Derry.

— Ce n'est pas un nom – un état civil, enfin !

— Elle n'en a pas d'autre. C'est, je vous le répète, une indigène.

De ce match à l'usure, Douglas sortit vainqueur aux points. Le *clerk* capitula ; il inscrivit à son tour la mère sous la désignation : « Femme indigène connue comme Derry ».

Doug serra les mains à la ronde, récompensa largement les vieux « témoins », reprit l'enfant sur ses bras, et s'en retourna vers Sunset Cottage.

Doug et Frances passèrent l'après-midi près du berceau, à regarder l'enfant dormir. Pour se donner du courage, la jeune femme cherchait sur le petit visage rougeaud tous les signes possibles de bestialité. Et certes, ils étaient nombreux. Outre les oreilles trop hautes, le front était fuyant, l'embryon d'une crête sagittale en soulevait la peau en son milieu ; la petite bouche avançait en museau ; la mandibule robuste, sans menton, s'attachait au maxillaire par une saillie puissante ; les épaules semblaient rejoindre, presque sans cou, le crâne derrière les oreilles. Et pourtant, malgré les efforts qu'elle faisait pour s'attacher à ces détails, Frances ne pouvait s'empêcher de considérer ce petit être devant elle comme un enfant humain. Il se réveilla deux fois, cria, pleura ; la petite langue tremblait dans la bouche grande ouverte. Il agitait ses petites mains aux ongles roses. Frances lui donna son biberon, le cœur serré. L'enfant téta goulûment et s'endormit.

Au crépuscule, Doug et Frances dînèrent frugalement. Puis ils se promenèrent sur la route boisée, se tenant par le bras et la main, les doigts entrecroisés, serrés. Ils ne parlaient pas. De temps en temps, Frances caressait sa joue contre celle de Doug, ou lui embrassait la main. Quand la nuit fut tout à fait tombée, ils se décidèrent à rentrer.

En bas de l'escalier, elle étreignit Douglas une longue minute. Et puis elle monta se coucher, comme elle l'avait promis malgré sa répugnance. Elle avala un somnifère afin de pouvoir dormir.

Douglas se mit à son bureau, et commença d'écrire. C'était un mémoire complet des événements. De temps à autre il s'interrompait, allait fumer une cigarette au jardin, tout bruissant dans la nuit estivale, ou bien une pipe au fond d'un des vastes fauteuils de cuir, et se remettait au travail.

Vers quatre heures, il eut terminé. Il ouvrit toute grande la fenêtre, sur un ciel pâlissant aux premières lueurs de l'aube. L'enfant se réveilla, et commença de crier. Doug fit tiédir un biberon. L'enfant le but et s'endormit. Doug revint à la fenêtre. Il regarda le ciel passer au mauve, puis au rose. Avant que le soleil enfin parût, il referma la fenêtre. Il décrocha le téléphone et demanda le docteur Figgins, de Guildford. Il s'excusa de le déranger de si bonne heure, mais il s'agissait, ajouta-t-il, d'un cas mortel.

La seringue était dans le tiroir, avec le flacon bleu et son étiquette rouge et noire. Il remplit lentement la seringue. Ses doigts ne tremblaient pas.

CHAPITRE XI

Triomphe des tropis au Zoo de Londres. L'Affaire Templemore. La Guilde des Amis des Bêtes. L'Association des Mères Chrétiennes de Kidderminster. Peut-on laisser les tropiots sans baptême ? Silence du Vatican. Perplexité de l'Église anglicane. « Ils me passeront la corde au cou. » Un signe de reconnaissance.

Quand son procès vint à la Cour criminelle, en septembre, Douglas avait remporté la première manche : celle de l'opinion publique. Non qu'elle lui fût acquise unanimement, il s'en fallait. Mais les journaux étaient pleins de l'affaire, laquelle alimentait les conversations, à Tooting comme à Chelsea, à Oxford comme à Newcastle ; Paris même commençait d'en parler, New York dressait l'oreille. Il n'était plus possible pour personne de l'étouffer ni de passer outre.

Tout venait des portraits de Derry, de ses compagnes et de leurs rejetons, que le *Daily Picture* avait publiés. On sait l'amour que les Londoniens portent à toutes les bêtes (Brumas, le petit ours blanc né au zoo, draina en quelques semaines plus d'un million de visiteurs. « Avez-vous vu Brumas ? »). Chacun voulut se faire une opinion sur les tropis. Mais Vancruysen était prévoyant, il avait le bras long : sitôt l'arrivée des tropis à Londres, le ministère de la Santé avait signifié au Zoo leur quarantaine, et l'interdiction d'admettre les visites publiques. Mais les filateurs britanniques n'avaient pas moins d'influence. Quand le *Daily Picture* publia les photos, les lettres de protestation – comme on l'avait prévu – arrivèrent par dizaines de mille ; et le gouvernement, interpellé aux Communes, avec un humour caustique, par un vieux travailliste, leva l'interdiction. Il y eut si grande affluence qu'il fallut, comme pour Brumas, décupler le dimanche le nombre des autobus. Bientôt le succès des tropis laissait loin derrière lui celui de l'ours blanc.

La dispute devint publique : étaient-ce des hommes ou des singes ? Doug était-il un criminel ou un bienfaiteur ? Il arrivait qu'à son propos, de vieilles amies paisibles en vinssent à se quereller comme des harengères ; que des fiançailles fussent rompues.

Peu de temps avant l'ouverture des débats, l'*Evening Tribune* résuma la passion des disputes en quelques mots :

DOUG TEMPLEMORE SERA-T-IL DÉCORÉ OU PENDU ?

Ce titre précédait le récit de la bagarre qui avait terminé un meeting, à Kingsway Hall, de la Guilde des Amis des Bêtes (association provenant d'un schisme dans la Société Protectrice des Animaux, d'une aile gauche qui l'accusait de mollesse et d'incurie).

Après qu'on y eut (disait l'article) expédié les affaires courantes, la présidente s'était levée. Elle avait dit d'une voix émue :

— Dans quelques semaines va s'ouvrir le procès d'un héros. Nous ne pouvons pas influencer le jugement. Nous n'avons pas même le droit, vous le savez, de faire connaître publiquement notre avis, sans tomber sous le coup de la loi d'outrage à la magistrature. Mais qui peut nous empêcher de briguer dès maintenant pour Douglas Templemore une distinction honorifique ? Ne serait-ce pas ensuite d'un grand poids dans les balances de la justice ? Qui est de cet avis ?

Une petite dame se leva et dit qu'elle ne comprenait pas très bien. Quel service cet homme avait-il rendu ? N'avait-il pas tué son enfant ?

— Il a, dit la présidente, immolé ce petit être à ses frères, promis comme lui par l'infâme Société du Takoura à un esclavage atroce, à une vie abominable. Qui de nous ne tuerait pas son propre chat, son chien fidèle, plutôt que de voir la pauvre bête tomber entre de méchantes mains ? Or peut-on ignorer le sort auquel étaient promis ces animaux charmants – un sort, nous le savons, hélas ! qui continue de les menacer – si Doug Templemore, par un geste héroïque, ne s'était sacrifié pour eux ?

Un monsieur, dans la salle, s'était alors levé. Il était grand et maigre, pourvu d'une forte moustache rousse. Il dit :

— Madame la Présidente nous parle des tropis en disant : « ces animaux ». Primo, les tenir pour des animaux, c'est faire justement le jeu de ceux qui n'attendent que ça pour les traiter en bêtes de somme.

Secundo, si ce sont des animaux, en quoi notre Société aurait-elle à intervenir ? Personne ne se propose de les maltraiter. À moins que madame la Présidente n'estime que c'est bien maltraiter des animaux que de leur faire faire ce qu'on fait faire aux hommes. Enfin, tertio, je les ai vus, moi aussi, ces tropis. Je les ai vus sculpter la pierre, assembler des bâtis, et ensuite s'amuser ensemble. Et j'ai l'honneur de dire à madame la Présidente que ce sont des hommes comme elle et moi. Et ce n'est pas la forme de leurs doigts de pied qui me fera dire le contraire. Et maintenant je dis que Templemore, eh bien, il a assassiné son fils, voilà tout. Quand même il l'aurait eu d'une jument ou d'une chèvre, c'était son fils, nom d'un chien ! Et je dis que s'il devient permis à présent d'aller noyer ses gosses comme des chiots, c'en est bientôt fini de l'Angleterre. C'est pourquoi je vote, moi, pour qu'on le pende !

Il dit, et voulut s'asseoir. Il n'en eut pas le temps. Une demi-douzaine de dames d'aspect pourtant pacifique l'avaient entouré soudain, toutes griffes dehors : des hommes, ces petites bêtes gracieuses, délicates et douces ? Des hommes, ces bêtes adorables ? Qu'il ose seulement le répéter !

Sur quoi d'autres personnes voulurent rappeler à leur tour que ces dames irascibles allaient faire justement le malheur des tropis sous prétexte de les aimer, puisque, comme on se tuait à le leur dire…

Elles ne purent terminer. Les dames irascibles reçurent du renfort. En un instant la salle entière fut partagée, chaque moitié tenant pour une espèce contraire de tropis : hommes ou bêtes. C'est en vain que la présidente, débordée, agitait désespérément une grêle sonnette. Il fallut quérir la police pour évacuer la salle.

Il y eut aussi une lettre ouverte, signée de « l'Association des Mères Chrétiennes de Kidderminster » et publiée dans le *Times*, dont le retentissement fut grand.

« Sir, disait-elle, nous demandons l'hospitalité de vos colonnes pour faire appel publiquement à Sa Sainteté le pape et à Sa Grâce l'archevêque de Canterbury… »

Elle posait ensuite en substance la question qui martyrisait depuis si longtemps le père Dillighan : pouvait-on, devait-on priver du sacrement du baptême les cinq petits tropiots du Zoo ? L'idée que ces créatures n'étaient pas même ondoyées « troublait leur conscience de mères et de chrétiennes ». Elle « agitait leurs nuits ». Aussi suppliaient-elles ces hautes autorités ecclésiastiques de faire entendre leur voix suprême, de dire enfin si l'on devait ou non accueillir ces petits êtres dans la communauté du Christ.

Le Vatican demeura muet. L'archevêque, dans une lettre que l'on jugea embarrassée, répondit « que cette affaire soulevait en effet un grave problème qui devait préoccuper et rendre perplexes toutes les consciences chrétiennes ; mais que, d'après ses informations, la nature des tropis allait sans doute constituer un important facteur dans un procès en cours ; et qu'ainsi, la chose étant *sub judice*, il serait certainement déplacé d'exprimer une opinion à son sujet ».

Ce procès allait donc s'ouvrir, on le voit, dans une atmosphère assez brûlante. Mais Douglas, après s'être réjoui de voir la population britannique se passionner pour le destin des tropis, commençait de craindre que cette même passion ne réussît à égarer le vrai problème.

Il recevait quotidiennement, au Vale of Health, un nombre considérable de lettres ; Frances les lui apportait à la prison de Wormwood Scrubs. La plupart l'encourageaient, quelques-unes l'insultaient ; mais toutes généralement provoquaient son irritation : « Ces idiots sont sur la bonne voie, mais pour les mauvaises raisons ! » s'écriait-il.

— Quelles mauvaises raisons ? dit une fois Sybil, lors d'une des visites à la prison, où parfois elle accompagnait Frances. Il me semble au contraire...

— Ils embrouillent tout ! dit Doug impatiemment. Comme si je n'avais assassiné cette petite créature que pour faire plaisir aux amis des bêtes ! Quant aux autres, ils ne voient en moi qu'une espèce de victime stupide. Savez-vous ce que m'écrit un de ces idiots-là ? « Vous êtes un nouveau Dreyfus ! »... Faudra-t-il que je me fasse pendre pour qu'ils comprennent vraiment de quoi il s'agit ?

Au demeurant, il n'était pas jusqu'à Sybil qui ne finît par lui porter sur les nerfs.

— Qu'ai-je donc fait à Doug ? demandait-elle à Frances. Je ne peux plus dire un mot sans qu'il se mette en colère.

— Il faut lui pardonner, disait Frances. N'oubliez pas qu'il joue sa tête.

— Je n'oublie pas, protestait Sybil. Ne vous fâchez pas à votre tour ! implorait-elle en voyant Frances devenir très pâle. Expliquez-moi plutôt quelle sottise j'ai dite.

— Je ne me fâche pas, j'ai peur, avouait Frances. Peur pour lui. Et lui aussi a peur, après tout. Et s'il se met en colère, c'est qu'il vous arrive de parler comme ces gens dont il dit qu'ils lui passeront la corde au cou.

— Je ne comprends pas comment, dit Sybil.

— En minimisant le procès. Ce que la plupart des gens attendent, j'en suis sûre, et vous aussi, Sybil, même si vous ne l'avouez pas, c'est un vague *statu quo.* Certainement ils voudraient qu'on laisse les tropis tranquilles et aussi qu'on acquitte Douglas. Mais le reste, ils n'y tiennent pas trop.

— Quel reste ? Qu'on décide si les tropis sont des hommes ou non ?

— Oui. Au fond, ça inquiète les gens, voyez-vous. Et vous aussi, ne dites pas le contraire.

— Ça ne m'inquiète pas du tout : je continue simplement de penser que ce n'est pas scientifique.

— Le résultat est le même : si Doug sent que le jury pense comme eux ou comme vous, et tente de s'en tirer sans aller jusqu'au fond des choses, Doug plaidera coupable tellement à fond, il jouera sa tête de si près, que les juges devront la jouer avec lui jusqu'à ce que tombe enfin la dernière carte – même si sa tête doit tomber aussi.

— Ce serait un jeu stupide !

— Mais il le jouera, Sybil. Et je ne peux pas lui donner tort, même si parfois, d'y penser, le cœur me monte à la gorge. Je n'ai pas plus que lui de goût pour ces joueurs indécis qui misent courageusement une fortune sur un coup, puis s'efforcent bien vite de reprendre leur mise, à la sauvette... Croyez-vous qu'il supporterait d'avoir tué ce petit être – et maintenant que ce soit pour rien ? De s'en aller maintenant les mains dans les poches, en remerciant la cour de son indulgence ? Ce serait un échec trop cuisant.

— Un certain Don Quichotte non plus ne voulait pas reprendre sa mise. Les tropis sont gentils comme tout, je veux bien, mais ils ne valent pas, je vous assure, la vie d'un seul homme tel que Doug.

Frances haussa les épaules et dit doucement :

— C'est tellement dépassé déjà !

— Quoi donc ?

— Le sort des tropis, Sybil. C'est drôle que vous ne compreniez pas.

— Mais qu'attend-il alors de ce procès ?

— Rien qu'on puisse déjà préciser, c'est vrai. Il n'en sortira peut-être pas grand-chose, en effet. On ne peut pas savoir, avant.

— Alors c'est une folie !

— Peut-être. Mais peut-être au contraire s'ensuivra-t-il d'imprévisibles enchaînements. Et comment le savoir si l'on ne tente rien ? Vous vous rappelez le capitaine de *Typhon* ?

— Oui... Non... pourquoi ?

— Parce que Douglas lui ressemble... Faut-il éviter le cyclone ? se demande le capitaine. N'est-ce point la sagesse pour son navire et sa propre peau ? Mais il pense à ses armateurs : « Ils me diront : Il a coûté cher, ce voyage; vous en avez brûlé, du charbon ! Je dirai : J'ai fait un détour de deux mille milles pour éviter le mauvais temps. Nom d'un chien, diront-ils, il fallait que ce fût un fichu mauvais temps ! Je dirai : Ça, voyez-vous, je n'en sais rien, puisque je l'ai évité. » C'est pourquoi il fonce tout droit, dans l'ouragan...

— Et Doug va faire comme lui... Décidément, soupira Sybil, je ne comprendrai jamais rien à ces caractères... Mais que peut-il sortir de bon de tout cela ?

— Je ne sais pas... Quelque chose comme... une nouvelle, « une bonne nouvelle », peut-être... Écoutez, Sybil, vous-même... vous ne croyez ni à Dieu ni à Diable, je sais... Mais quand même... quoi ! un mot comme l'âme, vraiment ça ne vous dit rien ?

— Mais si, dit Sybil, mais si. Comme à tout le monde. Seulement à une condition, c'est qu'on m'explique d'abord ce que c'est. Ou plutôt, à quel signe on la reconnaît.

— C'est justement ce que dit Douglas !

— Sans doute, dit Sybil en souriant : c'est moi qui lui ai soufflé.

— Mais justement, Sybil : quel est ce signe ? Pourriez-vous répondre ?

— Si l'on pouvait répondre, ça se saurait.

— Eh bien, n'est-ce pas étrange qu'on ne puisse pas ? dit Frances avec vivacité. Quoi ! Tout le monde est d'accord : une Négresse à plateaux, bien que cent fois plus près, par son intelligence, d'un chimpanzé que d'Einstein, partage pourtant avec Einstein une chose irremplaçable dont le chimpanzé est privé, qu'on l'appelle âme ou autrement. Mais à quel *signe*, comme vous dites, Sybil, savons-nous qu'il en est ainsi ? N'est-ce pas justement incroyable, depuis le temps qu'on en dispute, qu'on n'ait pas encore répondu ? Pas pu se mettre d'accord sur ce signe indubitable ? Non ?

— En effet, oui, peut-être...

— Vous vous flattez, Sybil, d'être une « immoraliste ». Mais si vous l'êtes, ne serait-ce point, par hasard, pour cette raison justement que ce signe n'apparaît pas ? Si ce signe était clair, n'y rapporteriez-vous pas vos actes ?

Sybil parut méditer avant de se décider à répondre.

— Peut-être... répéta-t-elle. Vous touchez là un point sensible, Frances, que je camoufle assez bien d'ordinaire... » Elle changea étrangement de ton : « Immoraliste... oui, je le suis, mais je ne m'en "flatte" pas, je vous assure... Je n'ignore pas ce qu'on pense de ma vie souvent, vous savez... Mais vous ne savez pas ceci sans doute : qu'il m'arrive d'en souffrir. Non pas de ce qu'on pense, bien sûr ! Mais de ce que cette vie dépende si totalement de moi, de moi seule, – de mon seul jugement... J'en éprouve parfois un... un vertige panique... Je vous étonne, Frances ? Je vous paraissais moins vulnérable ? Plus cuirassée ? Personne n'est cuirassé : ce n'est jamais que du clinquant. Le ciel est vide, Frances, c'est vrai, mais on a beau le savoir, on ne s'habitue pas. On ne s'habitue pas à ce que nos actes n'aient aucun sens... – que les bons comme les mauvais engendrent au hasard les bienfaits ou la pestilence... Dieu est toujours, toujours muet... Nous n'avons, pour fonder le bien et le mal, que le sable mouvant des intentions... Rien ne vient nous guider… » Elle soupira : « Ce n'est pas drôle tous les jours. »

— Et si, dit Frances doucement, et si Doug obtenait qu'on soit enfin obligé de répondre… de dévoiler, de révéler à la fin ce *signe,* ce signe que doivent montrer les tropis pour que nous les admettions parmi nous – parmi les affiliés de cette franc-maçonnerie humaine qui exige une âme chez ses membres… Est-ce que nos gestes, tous nos gestes humains, Sybil, ne se trouveraient pas fondés du même coup sur un pareil signe ? Une bonne fois fondés non plus sur les sables mouvants des intentions, comme vous dites, sur les fantômes insaisissables du bien et du mal, mais sur l'immuable granit de ce que nous *sommes…* Ne serait-ce pas, Sybil, même pour vous, un repos – une paix, un guide enfin ?

— Ce que nous sommes… murmura Sybil.

— Que nous le voulions ou non, dit doucement Frances comme avec mélancolie.

— Ce que nous sommes… répétait Sybil.

— En deçà du bien et du mal, dit Frances.

— Ce que nous sommes… disait Sybil… On pourrait vraiment le savoir ? dit-elle avec une voix d'écolière, avec une naïveté, une fraîcheur pathétiques. Vous croyez qu'on le pourra ? demandait-elle à Frances de sa voix d'écolière.

— Si on le peut pour les tropis, c'est qu'on le pourra pour nous, Sybil, dit Frances. Mais pour cela il ne faut pas… il ne faut pas penser à Doug comme à Don Quichotte. Il faut lui faire confiance – jusqu'à la fin, dit-elle dans un demi-murmure où se mêlaient la foi et le tourment. Même si nous devons tous être morts avant d'avoir vu mûrir les fruits de son renoncement… Après tout, dit-elle avec plus de force, ce ne serait pas la première fois ! Ce ne serait pas la première fois que les chênes de Dodone n'auraient paru d'abord parler que pour les sourds… Et puis, un jour, que la frêle rumeur éclate en chant d'espérance.

Chapitre XII

Conscience professionnelle du docteur Figgins. Lumières sur le métissage, l'hybridation et même la télégonie. Prudence du docteur Bulbrough. Affirmations du professeur Knaatsch. « L'astragale, voilà l'homme. » Affirmations contraires du professeur Eatons. Disputes sur la station droite. « L'homme a des mains parce qu'il pense. » Étranges conclusions du professeur Eatons.

— Docteur Figgins !

C'était le premier témoin cité par l'accusation. Il prêta serment et prit place dans le box. Mr. Justice Draper, président du tribunal, s'essuya discrètement le front sous la chaude perruque blanche. Il faisait, en cette fin septembre, une lourde chaleur orageuse. La salle était pleine à craquer.

Sir C. W. Minchett, K. C., M. P.[1], procureur du roi, ouvrit le feu.

— Nous demanderons au témoin, dit-il, de répondre à nos questions sans ajouter de commen-

1. Membre du Parlement.

taires. Selon ce que nous savons, vous avez été appelé par téléphone, le 7 juin à cinq heures du matin, et vous vous êtes rendu à Sunset Cottage. Y avez-vous constaté le décès d'un nouveau-né du sexe masculin ?

— Oui.

— Avez-vous appelé vous-même la police pour qu'elle vienne le constater à son tour ?

— Oui.

— Le décès provenait-il d'une piqûre de cinq centigrammes de chlorhydrate de strychnine, dose immédiatement mortelle même pour un animal de grande taille ?

— Oui.

— L'accusé vous a-t-il déclaré qu'il avait pratiqué cette piqûre le matin même, et de façon préméditée ?

— Oui.

— Avez-vous pu établir le bien-fondé de cette déclaration ?

— Oui. L'autopsie pratiquée devant moi par le médecin légiste en a contrôlé l'exactitude.

— Subsiste-t-il, dans votre esprit, le moindre doute que la mort ait pu survenir dans d'autres circonstances ?

— Elle ne l'a pas pu.

— Avez-vous, d'autre part, pris connaissance d'une déclaration de Sir Edward K. Williams, du Collège Royal de Chirurgie, selon laquelle l'accusé est indubitablement le père de la victime ?

— Oui.

— Avez-vous une raison personnelle de mettre en doute l'autorité de Sir Edward, ou la sincérité de sa déclaration ?

— Non.

— Avez-vous, en définitive, une raison de douter que l'accusé soit le père de la victime, et l'auteur de sa mort ?

— Non.

Le procureur s'assit d'un air satisfait.

Mr. B. K. Jameson, K. C., Conseil de défense, se leva :

— Docteur Figgins, n'avez-vous pas examiné le petit cadavre ? N'avez-vous pas déclaré : « Ce n'est pas un enfant, c'est un singe » ?

— Oui.

— Êtes-vous toujours de cet avis ?

— Oui.

— Quelles en sont les raisons ?

— Certains caractères immédiatement évidents, d'autres que j'ai relevés pendant l'autopsie.

— Tels que ?

— La disproportion des membres ; l'architecture du pied, de caractère franchement simien, puisque le pouce peut s'opposer aux autres doigts ; la forme de la colonne vertébrale, qui ne comporte pas ou peu de courbure lombaire ; certains détails de la morphologie de la face et du crâne.

— Avez-vous fait part de ces remarques au médecin légiste ?

— Oui.

— Le médecin légiste en a-t-il confirmé l'exactitude ?

— Oui.

— Vous êtes donc d'avis que l'accusé n'a pas mis à mort un être humain, mais un petit animal ?

— Oui.

L'avocat s'inclina et s'assit. Le procureur se leva.

— Le médecin légiste, que nous entendrons d'ailleurs tout à l'heure, n'a-t-il pas conclu dans le sens d'un meurtre sur la personne d'un enfant ?

— En effet.

— S'il eût partagé votre avis, aurait-il conclu dans ce sens ?

La défense fit opposition à cette question.

Le procureur reprit :

— Pouvez-vous nous dire comment, si vous pensez de votre côté que la victime n'est pas humaine, vous avez pu rédiger la déclaration de décès d'un enfant nommé Garry Ralph Templemore ?

— Comme biologiste, je puis penser que la victime répond aux caractères des singes plus qu'à ceux des hommes. Mais cette opinion m'est personnelle ; et, comme médecin, mon devoir légal était de rédiger un acte de décès, dès lors qu'un acte de naissance figure à l'état civil, et que j'ai constaté ce décès.

— Reconnaissez-vous, par cette déclaration, que si vous émettez des doutes personnels sur la constitution de la victime, ces doutes ne s'étendent pas à son existence légale ?

— C'est cela.

— En d'autres termes, que la victime était bien, légalement, l'enfant de l'accusé ?

— Oui.

Le procureur s'assit. La défense demanda :

— Docteur Figgins, pensez-vous que la légalité doit l'emporter ici sur la zoologie ?

Le procureur fit opposition à la question, comme sollicitant l'opinion du témoin sur le jugement à venir.

— Nous poserons donc la question autrement, dit l'avocat. Docteur Figgins, si vous aviez été sollicité par l'accusé, non de constater le décès de la victime, mais au contraire de la mettre au monde, eussiez-vous accepté de déclarer cette naissance à l'état civil ?

— Non.

— Même si l'accusé vous en eût instamment pressé ?

— Pas davantage.

— Cela veut-il dire que vous auriez, si cela n'eût tenu qu'à vous, refusé à la victime toute existence légale ?

— Assurément.

— Comme vous l'eussiez refusée à un chien ou à un chat ?

— Oui.

— N'avez-vous pas, d'ailleurs, hésité longuement d'abord à rédiger un constat de décès ? N'a-t-il pas fallu l'insistance de l'accusé ? N'est-ce pas l'accusé lui-même qui vous a signalé et prouvé l'existence légale de la victime ?

— C'est exact.

Le procureur allait se lever encore, mais le président le retint d'un signe, et demanda :

— La cour, pour éclairer les lacunes de ses connaissances zoologiques, voudrait obtenir de vous, docteur Figgins, si vous pouvez les lui donner, les précisions suivantes : la victime est notoirement le produit d'un croisement. Pour que, comme vous le pensez, ce produit soit un singe, ne faudrait-il pas que l'un des parents au moins soit un singe aussi ? Or nous croyons nous rappeler qu'un critérium de la définition de l'espèce est que deux individus d'espèces différentes ne peuvent avoir de progéniture ?

Le docteur Figgins toussa et dit :

— Voilà qui sort un peu du domaine de la médecine... Toutefois, milord, il se trouve que je puis peut-être vous éclairer... Un médecin de campagne est toujours quelque peu vétérinaire, il fréquente les éleveurs et s'intéresse à leurs tentatives. Eh bien, milord, tous les croisements peuvent se tenter, avec des chances de réussir, pourvu que les races ou les espèces ou même – dans des cas très rares, il est vrai – les genres, soient suffisamment voisins. S'il s'agit de races, le produit est appelé métis. S'il s'agit d'espèces ou de genres, le produit est appelé hybride. L'hybridation réussit naturellement plus rarement que le métissage.

— Dans le cas qui nous occupe, la victime était bien le produit d'une hybridation, plutôt que d'un métissage ?

— Je ne puis l'assurer, ignorant à quelle espèce appartient la femelle du *Paranthropus*.

— Mais, pardon, s'écria le président, je ne vous comprends plus ! L'enfant avait pour père un homme. Si la mère était une femelle d'espèce humaine, elle aussi, comment l'enfant pourrait-il être un singe ?

— C'est une hypothèse parfaitement concevable, milord. Même si la femelle du *Paranthropus* est en définitive (ce que je ne crois pas) d'espèce humaine, elle est en tous les cas d'une race extrêmement éloignée de celle de l'homme occidental. Or une observation de Darwin a montré que, chez les canards par exemple, le croisement de deux races domestiques éloignées donne un produit qui ressemble au canard sauvage. Le fait s'explique par la tendance du métis à ne développer que les caractères communs aux deux parents; or il est évident que ces caractères communs ne peuvent se retrouver que chez leur ancêtre commun, c'est-à-dire chez l'animal sauvage. Dans le cas qui nous préoccupe, l'enfant peut avoir rassemblé sur lui les caractères simiens de l'ancêtre commun au *Paranthropus* et à l'homme, c'est-à-dire à quelque antique primate.

— Et ainsi ressembler davantage au singe qu'aucun de ses parents ?

— C'est cela... Mais il a pu se passer encore autre chose, milord. Il peut y avoir eu télégonie.

— Qu'est-ce que c'est ?

— L'influence du premier mâle sur les rejetons ultérieurs d'une même femelle, à la production desquels pourtant il n'a plus participé. Le fait est nié comme absurde par les biologistes, mais il continue d'être admis généralement par les éleveurs. Le cas le plus célèbre est celui de la jument de Lord Morton. Elle fut saillie d'abord par un zèbre, et donna un métis. Puis elle fut saillie par des étalons de la même race qu'elle, mais continua de donner des poulains zébrés. Si l'on admet la télégonie, alors il n'est pas inconcevable que notre femelle ait pu être fécondée naguère par un mâle de son espèce ou même par quelque grand singe; et que le produit ultérieur de la fécondation humaine en ait porté les caractères.

— En somme, et pour résumer, vous pensez qu'on ne peut tirer aucune conclusion certaine, ni même probable, concernant la nature plus ou moins humaine de la petite victime, du seul fait qu'elle a été engendrée par un homme ?

— Ce serait, en effet, je pense, imprudent.

— Au contraire, seriez-vous prêt, en ce qui vous concerne, à répéter sous serment la déclaration que vous avez faite tout à l'heure ? À savoir que la victime n'était pas un enfant humain ?

— Sous serment ? Non, milord. Ce n'est là qu'une opinion personnelle, je le répète. D'autres peuvent avoir à ce sujet une opinion contraire et avoir raison. D'une manière générale, je pense que la question n'est pas du domaine d'un médecin comme moi, mais des spécialistes de la zoologie humaine, c'est-à-dire des anthropologues.

— La cour vous remercie. La couronne a-t-elle des questions à poser ? Non. Et la défense ? Non plus. Vous pouvez vous retirer, docteur.

Le docteur Bulbrough, médecin légiste, entra dans le box des témoins. C'était un homme très vieux, au poil d'une neige immaculée sur un visage étique couleur de terre. L'âge l'avait rendu un peu bossu.

— Le docteur Figgins, lui demanda le procureur, vous a-t-il, pendant l'autopsie, fait part de ses remarques sur la constitution de la victime ?

— Il l'a fait, dit le témoin.

— Avez-vous conclu comme lui ?

— Non.

— Comment avez-vous conclu ?

— J'ai conclu que la victime était morte à la suite d'une dose mortelle de chlorhydrate de strychnine.

— Ce n'est pas ce que l'on vous demande, intervint le président.

— Nous voudrions savoir, répéta le procureur, si vous avez conclu de ces observations que la victime était un singe ou un homme ?

— Je n'ai rien conclu du tout.

— Pourquoi ?

— Parce que ce n'est pas mon métier ni mon rôle de conclure sur un point pareil.

— Pourtant, dit le procureur, vous avez transmis le résultat de l'autopsie au tribunal de police, en vue de constituer le dossier pour meurtre ?

— Bien sûr.

— Mais il ne peut y avoir meurtre sur un singe ! Il fallait bien que vous eussiez conclu que la victime était humaine !

— Je n'avais rien conclu du tout. Moi, j'ai à dire comment la mort est survenue. C'est tout. Le reste regardait le tribunal de police. Pas moi.

— C'est la première fois que j'entends une chose pareille ! dit le procureur.

— C'est aussi la première fois qu'il arrive une chose pareille, dit le témoin.

— Vous réservez décidément votre opinion ?

— Oui.

Il ne fut pas possible de rien tirer de plus du docteur Bulbrough. Et l'on appela le professeur Knaatsch, F. R. A. S., anthropologue notoire. C'est lui que le Collège Royal d'Histoire Naturelle, consulté par le tribunal de police, avait proposé comme expert pour éclairer le tribunal sur la nature de la victime. C'était un petit homme ridé, grisonnant, un peu sourd, qui se passait constamment la main dans ses cheveux ébouriffés, et parlait d'une voix rauque et pointue. À peine écouta-t-il la question posée par le procureur, qu'il s'écriait :

— C't'idiot tout ça ! Qu'est-ce qu'on veut savoir ? Si ces êtres-là sont des hommes ? Bien sûr, ce sont des hommes ! Ils font du feu, non ? Ils taillent la pierre ? Ils marchent debout, non ? N'y a qu'à r'garder leur astragale ! V's'avez déjà vu des singes avec un astragale comme ça ? Vais pas vous le décrire, comprendriez pas. C't'un os du pied, dans la cheville. Rien que c't'astragale, ça suffirait. Sans parler de la rangée antérieure du tarse : longue comme les phalanges ! Ils ont un pouce de singe ? Et alors ? Nous avons bien un appendice ; et un morceau de tympan qui nous vient des plésiosaures : ça nous sert à quoi ? Devaient encore vivre dans les arbres y a pas longtemps, les tropis, voilà tout : cinquante ou cent mille ans. Mais maintenant ils n'y vivent plus : marchent debout comme nous. Des souvenirs du singe, on en a tous ! Regardez les enfants qui apprennent à marcher : marchent encore comme des chimpanzés, sur le bord extérieur de la plante du pied. Regardez le gros orteil des Veddahs actuels : s'articule en varus à pouvoir vous ramasser par terre une pièce de six pence ! Sont pas des hommes, alors ? Faut s'entendre sur c'qu'on appelle des hommes. Les hommes de Ngandong, qu'est-ce que c'était ? Et l'homme de Piltdown, tout près d'ici ? un crâne comme le vôtre ou le mien, milord, sauf votre respect ; mais une mandibule de gorille. Et l'autre, qu'on appelle Shkul Cinq, avec son petit menton, ses petites dents ; mais une visière sus-orbitaire comme celle d'un gibbon ! Vous en sortirez pas. La station droite : voilà l'homme. Par conséquent, la forme de l'astragale, qui soutient tout : étroit et mince, c'est un singe ; large et épais, c'est un homme. Voilà. Quoi ? Quoi ?

Il mit sa main à l'oreille, en cornet, tendit vers le tribunal un visage secoué de tics.

— Je parle à la défense ! cria le juge. A-t-elle des questions à poser ? répéta-t-il.

— Non, milord, dit l'avocat. Mais nous voudrions, si le tribunal nous l'accorde, que l'un de nos témoins soit entendu.

L'accusation s'y opposa. La défense fit observer que la déposition du professeur Knaatsch ne pouvait pas être discutée par des profanes ; et qu'ainsi le droit sacré de la défense de procéder à une interrogation contradictoire se trouvait, en fait, refusé. La cour lui donna satisfaction, et le professeur Eatons, F. R. S., membre de la Société Royale de Paléontologie et du Collège Impérial d'Anthropologie, fut appelé à la barre. Il était tout le contraire de son prédécesseur : grand, calme, souriant, et d'une distinction extrême. Il dit :

— L'étude du professeur Knaatsch sur la structure comparée des astragales du chimpanzé, de l'Australopithèque et d'une femme japonaise est, avec les observations de Le Gros Clark, assurément de celles qui font autorité. Mais il est à craindre qu'il n'en ait tiré des conclusions imprudentes. En fait, j'ai le regret d'assurer la cour qu'elle vient d'entendre un très grand nombre de sottises. Nous savons bien que le professeur Knaatsch a le grand Lamarck pour caution, qui supposait aux hommes des ancêtres arboricoles et quadrumanes, devenus peu à peu bimanes en quittant la forêt. Mais les indications récentes...

— Nous ne vous suivons pas, interrompit le juge. Veuillez vous exprimer dans un langage plus explicite.

Le visage un peu rouge et tendu des jurés, leurs yeux inquiets, écarquillés, lui avaient dicté cette demande.

— Je précisais, dit le témoin, la leçon de Lamarck et de son école. Selon celle-ci, disais-je, les ancêtres des hommes vivaient dans les arbres, comme les singes, et avaient comme eux quatre mains pour pouvoir se suspendre aux branches. Puis ils quittèrent la forêt, et progressivement leurs membres inférieurs se transformèrent, afin de pouvoir marcher plus commodément sur le sol dur. Ainsi naquit peu à peu, selon cette école, la structure du pied de l'être humain tel que nous le connaissons. Le professeur Knaatsch semble partager encore cette opinion. Malheureusement les indications récentes de l'anatomie comparée ne sont guère favorables à cette théorie. Un examen d'ensemble des mammifères montre, comme l'a fait Frechkop, que le pied de l'homme, loin d'être en progrès sur celui du singe, est au contraire un organe beaucoup plus grossier, beaucoup plus primitif dans son plan et sa structure : le pied du singe, même si à première vue cela paraît surprenant, est nettement postérieur au nôtre, que nous tenons peut-être des Tétrapodes de l'ère tertiaire. Il s'ensuit que quiconque, par la structure du pied, se rattache même de loin aux singes arboricoles, comme c'est le cas des tropis, n'est pas dans la lignée humaine.

— Voulez-vous dire, demanda le président, que notre pied tel qu'il est à présent existait déjà chez nos ancêtres mammifères il y a des millions d'années ?

Le témoin acquiesça.

— Que c'est chez les singes qu'il s'est amélioré, quand ceux-ci se sont mis à vivre dans les arbres, à l'inverse justement de ce que supposait Lamarck, à savoir que c'est en descendant des arbres que le pied de l'homme est apparu ?

— C'est cela.

— D'où il faut conclure, pensez-vous, que la lignée qui aboutit à l'humanité ayant toujours connu des pieds comme les nôtres, cette lignée n'est jamais passée par le stade du singe ?

— Précisément.

— Et enfin, par conséquent, que les tropis, ayant un pied de singe, ne peuvent pas être placés dans une lignée qui a toujours connu des pieds humains…

— Oui. C'est ce que nous appelons un *phylum* : les tropis ne peuvent pas se trouver dans celui qui aboutit à l'homme.

— En d'autres termes encore (si nous avons bien compris), les tropis se trouveraient tout au bout d'un phylum de singes, plutôt que tout au début du phylum humain ; ils seraient selon vous, en quelque sorte, une race de singes particulièrement évolués, et non, comme on pourrait croire, une race d'hommes encore très primitifs ?

— C'est très exactement cela. Le professeur Knaatsch nous dit : « Ils font du feu ; ils taillent la pierre ! » Mais nous savons maintenant, depuis la découverte du Sinanthrope, qu'une intelligence presque aussi fruste que celle du chimpanzé a été capable de telles inventions. Aussi bien, il suffit d'observer les tropis pour découvrir qu'ils paraissent bien plus obéir à un *stimulus*, qu'à un processus de la raison logique… Non, conclut le professeur Eatons, le nom de *Paranthropus* qu'on leur a donné leur convient fort bien : ils ressemblent à des hommes ; ce ne sont pas des hommes.

Le professeur Knaatsch, à son banc, levait le doigt en claquant du pouce, comme au collège. Le procureur se hâta de prier la cour de lui donner la parole. La cour la lui accorda.

— C't'inouï ! s'écria Knaatsch, sans même quitter sa place, ce qui, dans cette enceinte, était un fait sans précédent. Le juge tenta de l'interrompre, sans pouvoir s'en faire entendre. La défense, en souriant, manifesta d'un geste qu'elle ne relevait pas l'étourderie et conseillait de le laisser faire. « C't'inouï ! continuait le vieux savant sans rien voir. Un stimulus ! Qu'est-ce que c'est qu'un stimulus ? Tout est un stimulus ! Même la raison logique est un stimulus : faut bien qu'elle vienne de qué'qu'chose, non ? Ce n'est pas le Père Noël, non ? Chimie du cerveau, tout ça ! Stimulus, intelligence ! Des mots, tout ça. Une seule chose compte : c'qu'on fait, c'qu'on n'fait pas. Le Sinanthrope ? Eh bien, c'était p't-être un homme, pourquoi pas ? Montrez-moi son astragale, et j'vous l'dirai. Bon sang, m'sieur l'professeur Eatons, v's'avez oublié Aristote ? Qu'est-ce qui fait l'homme ? disait-il. C'est la pensée ; et la pensée, c'est la main. Le corps des animaux, disait-il, se développe en un seul outil spécialisé, dont ils ne peuvent jamais changer. Tandis que la main devient griffe, pince, marteau, épée ou tout autre instrument dont elle se prolonge ; et par là, nécessite la pensée. Et qu'est-ce qui a libéré la main, m'sieu l'professeur ? C'est la station droite. À quatre pattes, pas de main, s'pas ? Et pas de main, pas de pensée. Si l'astragale est trop faible, pas de station droite. Donc qu'est-ce qui a fait la pensée ? C'est l'astragale. Pas à sortir de là. Direz le contraire, peut-être ? »

— Oui, si la cour le permet, dit son confrère avec, à l'adresse du tribunal, une inclination de respect souriant.

Le juge, d'un regard, interrogea la couronne ; la couronne ne voulut pas se montrer plus formaliste que la défense ; elle souleva une main longue et pâle dans une arabesque élégante.

— La cour, dit alors le juge, estime qu'une discussion libre est souhaitable, puisqu'il s'agit moins d'un témoignage que d'une confrontation d'experts. Vous avez la parole, professeur.

Celui-ci s'inclina et dit :

— La main a fait la pensée, soutient mon éminent confrère ? J'espère qu'il me permettra de soutenir, en effet, le contraire. Ce n'est pas la main qui a fait la pensée, c'est la pensée qui a fait la main... Cela paraît paradoxal ? Mais non, il suffit d'inverser les termes : le cerveau, la main, la station droite. C'est parce qu'il a commencé à penser que l'homme s'est tenu sur ses pieds pour libérer ses mains. C'est la vraie formule d'Aristote : l'homme a des mains parce qu'il pense.

— Eh bien, dit Knaatsch, les tropis ont des mains, non ?

— Les singes aussi…

— Parce qu'ils pensent ? Et ils se tiennent debout peut-être ? C't'inouï, cria-t-il, c't'inouï ! Quel galimatias !

— … Les singes aussi, reprenait patiemment Eatons, mais ils n'ont pas encore commencé de se servir de leurs mains à des fins intelligentes : c'est pourquoi ils n'essaient pas de libérer leurs mains par la station droite.

— Alors les tropis ont commencé, puisqu'ils se tiennent droit ! Donc ce sont bien des hommes !

— Cela ne suffit pas.

— Qu'est-ce qu'il faut, alors ?

— Il faut tout un ensemble, professeur Knaatsch, vous le savez bien. Sur les mille soixante-cinq caractères anatomiques relevés par Keith sur l'homme et les diverses espèces de singes, tels que la capacité crânienne, le nombre des vertèbres, les tubercules dentaires ou articulaires, etc., deux tiers sont communs à l'homme et aux différents singes ; tous les autres sont particuliers à ce que nous appelons l'*Homo sapiens.* Qu'il manque donc un seul de ces caractères spécifiques, et non seulement de ceux qui ont trait au nombre des neurones de la substance grise, à la complexité ou à la finesse de leurs connexions, mais aussi à la formule dentaire, à la proportion des pièces du sternum, des vertèbres, ou même de leurs apophyses ; qu'il manque un seul détail, et nous n'avons plus affaire à un homme proprement dit.

— Dites donc, alors, l'homme de Néandertal ?

— Il n'était pas du type *Homo sapiens.* Nous l'appelons homme par commodité.

— Et alors les Veddahs, les Pygmées, les Australiens, les Boschimans ?

Eatons haussa les épaules, ouvrit les mains avec un sourire d'impuissance navrée.

— Ma parole, professeur, s'écria Knaatsch, ne seriez-vous pas d'accord, par hasard, avec l'article infâme de Julius Drexler ?

— L'article de Julius Drexler, dit calmement Eatons, ouvre des perspectives fort raisonnables. Il se peut que ses conclusions personnelles soient un peu hâtives, un peu simplifiées. Mais il a hautement raison de défendre l'intégrité et l'indépendance de la science, de nous rappeler que celle-ci n'a que faire de préjugés sentimentaux, ou soi-disant humanitaires. L'égalité entre les hommes est sans doute un noble souci, mais un biologiste ne doit pas s'en préoccuper ; sinon à la rigueur, comme disait mon maître Lancelot Hogben, après huit heures du soir… Et si la science en définitive doit nous montrer que le seul homme véritable est l'homme blanc, s'il doit apparaître que l'homme de couleur n'est pas absolument un homme, sans doute nous pourrons trouver cela regrettable. Mais nous devrons nous incliner. Et nous résoudre à constater seulement que l'Antiquité avait raison contre nous, laquelle en faisait des esclaves, tandis que nous les émancipons imprudemment sur une erreur scientifique. Il serait donc plus sérieux, comme le dit Drexler, de reprendre le problème à sa base, et ainsi…

Un murmure d'indignation s'était élevé dans la salle, d'abord timide, puis plus violent. Il couvrit enfin la voix du professeur Eatons, qui se tut, sans se départir de son sourire distingué. Mr. Justice Draper jeta un coup d'œil à son bracelet-montre. Bientôt six heures. « Profitons-en », pensa-t-il. Il se leva, quitta le tribunal. On fit évacuer la salle.

Chapitre XIII

Méditations du juge Draper sur le citoyen britannique considéré comme être humain. Méditation sur la personne. Universalité des tabous. Surprenante intervention de Lady Draper. « Les tropis n'ont pas de gris-gris. » Universalité des gris-gris.

Sir Arthur Draper prenait d'habitude le bus pour aller à son club, sur Pall Mall, lequel était le Reform Club, d'où par un matin pluvieux Phileas Fogg partit pour son tour du monde. Le juge y lisait tranquillement le *Times*, puis rentrait, vers huit heures, à Onslow Mansions, un peu au-delà de Chelsea.

Mais ce soir-là, il se dit que le temps était tiède et beau, et qu'il ferait bon flâner.

En vérité, pour la première fois peut-être depuis trente ans, il n'avait pas envie de retrouver ses vieux amis du club, fût-ce pour ne faire en leur compagnie que lire sans un mot les journaux du soir.

Il remontait lentement le long de la Tamise, d'un pas très calme, et pensait à l'audience qui venait de finir : « Quel étrange procès », pensait-il. Le juge n'ignorait point les raisons que l'accusé avait de se faire juger. Il les trouvait courageuses et pathétiques. « Mais il s'ensuit, pensait-il, que c'est l'accusation qui reprend contre lui ce qui doit être au fond sa propre thèse : les tropis sont des hommes. Tandis que la défense est bien forcée de nous assurer le contraire et, pour prouver que ce sont des singes, de produire des témoins qui professent une discrimination raciale contre laquelle précisément l'accusé risque sa vie : lequel donc a dû se résoudre à adopter un système de défense contraire au but qu'il poursuit… Quel imbroglio ! D'autant que s'il est prouvé que les tropis sont des bêtes, la Société du Takoura l'emporte… Et donc l'accusé doit souhaiter que l'accusation ait raison contre lui… il lui faudrait en somme, s'il veut triompher, se faire pendre. Il ne peut sauver sa vie que vaincu… Je me demande s'il est conscient de tout cela, et s'il y a pensé ? Difficile à savoir ; puisqu'il ne dit jamais un mot et se refuse à toute discussion. »

Avec le soir tombait une brume très légère, très bleue ; les passants se croisaient, se mêlaient dans un ballet tranquille et silencieux. Le juge les observait avec une curiosité, une amitié nouvelles. « Voici l'humanité, pensait-il. Les tropis en font-ils partie ? Étrange de pouvoir se le demander sans que la réponse vienne aussitôt. Étrange d'être obligé de se dire que, puisqu'il en est ainsi, c'est que nous ne savons pas ce qui nous en distingue… Force est bien de constater que nous ne nous demandons jamais ce qui précisément définit l'homme. Il nous suffit d'être : il y a dans le fait d'exister une sorte d'évidence qui se passe de définitions… »

Un « bobby », monté sur son petit socle, réglait la circulation avec une lenteur et une gravité solennelles.

« Toi, pensait Sir Arthur avec une vraie tendresse, tu penses : je suis policeman. Je règle la circulation. Et tu sais de quoi il s'agit. Il t'arrive aussi de penser sans doute : je suis un citoyen britannique. Cette idée-là est précise encore. Mais combien de fois dans ta vie t'es-tu dit : je suis une personne humaine ? Cette pensée te semblerait grotesque ; mais ne serait-ce pas surtout qu'elle est trop vague, et que, si tu n'étais que cela, tu te sentirais flotter en l'air ? » Le juge souriait : « Je suis tout pareil à lui, pensait-il. Je pense : je suis juge ; je dois rendre des jugements exacts. Si l'on me demande : Qu'êtes-vous ? je réponds moi aussi : un fidèle sujet de Sa Majesté. Il est tellement plus facile de définir un Anglais, un juge, un quaker, un travailliste ou un policeman que de définir un homme simplement !... La preuve, les tropis... Et il est diablement plus confortable de se sentir quelque chose dont chacun sait clairement ce que c'est. »

« Voilà, pensait-il, que par la faute de ces fichus tropis, je redégringole dans les questions sans fin qu'on se pose à vingt ans... Que j'y redégringole ou m'y élève de nouveau ? songea-t-il avec une sincérité soudaine. Après tout, si j'ai cessé de les poser, était-ce pour des raisons bien valables ? » Quand on l'avait nommé juge, il était plus jeune qu'il n'est généralement d'usage dans le Royaume-Uni. Il se rappelait quelles inquiétudes agitaient alors sa conscience : « Qu'est-ce qui nous permet de juger ? Sur quoi nous appuyons-nous ? La notion fondamentale de culpabilité, comment la définir ? Sonder les reins et les cœurs, quelle incroyable prétention ! Et quelle absurdité : qu'une faiblesse mentale diminue la responsabilité d'un délinquant, elle excuse en partie son acte et nous le condamnons moins durement. Or pourquoi l'excuse-t-elle ? Parce qu'il est moins capable qu'un autre de résister à ses impulsions ; mais par conséquent il récidivera. Il eût donc fallu au contraire plus qu'un autre le mettre hors d'état de nuire ; lui appliquer une peine plus forte et plus durable qu'à celui qui n'a pas d'excuse : puisque celui-ci ensuite trouvera, dans sa raison et le souvenir de la peine encourue, la force de se surmonter. Mais un sentiment nous dit que ce ne serait pas humain, ni équitable. Ainsi le bien public et l'équité s'opposent implacablement. » Il se rappelait que ces dilemmes l'avaient si bien tourmenté qu'il avait songé à quitter sa charge. Et puis, peu à peu, il s'était endurci. Moins que d'autres : l'incroyable sclérose de la plupart de ses confrères lui était un sujet constant de surprise et de consternation. Toutefois il avait fini, comme les autres, par se dire qu'il est sans profit de perdre ses forces et son temps à des questions insolubles. Par s'en remettre, avec une sagesse tardive, aux règles, à la tradition, et aux précédents juridiques. Par mépriser même, du haut de son âge mûr, cette jeunesse présomptueuse qui prétendait opposer sa petite conscience individuelle à toute la justice britannique !...

Mais voici qu'à la fin de sa vie il était confronté à un stupéfiant problème, qui brutalement remettait soudain tout en cause, puisque ni les règles, ni la tradition, ni les précédents juridiques n'étaient en mesure d'y répondre ! Et il n'aurait sincèrement su dire s'il en était irrité ou ravi. À une sorte de rire silencieux, anarchique, irrespectueux, qui grouillait en lui avec ses pensées, il devait bien reconnaître qu'il penchait à se réjouir. Tout d'abord cela convenait admirablement à son vieux sens de l'humour. Et puis il aimait sa jeunesse. Il l'aimait et il jubilait de devoir lui donner raison.

Avec une sorte d'apostasie joyeuse, il examinait d'un œil impitoyable et critique ces règles, ces précédents, cette tradition vénérable. « Au fond, pensait-il, nous vivons de tabous, comme les sauvages. Il faut, il ne faut pas. Rien jamais de nos exigences ou de nos interdits n'est fondé sur une base irréductible. Puisque toute chose humaine, de proche en proche, peut toujours être réduite, comme en chimie, à d'autres composantes humaines, sauf à parvenir au corps simple d'une définition de l'humain ; or c'est ce que justement nous n'avons jamais défini. C'est proprement incroyable ! Des interdits non fondés, qu'est-ce que c'est, sinon des tabous ? Les sauvages croient tout aussi fermement à la légitimité, à la nécessité de leurs tabous que nous croyons à celles des nôtres. La seule différence, c'est que les nôtres, nous les avons perfectionnés. Nous leur avons trouvé des causes non plus magiques ou totémiques, mais philosophiques ou religieuses ; aujourd'hui nous trouvons ces causes dans l'étude de l'histoire et des sociétés. Il nous arrive aussi d'inventer de nouveaux tabous. Ou d'en changer en route (rarement). Ou de les transformer quand ils apparaissent, malgré la tradition, trop démodés ou trop nuisibles.

Je veux bien que dans l'ensemble ce soient de bons, d'excellents tabous. De très utiles tabous, assurément. Indispensables à la vie sociale. Mais alors au nom de quoi juger la vie sociale ? Non seulement la forme qu'elle a, ou celle qu'elle peut prendre, mais si elle est bonne en soi ; ou simplement nécessaire à autre chose qu'elle-même : à qui ? à quoi ? C'est aussi un tabou, rien de plus. »

Il s'arrêta au bord du trottoir, en attendant que le passage fût libre.

« Nous autres chrétiens, songeait-il, nous avons la Parole, la Révélation. "Aime ton prochain comme toi-même. Tends l'autre joue." Or c'est tout à fait contraire aussi aux grandes lois naturelles. C'est pourquoi, pensons-nous, cette Parole est belle. Mais pourquoi la trouvons-nous belle de s'opposer à la nature ? Pourquoi devons-nous sur ce point rompre avec des lois auxquelles toutes les bêtes obéissent ? "La volonté de Dieu" sans doute est une réponse suffisante pour nous obliger, mais non pour nous expliquer ces obligations. Si ce ne sont pas là des tabous, je veux bien être pendu ! »

Il s'engagea sur la chaussée pour traverser devant Westminster Bridge. « Si je disais cela tout haut, on supposerait que je blasphème. Je n'ai pourtant pas du tout conscience de blasphémer. Car je pense profondément, tabous ou non, que la Parole est juste. Peut-être, précisément, parce qu'elle rompt avec la nature, avec son aveugle loi de l'entre-dévorement universel ? Ainsi la charité, la justice, tous les tabous en somme, ce serait l'antinature ?... Si l'on y pense un peu, cela semble évident : à quoi bon lois, règles et commandements, à quoi bon morale ou vertu, si nous n'avions à endiguer et à vaincre ce que la puissante nature propose à notre faiblesse ?... Oui, oui, tous nos tabous, leur base est l'antinature... Tiens, tiens, se dit-il soudain avec une excitation allègre de l'esprit, ne serait-ce pas là une base irréductible ? N'y aurait-il pas là une lueur ? »

Il avait commencé de penser : « La question est peut-être : les tropis ont-ils des tabous ? » quand un bruit de pneus crissant sous le coup de frein le rejeta en arrière : de justesse ! Il demeura quelque temps sur le refuge, le cœur battant. Il ne retrouva pas ensuite le cours de ses réflexions.

*

* *

Un peu plus tard, il dînait dans la froide salle à manger de Onslow Mansions. Lady Draper lui faisait face à l'autre bout de la longue table de sombre acajou verni. Ils étaient silencieux, comme de coutume : Sir Arthur aimait beaucoup sa femme, qui était affectueuse et dévouée, courageuse, fidèle, au demeurant d'excellente famille. Mais il la jugeait délicieusement sotte et inculte, comme il convient dans un ménage respectable. Elle ne posait donc point de questions incongrues sur sa vie de magistrat. Elle paraissait avoir peu à dire sur elle-même. Tout cela était excellent pour le repos de l'esprit.

Pourtant, ce soir-là, elle dit de but en blanc :

— J'espère beaucoup que vous ne condamnerez pas ce jeune Templemore. Ce serait une bien mauvaise action à faire.

Sir Arthur leva sur son épouse des yeux surpris, un peu choqués :

— Mais, ma chère amie, cela ne nous regarde ni vous ni moi : la décision appartient toute au jury.

— Oh ! dit Lady Draper avec douceur, vous savez bien que le jury suivra vos pas, si vous voulez.

Elle versa un peu de sauce à la menthe sur son gigot bouilli :

— Je serais bien fâchée pour cette petite Frances, dit-elle. Sa mère était une vieille amie de ma sœur aînée.

— Cela, commença Sir Arthur, ne saurait peser en aucune façon…

— Naturellement, dit vivement sa femme. Pourtant, dit-elle, c'est une enfant charmante. Ne serait-il pas horriblement injuste de lui tuer son mari ?

— Sans doute, mais enfin… La Justice de Sa Majesté ne peut prendre en considération…

— Je me demande quelquefois, dit Lady Draper, si ce que vous appelez justice… Je veux dire que, quand la justice n'est pas juste, je me demande… Cela ne vous tourmente jamais ? questionna-t-elle.

Cette incroyable intrusion de sa femme dans l'essence même de sa profession laissa Sir Arthur si stupéfait qu'il ne trouva rien d'abord à répondre.

— D'ailleurs, continuait-elle, de quel droit l'enverriez-vous à la potence ?

— Mais, chère amie…

— Vous savez bien qu'il n'a tué, en somme, qu'une petite bête.

— Personne ne sait encore…

— Mais, voyons, tout le montre bien.

— Qu'appelez-vous « tout » ?

— Est-ce que je sais ? Cela se voit tout seul, dit-elle en soulevant délicatement sa cuiller où tremblotait un morceau de blanc-manger rosâtre.

— Qu'est-ce qui se voit ? Vraiment, vous me…

— Est-ce que je sais ? répéta-t-elle. Par exemple, tenez : ils n'ont pas même de gris-gris au cou.

Sir Arthur devait se souvenir plus tard de cette réflexion, combien peut-être elle l'avait influencé ensuite au cours des débats ; car elle rejoignait la sienne, qu'elle lui rappela à l'esprit : les tropis ont-ils des tabous ?

Mais, sur le moment, il ne fut sensible qu'à ce qu'elle avait de saugrenu. Il s'exclama :

— Des gris-gris ! Est-ce que vous portez des gris-gris, vous ?

Elle haussa les épaules et sourit.

— Quelquefois je n'en suis pas sûre. Pas sûre de ne pas en porter, veux-je dire. Ni que votre belle perruque, au tribunal, ne soit pas un gri-gri, après tout.

Elle leva une main pour empêcher qu'il protestât. Il eut plaisir à remarquer, une fois de plus, que c'était une main fine et blanche, encore très belle.

— Je ne me moque pas du tout, dit-elle. Chacun a les gris-gris de son âge, je pense. Les peuples aussi, sans doute. Les plus jeunes ont les plus simples, aux autres il faut des gris-gris plus compliqués. Mais tous en ont, je crois. Or, voyez-vous, les tropis n'en ont pas.

Sir Arthur restait silencieux. Il regardait sa femme avec étonnement. Celle-ci poursuivait en pliant sa serviette :

— Il faut bien des gris-gris dès que l'on croit à quelque chose, n'est-ce pas ? Si l'on ne croit à rien... Je veux dire, on peut naturellement refuser de croire aux choses admises, cela n'empêche pas... Même les esprits forts, veux-je dire, qui prétendent ne croire à rien, nous les voyons chercher, n'est-ce pas ? Ils... étudient la physique... ou l'astronomie, ou bien ils écrivent des livres, ce sont leurs gris-gris, en somme. C'est leur manière à eux de... de se défendre... contre toutes ces choses qui nous font tellement peur, quand nous y pensons... N'est-ce pas votre avis ?

Il acquiesça silencieusement. Elle tournait sa serviette dans le rond de vermeil, d'un geste distrait.

— Mais si *vraiment* on ne croit à rien, disait-elle... si on n'a aucun gri-gri... c'est qu'on ne s'est rien demandé, n'est-ce pas ? Jamais. Dès qu'on se demande... il me semble... on a peur. Et dès qu'on a peur... Même, voyez-vous, Arthur, ces pauvres Nègres tellement sauvages, que nous avons vus à Ceylan, tellement arriérés, qui ne savent rien faire, même pas compter jusqu'à cinq, à peine parler... ils ont quand même des gris-gris. C'est donc qu'ils croient à quelque chose. Et s'ils y croient... eh bien, c'est qu'ils se sont demandé... ils se sont demandé ce qu'il y a au ciel, ou ailleurs, dans la forêt, je ne sais pas... enfin, des choses auxquelles ils pouvaient croire... Vous voyez ? Même ceux-là, ces pauvres brutes, se le sont demandé... Alors si un être ne se demande rien... mais vraiment rien, rien du tout… eh bien, je pense qu'il faut vraiment qu'il soit une bête. Si on n'est pas une bête, tout à fait, il me semble qu'on ne peut pas vivre et agir sur cette terre sans rien se demander du tout. Vous ne pensez pas ainsi ? Même un idiot de village se demande des choses…

Ils s'étaient levés. Sir Arthur s'approcha de sa femme et l'enlaça d'un bras raisonnable. Il mit sur son oreille un baiser discret.

— Vous m'avez dit des choses singulières, ma chérie. Elles me feront réfléchir, je crois. Si vous le permettez, je le ferai même tout de suite. Avant cette visite que j'attends.

Lady Draper frotta doucement ses cheveux gris contre ceux de son mari.

— Vous le ferez acquitter, n'est-ce pas ? dit-elle dans un sourire suave. J'aurais tant de peine pour cette petite.

— Encore une fois, ma chérie, le jury seul…

— Mais vous ferez ce que vous pourrez ?

— Vous ne me demandez pas de rien promettre, je suppose ? dit Sir Arthur avec douceur.

— Assurément. J'ai confiance en votre équité, Arthur.

Ils s'embrassèrent encore, et il entra dans son bureau. Il se plongea tout aussitôt dans un fauteuil profond.

— Les tropis n'ont pas de tabous, dit-il presque à haute voix. Ils ne dessinent pas, ils ne chantent pas, ils n'ont pas de fêtes ni de rites, pas de signes, pas de sorciers, ils n'ont pas de gris-gris. Ils ne sont même pas anthropophages.

Il dit à voix plus haute encore :

— Peut-il exister des hommes sans tabous ?

Il regardait avec une fixité distraite le portrait devant lui de Sir Weston Draper, baronnet, chevalier de la Jarretière. Il était attentif à une sorte de sourire intérieur qui lentement lui montait aux lèvres.

Chapitre XIV

Déposition du professeur Rampole et contradiction du captain Thropp. Dernières dépositions, réquisitoire, plaidoirie. Le juge Draper résume les débats. Perplexité des jurés. Nécessité, pour pouvoir définir les tropis, d'avoir d'abord défini l'homme. Incroyable absence d'une définition légale dans les codes de jurisprudence. Le jury refuse de se prononcer.

À l'audience suivante vinrent déposer encore deux anthropologues cités par la couronne. Mais quoiqu'ils fussent d'accord pour classifier le *Paranthropus* dans l'espèce humaine, ils se montrèrent si profondément divisés sur les raisons zoologiques de ce jugement, que la défense s'en tint à un silence narquois, plus habile qu'une discussion.

La défense, de son côté, avait cité deux psychologues : le professeur Rampole, grand spécialiste de la psychologie des primitifs; et le captain Thropp, fameux pour ses études sur l'intelligence des grands singes.

Le professeur Rampole était merveilleusement chauve, comme s'il eût voulu offrir un crâne parfait aux recherches des phrénologues. Il portait monocle à l'œil droit, duquel il ne voyait goutte, ce qui lui donnait quelque peu l'aspect d'un officier de l'armée impériale allemande. Mais une voix chaude, sensible, musicale, faisait bientôt oublier cet extérieur incongru.

Il parut fort embarrassé par la première question qui lui fut posée : existe-t-il un trait reconnaissable par lequel la raison la plus primitive se distingue spécifiquement, absolument, de l'intelligence animale ?

Sir Peter, après un moment, dit que, quelques mois plus tôt, il eût répondu : le langage. Articulé chez l'homme, il ne l'est pas chez l'animal. Empreint, chez le premier, d'invention et de mémoire, il est fixe et instinctif chez le second. Mais l'apparition des tropis, dont le langage semble instinctif, mais est articulé ; dont rien ne prouve qu'il est fixe et dénué d'invention, puisqu'il a su s'agrandir – mais jusqu'ici, seulement par l'imitation ; qui donc tient des deux langages, sans être ni l'un ni l'autre ; tout cela, dit-il, l'avait obligé à reconnaître qu'il n'avait pas poussé ses réflexions assez loin. Maintenant il comprenait que le langage n'étant qu'un moyen de communication, c'est le besoin de communiquer (et les choses qu'un être veut communiquer) qui sont vraiment spécifiques.

Il réfléchit et ajouta :

— Certains pensent que cette distinction spécifique réside dans la faculté humaine de créer des mythes. D'autres pensent qu'elle réside dans l'usage des symboles – à commencer par les mots. Mais dans les deux cas nous nous trouvons ramenés au problème précédent : à quel besoin spécifique répond la création des mythes ou des symboles ?

Il passa sur son crâne rutilant une main grande et noueuse.

— Je ne pense pas, voyez-vous, qu'on parvienne à grand-chose de ce côté-là. Il est préférable de s'en tenir à des faits contrôlables : ceux que révèle l'analyse des diverses liaisons cérébrales. Une distinction nette et certaine pourrait probablement se faire dans leur étude comparée chez l'homme et chez l'animal.

— Nous ne vous suivons pas très bien, dit le juge.

— On a souvent comparé la cervelle, dit Sir Peter, à une immense centrale téléphonique ; elle met en liaison, avec une rapidité inouïe, des milliers de bureaux, les uns d'observation, ou d'étude, les autres de direction ou de commandement. Dans l'ensemble, ces liaisons ont été dénombrées avec assez d'exactitude. Je veux dire qu'on en connaît assez précisément le nombre et le rôle, chez l'homme et les différentes espèces. Il convient donc d'appeler humain, à mon avis, tout être dont le cerveau comporte la totalité des liaisons dénombrées, et animal celui dont le cerveau ne les comporte pas.

— Car, lui fit préciser Sir Arthur, ce nombre est identique chez tous les hommes, quels que soient leur appartenance, leur âge, leur intelligence, ou leur race ?

— N… non, dit Sir Peter en se frottant une narine, ce serait trop facile… Des différences, il y en a, et de grandes… Toutefois… cela n'est pas tellement inquiétant. En effet, le faisceau de liaisons que possède le plus arriéré des Négrilles est encore incomparablement plus complet que celui dont jouit le plus intelligent des chimpanzés. Disons, si vous voulez, que les liaisons cérébrales des Négrilles représentent en quantité et qualité le minimum au-dessous duquel un être n'a plus droit au nom d'humain.

Sir Arthur hocha la tête pendant quelques secondes, d'un air rêveur, avant de suggérer :

— Ne serait-ce pas une base de classification un peu trop arbitraire, sinon même spécieuse ? Car en somme elle consiste à prendre premièrement les liaisons cérébrales des Négrilles comme type minimum humain, puis à déclarer en conséquence que les Négrilles sont bien des hommes, puisqu'en effet ils les possèdent ?

Le professeur rit gentiment et dit :

— C'est vrai. Mais je ne vois pas trop comment nous pourrions échapper à ce cercle vicieux.

— D'autre part, dit Sir Arthur, n'est-ce pas vous contredire ? S'il manque certaines liaisons, dites-vous, on n'est pas homme. Or cette absence ne se traduit-elle point par celle de certains traits de l'intelligence ?

— En effet.

— Donc n'est-ce pas dire que l'on cesse d'être homme s'il manque ces traits d'intelligence ? Ce que tantôt vous prétendiez sinon comme impossible, au moins comme aventuré.

— Vous avez tout à fait raison, dit le professeur.

— Devons-nous en conclure, dit Sir Arthur, que la psychologie, pas plus que la zoologie, n'est apte à définir à quelle place précisément se trouve la frontière qui sépare la bête et l'homme ?

— Je le crains.

Sir Arthur laissa passer un silence assez long. Puis, après avoir discrètement souri dans la direction d'un chapeau de tulle, rose tendre et vert pâle, au fond de la salle, il demanda :

— Professeur, il n'est pas, je crois, une tribu sur la surface du globe, dans l'île la plus reculée, au fond du plus vaste désert, dont vous n'ayez étudié les moindres aspects psychologiques. En avez-vous rencontré une qui n'ait point de gris-gris ?

Il y eut dans l'auditoire une vague de sourires, comme un répit, ou un repos. Mais le professeur ne sourit pas. Il hésita à peine avant de dire :

— Non, en effet. Jamais.

— À quoi attribuez-vous cette constance ? dit Sir Arthur.

— Que voulez-vous savoir au juste ?

— Si cette constance à travers le temps et l'espace ne serait point, par conséquent, un trait spécifiquement humain ?

— Oui. Comme l'aptitude à créer des mythes. Cela ne nous avance pas.

— Ce n'est pas sûr, dit Sir Arthur. N'est-ce pas une aptitude, une inclination propres à l'homme et à l'homme seul : celle de se poser des questions – même les plus simples et les plus brutes ?

— Sans doute.

— Ne peut-on pas, continuait le juge, attribuer cette aptitude à certaines liaisons cérébrales qui n'existent pas chez l'animal ?

— Le peut-on ? répéta le professeur Rampole d'un air méditatif. La curiosité existe aussi chez l'animal. Beaucoup d'animaux sont excessivement curieux.

— Mais ils ne portent pas de gris-gris, dit Sir Arthur.

— Non.

— Ce n'est donc pas la même espèce de curiosité ; ils ne se sont pas posé les mêmes questions ?

— C'est vrai, convint Sir Peter. L'esprit métaphysique est propre à l'homme. L'animal ne le connaît pas.

— Peut-on toutefois en être tout à fait sûr ? Aucun animal n'a-t-il jamais montré des traces de cette curiosité, même à l'état rudimentaire ?

— Je ne crois pas, dit Sir Peter. Cela déborde mon domaine, mais à première vue... L'animal regarde, il observe, il attend de voir ce que telle ou telle chose fera ou deviendra, mais... c'est tout. Si l'objet disparaît, la curiosité disparaît avec lui. Jamais de ces... de ce refus, de cette lutte contre le silence des choses. C'est qu'en réalité sa curiosité est restée purement fonctionnelle, elle n'a pas réellement trait aux choses en elles-mêmes, mais seulement aux rapports que celles-ci ont avec lui : il reste constamment mêlé à elles – mêlé à la nature, fibre par fibre. Il ne s'abstrait jamais des choses pour les connaître ou les comprendre du dehors... Sir Peter conclut : « L'animal, en un mot, n'est pas capable d'abstraction. C'est là peut-être que réside en effet... un réseau de liaisons... un réseau spécifique qui n'a été donné qu'à l'homme et à l'homme seul. »

Personne n'ayant plus de questions à poser, le juge remercia le professeur, et lui rendit sa liberté.

Le captain Thropp lui succéda, rose et replet, très blond, les yeux rieurs et vifs. Sir Arthur rappela aux jurés que le captain Thropp était l'auteur de nombreuses communications au Muséum d'Histoire naturelle, concernant ses observations et ses expériences sur les grands singes. Et que la réputation en avait franchi depuis longtemps les côtes de la Grande-Bretagne.

Le juge résuma pour lui la communication de Sir Peter Rampole, ainsi que la discussion qui suivit. Puis il lui demanda :

— Considérez-vous, captain Thropp, que les plus intelligents des grands singes soient tout à fait incapables d'abstraction ?

— Mais pas du tout ! dit le petit homme.

— Pardon ?

— Ils en sont parfaitement capables. Ils en sont capables comme vous et moi.

Sir Arthur battit des cils, et un silence suivit.

— Le professeur Rampole nous disait… commença-t-il.

— Je sais, je sais, interrompit le captain Thropp. Tous ces gens-là prennent les animaux pour des imbéciles !

Sir Arthur ne put s'empêcher de sourire, et toute la salle se détendit et sourit avec lui.

— Vous n'avez pas lu ma communication, continuait le captain Thropp, sur les expériences de Wolfe ? Tenez : il avait offert à ses chimpanzés un distributeur de raisins secs, qui fonctionnait avec des jetons. Les singes eurent tôt fait de savoir s'en servir. Ensuite il leur a offert un distributeur de jetons. Les singes le firent marcher et portèrent aussitôt les jetons dans le premier appareil. Ensuite il ferma l'appareil. Alors ces animaux firent provision de jetons et les cachèrent en attendant qu'il vienne le rouvrir : ils avaient réinventé la monnaie, et même l'avarice ! Ce n'est pas de l'abstraction, ça ? Et Verlaine ! Pas le poète français, le professeur belge. Ses expériences sur un macaque ! Un singe *inférieur*, notez bien. Eh bien, il a prouvé que son macaque savait parfaitement distinguer le vivant, le mort, l'animal, le végétal, le minéral, le métal, le bois, le tissu ; il ne se trompait pas, même pour classer un duvet et un flocon de coton, chacun dans leur règne, un clou et une allumette... Ce n'est pas de l'abstraction, ça ? Et parler ! On pense généralement que les singes ne parlent pas. Mais ils parlent fort bien ! Il y a soixante ans que Garner a établi qu'il n'y a entre notre langage et celui des singes qu'une différence quantitative : ils coïncident même sur de nombreux sons que les singes émettent comme nous. Je sais bien que Delage et Boutan, en France, ont réfuté cette opinion. Mais c'est un fait que l'anatomie comparée des larynx par Giacomini a montré, dans l'échelle de la perfection, la gradation suivante : Orang-Outang, Gorille, Gibbon, Chimpanzé, Boschiman mâle, Nègre femelle, Blanc mâle. Pourquoi voulez-vous que la gradation du langage ne soit pas parallèle ? Nous ne comprenons pas celui des singes, est-ce que c'est leur faute ? Et même, voyez-vous, milord, ils comprennent mieux le nôtre : Gladden avait un chimpanzé qui répondait sans hésiter à quarante-trois commandements non accompagnés de gestes. Ce n'est pas de l'abstraction, ça ? Et Furness est arrivé à enseigner à un jeune orang le mot « papa ». C'était difficile parce que l'animal a tendance à avaler les sons qu'on essaie de lui apprendre, plutôt qu'à les expirer. Mais enfin, quand il a su dire « papa », il appelait ainsi toute personne mâle qui l'approchait, à l'exclusion des femmes : ce n'est pas de l'abstraction ? Ensuite Furness lui a enseigné le mot « *cup* », en lui appuyant une spatule sur la langue : ça semble artificiel, mais dès lors son orang disait « *cup* » quand il avait soif : ce n'est pas de l'abstraction ? Ensuite Furness a essayé de lui apprendre l'article « *the* » : ça, c'était de l'abstraction pure. Malheureusement, le jeune animal est mort avant d'y parvenir.

— Cela n'est pas pour m'étonner, dit Sir Arthur : j'ai quantité d'amis français, ma foi assez intelligents, qui n'ont jamais pu apprendre à prononcer ce mot correctement… Pauvre petit singe… Mais en fait, reprit-il, nous n'avons pas peut-être posé la question comme nous aurions dû. Ce que la commission voudrait savoir, c'est ceci : avez-vous jamais observé chez les singes, ou appris qu'on eût observé chez eux un rudiment d'esprit métaphysique ?

— D'esprit métaphysique… répéta le captain Thropp, et son visage s'abaissa d'un air absorbé, ce qui lui donna trois mentons. Qu'entendez-vous par là ? demanda-t-il enfin.

— Nous entendons par là… l'inquiétude, dit Sir Arthur ; la peur de l'inconnu ; le désir d'une explication ; la capacité de croire à quelque chose… En d'autres termes, avez-vous connu des singes qui eussent des gris-gris ?

— J'en ai connu, dit le captain, qui aimaient des objets comme un bébé aime son ours : ils jouaient et dormaient avec. Mais ce n'étaient pas des gris-gris. Dans un autre ordre d'idées, j'ai connu une jeune guenon, à Calcutta, qui avait un sens invétéré de la pudeur : elle ne s'endormait jamais sans avoir soigneusement dissimulé ce qu'il convient, avec une sandale verte dont elle ne se séparait jamais. Mais des gris-gris ?... Non. Et d'ailleurs, éclata-t-il soudain, pourquoi diable voudriez-vous qu'ils eussent des gris-gris ? Ils vivent avec la nature, ils vivent en elle et n'ont pas peur d'elle ! C'est bon pour les sauvages d'avoir peur ! Bon pour eux de se poser leurs questions d'idiots ! À quoi cela les avance-t-il ? S'ils ne savent pas, comme les singes, se contenter d'exister tels qu'ils sont, tels que Dieu les a faits, ils n'ont pas de quoi être fiers ! Ce sont des espèces d'anarchistes, voilà tout. Des révoltés jamais contents. Pourquoi voudriez-vous que mes braves chimpanzés se posent des questions stupides ? Des gris-gris ? Merci pour eux !

— Je vous assure que nous ne voulons rien du tout, lui assura Sir Arthur avec bonne humeur. Sinon être sûrs de votre réponse : point de trace d'esprit métaphysique, ou de quoi que ce soit qui y ressemble, chez aucun singe ?

— Pas la moindre ! Pas le plus petit bout de trace. Pas *ça* ! dit l'autre triomphalement en craquant un ongle sur ses dents.

— Et vous, captain Thropp, demanda la défense d'un ton suave, vous ne vous posez point de questions non plus ?

— Quelles questions ? dit le captain Thropp, étonné. Je suis bon chrétien, monsieur, je crois en Dieu et tout ce qui s'ensuit, pourquoi voudriez-vous... Me prenez-vous pour un sauvage ?

Sir Arthur l'assura gentiment du contraire, le remercia, et le captain prit congé. Puis Greame, Williams,

Kreps et le père Dillighan vinrent successivement exposer en détail les observations et les expériences qu'ils avaient faites sur les tropis. On leur posa ensuite, en général, peu de questions. La défense même montra, plus visiblement que jamais, qu'elle ne cherchait pas à obtenir des avantages, ni même à marquer des points ; mais seulement à rétablir sans cesse une balance exacte, c'est-à-dire la plus parfaite indécision, chaque fois que la couronne tentait de monter en épingle tel fait qui, chez les tropis, pouvait plaider en faveur de leur nature humaine : tout aussitôt la défense posait quelque question propre à monter en épingle à son tour un fait, une observation, qui plaidaient en sens contraire. Mais si, en revanche, un témoin apportait des arguments qui pouvaient sembler trop solides en faveur de la nature animale des tropis, la défense ne manquait pas de soulever elle-même un autre point, propre cette fois à dégager plutôt leur côté humain. Sur quoi la couronne secouait triomphalement ses manches, et les jurés ne comprenaient plus rien à cet étrange système de défense.

Le père Dillighan était le dernier témoin. Sa déposition détendit les esprits par sa vivacité et sa cocasserie : il parla en effet principalement du langage tropi, et poussa nombre de cris imitatifs. On eût aimé l'applaudir et il fut, en se retirant, assiégé par une vieille dame qui l'entretint intarissablement de ses perroquets, et dont il ne sut pas se dépêtrer.

*

* *

Sir Carew W. Minchett, procureur du roi, croisa ses longues mains blanches. Il se tut et baissa la tête comme pour prier, offrant aux jurés la vision impeccable des boucles de sa fine perruque. Puis il releva la tête et dit :

— Mesdames, messieurs les jurés, j'imagine votre perplexité.

« Que l'accusé ait tué volontairement la victime, cela naturellement ne fait de doute pour personne. Même la défense, soyons-en sûrs, ne tentera pas de le nier.

« Mais elle a fait de grands efforts pour semer le doute en vos esprits sur la nature de la victime, afin de faire acquitter l'accusé au bénéfice d'une de nos traditions judiciaires les plus profondément inscrites dans nos cœurs comme dans nos usages : celle du "doute raisonnable".

« Cela nous oblige à nous demander : existe-t-il réellement, sur la nature de la victime, un doute raisonnable ? Je prétends que, si ce doute vous semble exister, ce n'est qu'une illusion.

« La vérité, c'est que la défense a su créer une grande confusion en menant les débats sur deux fronts ou deux plans bien distincts, mais qu'elle a fort habilement enchevêtrés : le plan légal, judiciaire, et le plan zoologique.

« Or, mesdames, messieurs, quelle est votre charge dans cette enceinte ? Est-ce de juger des faits ou est-ce d'arbitrer des savants ?

« On a fait discuter devant vous des professeurs, des hommes éminents. Vous avez pu constater ceci : c'est qu'ils ne s'accordent sur rien, pas même sur ce qu'est un homme. Êtes-vous chargés de le leur apprendre ? Êtes-vous chargés de les départager ?

« Vous pourrez sans doute m'objecter : "N'est-ce pas vous tout le premier qui avez fait citer le professeur Knaatsch ?" En effet. Mais il était aisé de prévoir que la défense produirait à la barre des savants qui viendraient soutenir la thèse que vous connaissez. Il fallait bien les contredire, sinon vous les auriez crus.

« Mais que demeure-t-il, en bref, de leurs discussions ? En ce qui vous concerne, exactement ceci : c'est qu'on vous demande d'être plus savants qu'eux. Est-ce votre rôle, et peut-on, parce que vous ne l'êtes pas, plus savants, parler de doute *dans les faits* ? Parce que l'on vous a emberlificotés dans des arguments trop compliqués pour que vous puissiez les comprendre ?

« Non, vous n'êtes pas ici pour vous faire une opinion sur le bien ou le mal fondé de telle ou telle classification zoologique ; pour donner raison à une école qui appelle *Paranthropus* ce qu'une autre appelle *Homo faber.* Vous êtes ici pour juger des faits, sur un plan légal et judiciaire.

« Or, sur ce plan-là, peut-il subsister le moindre doute ?

« Pouvez-vous douter le moins du monde que l'accusé ait mis à mort, de façon préméditée, un enfant né de ses œuvres, et qu'il avait lui-même fait enregistrer et baptiser, sous le nom de Gerald Ralph Templemore ?

« Non, vous n'en pouvez pas douter.

« Peut-être, dans votre esprit, reste-t-il pourtant un dernier doute ? Celui qu'il est de toute façon préférable d'acquitter sûrement un criminel, plutôt que de punir peut-être un innocent ? Et que n'importe quelle incertitude, même celle issue de ces débats pédantesques, commande en somme d'en faire profiter l'accusé, serait-il dix mille fois coupable ?

« Oui, cela pourrait être chrétiennement admis si l'accusé était seul en cause. Si tout ce que risquait votre indulgence était de laisser courir un meurtrier. Mais est-ce le cas ? Pensez-vous qu'il n'y a ici qu'*un accusé* ? Non, ne le croyez pas : ce n'est qu'une apparence. Il y en a mille, il y en a dix mille, il y en a peut-être dix millions !

« Ah ! mesdames, messieurs les jurés, votre responsabilité est grande. Je n'en ai jamais, dans toute ma carrière, connu peut-être d'aussi grande. Puisque votre verdict peut avoir dans l'avenir des conséquences qui dépassent non seulement la personne de l'accusé, mais la vôtre, mais la nôtre, et même tout l'appareil de la justice britannique.

« Car imaginez que, cédant tout à l'heure aux objurgations dont la défense ne manquera pas de vous accabler, vous laissiez votre cœur et votre indulgence parler trop haut ; que, croyant vous montrer équitables, vous pensiez devoir considérer si l'accusé, en assassinant la victime, ne croyait pas sincèrement tuer un singe ; bref, désirant qu'il soit acquitté, imaginez que vous le déclariez innocent ! Il s'ensuivra du même coup que vous aurez publiquement proclamé, même sans le vouloir, que la victime *était un singe* – ou du moins il s'ensuivra que l'opinion de nos concitoyens, et même des foules étrangères, qui par millions guettent votre décision, interpréteront ainsi, et sans recours, votre verdict. Du même coup encore, il s'ensuivra que vous aurez peut-être exclu à jamais, d'un seul mot, tous les tropis de la communauté des hommes. Et non seulement les tropis, mais nombre de groupes humains, puisque mainte personne éminente vous a montré que si l'on admet que les tropis sont des bêtes, il sera difficile de trouver ensuite une base solide sur laquelle assurer que les Pygmées ou les Boschimans sont bien des hommes. Concevez-vous quelle atroce boîte de Pandore vous risquez d'entrouvrir ainsi ? Car si ces tribus primitives venaient à être privées un jour du nom de l'homme, et en conséquence de ses droits, c'est vous qui les auriez jetées sans défense entre les mains de tous ceux qui voudront et pourront impunément les détruire ou les exploiter. Et nous savons, hélas ! qu'ils sont nombreux.

« Cela ira plus loin. Car on vous a montré aussi que si l'on met en cause, sur des différences biologiques, l'unicité sacrée de l'espèce humaine, il n'existera plus de barrière où s'arrêter. La moindre des choses à craindre sera de voir renaître les hiérarchies criminelles entre les races, dont nous avons encore le souvenir odieux. Et ce nouveau malheur, c'est vous qui l'aurez déclenché ! Voilà une perspective, je pense, propre à faire trembler de plus savants que vous. La loi, je vous le répète, ne vous demande pas d'être savants. Elle vous demande d'être sages. Vous pouvez l'être sans peine et sans risques : il vous suffit de considérer cette affaire sous le seul aspect qu'elle doit avoir dans cette enceinte, lequel, nous l'avons vu, est son aspect légal. Douglas Templemore a tué Garry Ralph Templemore, son enfant et son fils. Cela suffit. Vous le déclarerez coupable. »

Sir C. W. Minchett croisa de nouveau les doigts de ses longues mains blanches, comme en prière.

— Pouvez-vous, dit-il encore, lui accorder des circonstances atténuantes ? Vous seuls en serez juges ; mais la couronne regrette de ne pouvoir vous le proposer. Puisque non seulement ce fut un crime, mais un crime prémédité. Il se peut que l'accusé, ce faisant, ait eu quelque dessein qu'il supposait fécond pour l'humanité. Mais n'oubliez pas que des médecins atroces, dans les camps de la mort, ont prétendu aussi avoir commis leurs expériences abominables pour le plus grand bien du savoir humain ! Ainsi, faire montre d'indulgence, ce ne serait pas seulement exposer, par une mansuétude impardonnable, les sujets de Sa Majesté à beaucoup d'autres crimes, et mainte innocente peuplade à l'esclavage et à la mort, ce serait encore favoriser dans l'avenir d'autres expériences immondes et meurtrières sous le fallacieux prétexte de la science et du progrès ! Dans le meilleur des cas, enfin, ce serait faire outrage à l'accusé lui-même ; puisque, en voulant lui rendre une vie ou une liberté d'avance sacrifiées dans l'acte qu'il a commis, ce serait priver cet acte même du seul aspect sous lequel une dignité douteuse peut encore lui être accordée.

« Mesdames, messieurs les jurés, je n'en dirai pas plus. À quoi bon s'étendre davantage sur une cause aussi claire ? Je laisse à la défense le choix d'un plus long discours ; puisqu'il lui faudra tenter de démontrer ce qui n'est pas démontrable : que l'accusé n'a pas tué son fils. Il l'a tué. Ces trois mots suffisent pour vous dicter votre verdict. »

Sir C. W. Minchett, ayant terminé, s'assit.

Le juge se tourna vers la défense, et lui donna la parole.

Mr. B. K. Jameson se leva et dit :

— Conformément aux vœux de l'accusé, nous n'avons pas l'intention de prononcer de plaidoirie.

Toutefois, il ne s'assit pas ; et comme sans entendre le murmure d'émotion surprise que la salle ne sut retenir, il reprit :

— Nous devons même déclarer que nous sommes, sur plus d'un point, entièrement d'accord avec l'honorable représentant de la couronne. C'est en particulier quand il vous adjure de bien considérer la responsabilité très grande qui est la vôtre. Mesurez, a-t-il dit, mesurez les conséquences d'une erreur ! Mais nous ne conclurons pas comme lui. Ah ! non ! mesdames, messieurs les jurés, ne vous ralliez pas à cette proposition paresseuse et facile qui consiste à rester sur le plan formaliste non pas même de la loi, mais de la légalité ! Et quelle légalité ? Une inscription sur un registre ! Que l'un de vous dans sa jeunesse, messieurs, pour se divertir avec des camarades, ait enivré un fonctionnaire afin de lui faire inscrire sur l'état civil un chien nouveau-né ; et puis qu'un jour, le chien devenu vieux et paralytique, il le fasse piquer par un vétérinaire, et voici le vétérinaire promis à la pendaison !

« C'est une plaisanterie. Les autres raisons avancées par l'honorable représentant de la couronne sont plus sérieuses. Il vous a mis en garde contre les conséquences d'un verdict d'acquittement qui supposerait *ipso facto* que les tropis sont des singes. Ce sont de graves raisons. Mais si *vraiment* les tropis sont des singes ? Trouverez-vous moins grave de condamner un gentleman anglais au *hard labour*, si ce n'est pas à la potence, fût-ce pour la liberté de vingt-cinq mille singes ? Envoyer sciemment à la mort un innocent, perpétrer, comme on vous y invite, une injustice aussi lourde pour simplement vous éviter la peine de réfléchir, comment appelez-vous cela ? C'est un crime, et non seulement sur la personne d'un homme plein de mérites, mais contre nos droits les plus sacrés ! Car si la liberté, si la vie d'un citoyen britannique se mettent à dépendre, non de ce qu'il a fait, mais d'hypothèses plus ou moins fondées sur les suites possibles de son acquittement, c'est livrer chacun d'entre nous, pieds et poings liés, à l'arbitraire aveugle des pouvoirs. Qui de nous sera sûr encore du lendemain ? C'est décider d'un coup que l'individu ne compte pas. C'est décider d'un coup la mort de nos libertés !

« Non, mesdames, messieurs les jurés, vous ne pouvez déclarer l'accusé coupable à moins d'être sûrs, absolument sûrs, que l'accusé a tué un être humain – c'est-à-dire généralement que les tropis sont des hommes. Quitte à surprendre l'honorable représentant de la couronne, nous ne tenterons pas de prouver le contraire. Car ce que nous défendons ici, ce n'est pas le sort de notre personne, qui compte peu. Nous défendons la vérité. Nous ne prouverons pas que les tropis sont des singes, car si nous en étions sûrs, nous n'eussions pas mis à mort un petit être innocent, et offert notre propre cou à l'infamie de la pendaison. Nous y sommes toujours prêts. Mais qu'au moins cela serve à dégager la seule chose qui importe : non ce qui peut paraître soi-disant préférable ou utile, mais ce qui est juste et vrai, et non dans une clarté douteuse, mais qu'il faut éclatante ! Oui, nous voulons bien avoir sacrifié notre vie à celle des tropis, si cela permet de prouver indubitablement qu'ils sont des hommes ; et obliger dans ce cas ceux qui préparent leur esclavage à renoncer à leurs desseins. Mais si ce sont des singes, alors nous proclamons que ce serait un acte infâme de condamner un homme pour la raison incroyable que c'est simplement plus commode !

« Notre attitude est claire. La vôtre doit l'être autant. Nous ne demandons ni grâce, ni pardon, nous refusons votre indulgence. Oui, qu'on nous entende bien : nous la *refusons.* Mais nous exigeons de vous le minimum auquel nous avons le droit de prétendre : le sérieux de la réflexion.

« C'est pourquoi, dit-il en se tournant vers le tribunal, nous vous adressons, milord, une requête. Nous avons été brefs ; la cour pourrait être tentée, profitant de l'heure ainsi gagnée, de faire rendre le verdict dès ce soir… »

Il termina d'un ton soudain curieusement détaché :

— Nous pensons toutefois qu'une nuit de méditation pourrait porter de meilleurs fruits.

Mr. Justice Draper croisa d'un regard surpris, un peu songeur, celui de l'avocat de la défense : pourquoi cette réflexion-là ? Il allait de soi que le jury, pour délibérer dans le calme, avait besoin de plus de temps qu'il n'en restait… « Veut-il me faire comprendre… me suggérer quelque chose ?… » se demandait le juge. Sir Arthur détourna les yeux. « Bien sûr, pensa-t-il, mais bien sûr ! Il a raison ! Il ne faut pas leur laisser le temps de se retourner… » Il consulta sa montre et prononça :

— Cette requête n'est pas recevable. Il nous reste une heure et demie. La cour considère ce laps de temps comme très suffisant pour obtenir un juste verdict.

Ayant ainsi parlé, Sir Arthur mit ses lunettes.

*

* *

Il y eut un silence long, et assez lourd. On entendit frotter quelques pieds dans la salle bondée, quelques gorges tousser avec retenue. Un chuchotement fusa vers la droite, mais deux cents têtes tournées avec réprobation l'étouffèrent dans l'œuf.

Douglas regardait Sir Arthur. Depuis le début du procès, Doug s'efforçait de ne jamais regarder Frances. Il se voulait muet, impassible, quasi absent : il voulait être ici comme un symbole abstrait. C'était un rôle ardu à jouer, plutôt torturant pour les nerfs. Un regard de Frances, une tristesse, une peur, une supplication, et aurait-il tenu le coup ? C'était torturant aussi de ne jamais, jamais tourner les yeux vers ce beau visage pathétique à la bouche trop grande... Mais entre deux tortures, il fallait choisir du moins celle qui donnerait un sens à l'action entreprise, au risque accepté. Il n'avait pas trop mal réussi jusqu'à présent.

Frances n'avait pas les mêmes raisons de se contenir. Assise entre Greame et Sybil, elle semblait avaler chaque parole autant des yeux que des oreilles. Parfois elle saisissait le poignet de Sybil et le serrait à le briser. Parfois elle se laissait aller sur le dossier du banc en fermant les yeux, comme épuisée. Quand Sir Arthur repoussa la requête de la défense, Frances dut se mordre les lèvres au sang pour garder un calme apparent. Mais son cœur s'était vidé d'un coup.

Doug n'avait pas cillé. Ah ! comme elle eût voulu qu'il la regardât – au moins cette fois, au moins une fois ! Mais ils s'étaient promis l'un l'autre, lui de ne point le faire, elle de ne pas le désirer. Il avait raison, il avait raison ! Et elle avait détourné la tête.

Maintenant elle aussi regardait le juge. Sir Arthur mettait ses lunettes, lentement. Et alors, au moment où il s'en chaussait le nez, elle avait très bien surpris, oui, l'étrange petit coup d'œil, rieur et furtif, amical, presque complice, qu'il glissa, comme un battement de cils, vers l'accusé...

— Vous avez vu ? chuchota-t-elle à l'oreille de Sybil d'un ton excité.

— Oui, dit Sybil, oui... on dirait bien...

Elle ne termina pas, et Frances la vit avec stupéfaction pétrir trois fois le pourtour du banc.

— Vous ne me saviez pas superstitieuse ? dit Sybil en riant.

— Vraiment non ! dit Frances. Si jamais quelqu'un me semblait...

— Vous en apprendrez bien d'autres encore sur mon compte... Mais regardez Douglas !

Doug semblait pétrifié. Mais s'il ressemblait au marbre, c'était à du marbre rose. Il était rose jusqu'à la racine des cheveux. Ses lèvres étaient entrouvertes, ses yeux un peu écarquillés, et il regardait le juge comme il eût fait de l'ange de l'Annonciation.

— Il l'a vu aussi, murmura Frances. Pourvu que...

Mais Sybil lui serra l'avant-bras pour l'interrompre et conjurer les maléfices. D'ailleurs Mr. Justice Draper élevait la voix.

— Mesdames, messieurs les jurés, disait-il, vous avez, pendant trois jours, entendu les témoins de la couronne et ceux de la défense, vous avez entendu le réquisitoire, et l'accusé vous a fait grâce de la plaidoirie. Vous avez maintenant à décider du sort de celui-ci. Auparavant, et selon l'usage, la cour va, en quelques mots, résumer les débats, afin de vous faciliter, si c'est possible, cette décision difficile et grave.

« Car c'est un fait qu'elle est difficile, et c'est un fait qu'elle est grave. Elle est intimidante, on vous l'a des deux côtés fait comprendre. Je n'y reviendrai pas. Et je dois vous rappeler qu'en passant en revue, comme je vais le faire selon le devoir qui m'incombe, les preuves et les contre-preuves excipées au cours du procès, je ne pourrai dans la moindre mesure vous soulager de votre responsabilité : ce sera à vous, et à vous seuls, de tirer les conséquences de tout cela.

« Ceci dit, venons-en tout droit à l'essentiel.

« De quoi s'agit-il en définitive ?

« L'accusé s'étant trouvé, à la suite d'une insémination expérimentale tentée sur une femelle d'une espèce anthropomorphe – c'est-à-dire ressemblant à l'homme – récemment découverte ; s'étant, disions-nous, trouvé le père d'une petite créature hybride, a mis le nouveau-né à mort.

« Vous avez à décider si, ce faisant, l'accusé a oui ou non commis un meurtre.

« Pour qu'il y ait eu meurtre, il faut que l'acte de l'accusé réponde en tous ses points à la définition du meurtre, c'est-à-dire "la mise à mort délibérée d'un être humain".

« Dans le cas présent, vous ne pourrez pas émettre un verdict de culpabilité, à moins de vous être assurés que les trois points suivants sont prouvés au-delà de tout doute raisonnable :

« 1° La mise à mort de la victime par l'accusé ;

« 2° La volonté délibérée de l'accusé de provoquer cette mort ;

« 3° La nature humaine de la victime.

« Sur les deux premiers points, il ne paraît pas que vous ayez à hésiter : l'accusé revendique la responsabilité de son acte ; il reconnaît et proclame qu'il l'a prémédité ; les divers témoignages prouvent qu'il en est ainsi.

« Le troisième point semble beaucoup moins clair.

« Le professeur Knaatsch assure que la victime est un être humain. Il en donne pour preuve que l'espèce à laquelle elle appartient sait tailler la pierre, faire du feu, un peu parler, et qu'elle a adopté la station droite. Les professeurs Cocks et Hanson confirment cette opinion, quoique pour des raisons différentes.

« Contrairement à ces opinions, le professeur Eatons assure qu'il ne peut s'agir d'un être humain, l'architecture du pied de la victime étant de celles qui n'ont jamais figuré dans la lignée évolutionnaire des êtres qui aboutissent à l'homme.

« C'était également l'opinion du docteur Figgins.

« L'accusation vous assure que votre rôle n'est pas d'arbitrer une dispute de savants, mais qu'il est encore moins de vous laver les mains, par un acquittement, de toute cette affaire et des suites terribles qu'elle pourrait comporter : votre rôle, assure la couronne, est de déclarer l'accusé coupable de meurtre avec préméditation puisque, sur le plan légal et judiciaire, il n'existe pas de doute sur ce point…

« La cour ne pense pas que vous puissiez pourtant suivre sans hésitation une thèse semblable. Elle pense au contraire que vous devez, avant de déclarer l'accusé coupable, vous être assurés que la troisième condition nécessaire pour qu'il y ait eu légalement meurtre soit réellement remplie : en d'autres termes, vous être assurés, au-delà de tout doute raisonnable, que la victime était un être humain.

« Au-delà de tout doute raisonnable. Cette expression est revenue souvent au cours de ces débats. Le rôle de la cour est de vous éclairer plus précisément sur la signification réelle de ces deux mots.

« En quoi consiste réellement un "doute raisonnable" ?

« Une confusion dangereuse peut, en effet, se faire sur cette notion-là.

« Le doute peut résider dans les faits : ainsi quand un accusé a été vu sur les lieux du crime sans qu'on ait pu prouver absolument qu'il l'a commis. Dans ce cas, il y a réellement doute raisonnable.

« Le doute peut résider dans les esprits : par exemple, quand la mémoire des jurés les trahit, par suite d'une trop grande accumulation de faits rapportés à la barre, rendant ainsi malaisée pour le jury une claire intelligence de leur ensemble. On ne peut point alors parler de doute raisonnable. Dans ce cas les jurés doivent solliciter, autant de fois que nécessaire, de nouvelles explications, et si celles-ci en fin de compte ne suffisent pas à les éclairer, il leur reste à se déclarer hors d'état de juger.

« Si donc vous considérez qu'il y a doute raisonnable dans les faits, vous ne devrez tenir aucun compte des conséquences possibles d'un acquittement, si consternantes et terribles que l'accusation les ait dépeintes : vous devrez déclarer l'accusé non coupable.

« Au contraire, si vous considérez que le doute n'est pas dans les faits, mais dans *votre* inintelligence des faits, alors je ne puis contredire la couronne dans les objurgations qu'elle vous adresse : si l'accusé était seul en cause et qu'il s'agît seulement de choisir pour lui, dans ce doute, l'indulgence chrétienne, cela pourrait s'admettre ; mais dans le cas présent, les conséquences en seraient trop graves pour un verdict de facilité, et votre devoir d'êtres humains est certainement de tenir compte de ces conséquences abominables.

« Toutefois un verdict de sévérité, qui passerait outre au doute de vos esprits, ne serait pas moins inacceptable. Vous créeriez, en effet, un précédent non moins périlleux pour l'avenir de notre justice : puisqu'en envoyant à la mort un innocent putatif, condamné non plus en punition d'un crime, mais en vertu des conséquences hypothétiques, sur le plan politique ou social, que pourrait entraîner l'acquittement, vous renverseriez les bases mêmes de la justice de ce pays. »

Après un léger suspens, le juge continua :

— En résumé, nous pensons, comme l'accusation, que le doute ne peut pas résider dans les faits eux-mêmes, qui sont ce qu'ils sont : le tropi est ce qu'il est. Sa nature est un fait qui ne dépend pas de nous. Comme la couronne, nous pensons donc que, si le doute existe, il réside seulement dans une confusion compréhensible après des disputes savantes. Par conséquent, comme l'accusation, nous pensons que cette sorte de doute n'est pas de nature à militer en faveur d'une indulgence paresseuse, et qui ne se soucie pas des suites.

« En revanche, nous pensons, cette fois comme la défense, que vous ne pouvez pas non plus, en toute conscience, condamner l'accusé sans être certains d'abord que les trois conditions d'un meurtre sont remplies.

« Avant de vous prononcer dans un sens ou dans l'autre, il paraît donc indispensable que vous ayez, à vos propres yeux, résolu d'abord le problème préalable de la nature de la victime : singe, ou être humain.

« Sur cette certitude seule il vous sera possible ensuite de prendre une décision dans un sens ou dans l'autre.

« Sinon il est à craindre que vous ne commettiez, quelle que soit votre sentence, une erreur tragique et sanglante. »

Une pause encore, puis :

— Vous êtes désormais, mesdames, messieurs les jurés, en possession de toutes les données du problème. Il vous reste à délibérer, et à répondre par un seul mot – oui, ou non – à la question qui vous sera posée : « L'accusé est-il coupable ? »

« Huissier, veuillez conduire les jurés dans la chambre des délibérations.

« L'audience est suspendue. »

Il se leva, sortit, et se soulagea de la perruque sous laquelle il transpirait. De son côté, le public se soulagea de son propre silence dans un brouhaha semblable au bruit que fait la mer sur des rochers.

*
* *

Dès la reprise de l'audience, le jury revint devant la cour. Au nom de tous ses collègues, le président demanda quelques éclaircissements. Il était à peine moins pâle que le petit papier qui tremblait dans ses mains.

— Nous sommes déjà, dit-il, tous d'accord sur le principal : enfin sur le… quoi, sur le crime. Là-dessus, pas de doute. Il ne reste qu'une chose à décider, comme vous avez dit : c'est si les tropis sont des hommes ou non. Mais voilà, justement, nous n'en savons rien.

— Sans doute, dit Sir Arthur. Eh bien ?

— Eh bien… la cour ne pourrait-elle pas nous dire… ce qu'elle en pense exactement ?

— C'est impossible. La cour est là pour éclairer les faits, les points de droit. Elle ne peut avoir d'opinion sur le fond : et quand même elle en aurait une, il serait tout à fait illégal qu'elle vous en fasse part.

Le vieux juré, qui était long et sec, avec des cheveux blancs tout bouclés autour d'un petit crâne rouge et luisant, remua son grand menton avant de dire :

— Nous avons pensé alors que si au moins nous avions… si la cour voulait simplement nous rappeler… la… quoi, la définition de l'homme, la définition ordinaire, enfin, celle dont on se sert en général, quoi, la définition légale, juridique… est-ce que… quand même, cela ne déborderait pas les attributions de la cour ?

— Non, dit le juge en souriant ; toutefois, cette définition légale, il faudrait d'abord qu'elle existe. La chose est étrange peut-être, mais le fait est qu'elle n'existe pas.

Le vieil homme resta quelques moments stupide avant de dire :

— Elle n'existe pas ?

— Non.

— Mais enfin, ce n'est pas possible…

— La cour concède que c'est étrange, elle vous l'a dit ; quoique au fond assez conforme à l'esprit de notre pays. En tout cas, c'est ainsi.

— Ni en Angleterre, ni ailleurs ?

— Nulle part. Pas même en France, où tout pourtant est défini et codifié, y compris le propriétaire de l'œuf que la poule va pondre dans le champ du voisin.

— Mais c'est incroyable, dit le vieux juré après un moment. Faut-il comprendre que tout, comme vous dites, est défini et codifié, même les toutes petites choses, sauf… quoi… justement nous-mêmes ?

— C'est parfaitement vrai, dit le juge.

— Mais enfin… depuis si longtemps que les hommes existent, on n'a jamais ?… On a pensé à tout… à tout définir et codifier, sauf justement ?… Quoi, n'est-ce pas alors un peu comme si on n'avait pensé à rien ? Comme si on avait mis tout un tas de charrues devant les bœufs ?

Le juge souriait. Il fit des mains un mouvement d'impuissance discrète.

— Parce qu'enfin, continuait l'autre, si on ne sait pas… exactement… je veux dire, si on ne s'est pas au moins mis d'accord… sur… enfin sur nous, quoi, sur ce que… comment diable peut-on s'entendre ?

— C'est peut-être, en effet, admit le juge toujours souriant, pourquoi l'on s'entend si mal. Mais nous nous égarons ; et le temps passe.

— Excusez-moi, milord, dit le vieil homme. Mais vraiment… quoi… même pour ce qu'il y a à faire ici… n'est-ce pas une damnée lacune ?

— Vous pourrez la combler, suggéra le juge.

— Nous ?

— En fait, je crains que vous ne puissiez pas juger sainement dans cette affaire si d'abord vous ne la comblez pas ; pour pouvoir définir les tropis, il faut certainement d'abord que vous définissiez les hommes, en effet.

— Mais si personne ne l'a jamais fait, comment voulez-vous, milord, que nous autres… Il faudrait au moins quelqu'un pour nous aider.

— La cour est là justement pour répondre à vos questions.

— Mais quand je vous demande, vous répondez que vous ne savez pas !

— La cour est là pour vous rappeler tout ce qui fut dit ici à ce sujet, et pour vous expliquer ce que vous n'auriez pas bien compris.

— Mais, protesta le vieux juré avec agacement, nous nous rappelons très bien ce qu'on a dit, et je crois que nous avons compris assez bien aussi. Ce qu'il y a, c'est que… quoi, si seulement tous ces professeurs s'étaient mis d'accord… Mais ils n'ont fait que se chamailler… Alors comment voulez-vous que nous, nous arrivions…

— Il faut pourtant y parvenir, dit le juge. Et même, voyez-vous, sans tarder : il faut que le verdict soit prononcé dans quarante minutes, si vous ne voulez pas recommencer demain.

Le jury fut ramené dans la chambre des délibérations. Le vieux président secouait, en sortant, sa chevelure bouclée. Il la secouait encore en revenant, vingt minutes plus tard.

— Nous n'arrivons à rien, dit-il. Et même c'est de pire en pire. Plus nous discutons, moins nous savons que décider. Deux sont pour, trois sont contre, et tous les autres disent qu'ils ne savent pas. Moi, je suis tout à fait perdu.

— Vous devez insister auprès de vos collègues, dit le juge, pour qu'ils se décident. Vous avez, aujourd'hui, encore dix minutes.

Au bout de ces dix minutes, le vieux président revint, suivi de tout le jury, et déclara :

— Nous décidons décidément que nous ne pouvons pas nous décider.

Et il n'ajouta rien.

Le juge, de son côté, prit un temps assez long.

— Sans doute, dit-il enfin, avez-vous manqué de délais, après tout ? Nous vous laisserons donc une nuit de méditations. Vous serez entre-temps logés, nourris…

— C'est tout à fait inutile, dit le vieux juré. Nous sommes vraiment décidés.

— À ne rien décider ?

— À ne rien décider. Nous nous déclarons hors d'état de juger.

Sir Arthur une fois de plus laissa passer un silence avant de déclarer :

— La cour, dans ces circonstances, est au regret de devoir relever le jury de la charge qui lui incombait. Le procès est donc reporté à une prochaine session, devant un nouveau jury. L'audience est terminée.

Il fallut au public voir le juge sortir pour comprendre enfin ce qui se passait. D'abord plana dans la salle un silence stupéfait. Et puis cette stupéfaction éclata, comme on dit, en mouvements divers. Les boiseries séculaires résonnèrent d'une sorte de hourvari, tempéré par le respect dû à leur longue histoire. On se leva, on s'interpella d'une voix retenue mais pleine de dépit ou d'excitation. Frances s'était levée aussi. Elle cherchait, par-dessus la tête des gens, le regard de son mari, qu'on venait à peine d'amener pour le verdict, et que déjà l'on remmenait. Elle le trouva. Et Doug, élevant ses deux mains vers le plafond, lui fit joyeusement le salut du boxeur déclaré vainqueur sur le ring.

Chapitre XV

Les inquiétudes du lord du Sceau privé et celles des filateurs d'Angleterre. « Tropi or not tropi. » Proposition du juge Draper de saisir le Parlement. Comment on tourne une tradition vénérable. Constitution d'un Comité d'étude. Contradictions au sein du Comité. Menaces de démission. Les dissensions s'aggravent. Bienfait des opinions inconciliables. Un pénible aveu de Frances. Solidarité de l'espèce humaine. Différence essentielle entre l'homme et la bête. Commodité du silence.

Sir Arthur Draper s'attendait bien à être convoqué. Serait-ce le secrétaire du Home Office ? Ou serait-ce l'attorney général ? Ce fut le lord du Sceau privé – ministre des affaires imprécises – qui pria le vieux juge de venir le voir à son club.

Tout en traversant Green Park, Sir Arthur pensait : « Il va par conséquent être question de tout, sauf de justice. D'un côté, cela me convient assez… » Il pensait : « Ainsi je n'aurai pas probablement à m'expliquer sur la façon un peu… informelle, assurément…

dont j'ai conduit les débats à l'obstruction, et les jurés à la confusion… Au contraire, il est à supposer qu'on veut me demander quelque chose. Quelque chose aussi d'un peu informel, sans doute… J'aurai donc des atouts. Sauras-tu les faire jouer, mon vieux ? Tu n'as guère l'habitude de la diplomatie… »

Le lord du Sceau privé ne le fit pas attendre. Il le salua d'un « hello » enjoué et l'emmena en lui frappant familièrement une omoplate. Les deux hommes s'assirent dans un coin discret. Et le ministre, après quelques mots aimables, tendit au magistrat une liasse de journaux :

— Avez-vous parcouru la presse étrangère ?

Sir Arthur secoua la tête, et lut, non sans amusement, ce gros titre du *Chicago Daily Post* : « TROPI OR NOT TROPI ». L'article, sur un ton sarcastique, résumait les débats, et critiquait vivement le formalisme britannique, son manque de souplesse, au point que toute cause judiciaire un peu exceptionnelle rendait la justice anglaise incapable de s'exercer. En France, *Le Parisien* titrait : « TROPI SOIT QUI MAL Y PENSE… » et sur un ton plus léger, moins moqueur, développait un thème identique. Toutefois il ajoutait, s'adressant au lecteur avec un humour lucide : « Si vous aviez été juré, qu'auriez-vous fait ? » Le *Rude Pravo* de Prague ironisait : « UNE TEMPÊTE SOUS DOUZE CRÂNES » et rappelait maints problèmes stupides : quelle personne sauveriez-vous dans un naufrage, si vous n'en pouviez sauver qu'une : votre mère, votre femme, votre fille ? Tels étaient les dilemmes de conscience où la justice bourgeoise enfermait ses malheureux jurés…

Aucun ne semblait s'être aperçu de la subtile manœuvre du vieux juge.

Sir Arthur remit les journaux sur une table, et attendit.

— Était-il réellement impossible, dit le ministre, d'obtenir un jugement sérieux ?

Le juge dit qu'en effet, selon la juridiction anglaise, on ne peut obliger un jury à se décider malgré lui.

— Mais avez-vous… réellement… fait tout votre possible ? demanda le ministre. Exercé réellement toute votre influence ?

— Dans quel sens ? dit doucement Sir Arthur.

— Dans le sens de faire rendre un jugement.

— Un jugement dans quel sens ? répéta le juge.

Le ministre remua un peu sur son fauteuil :

— Ce n'est certainement pas à moi…

— Ni à moi, dit Sir Arthur. Si le juge cesse d'être impartial, ce n'est pas la peine d'avoir un jury. C'est, de plus, faire outrage à l'honneur et à l'intelligence du citoyen britannique. Laissons la justice française traiter ses citoyens en pauvres d'esprit : vous n'approuvez pas, je suppose, la loi paternaliste, instaurée par leur gouvernement du temps de l'occupation allemande, qui fait diriger les débats des jurés par le président du tribunal ?

— Certes non, certes non ! dit vivement le lord du Sceau privé. Cependant… C'est quand même une histoire bien ennuyeuse, dit-il en jouant avec un cendrier qu'il parut observer avec intensité. Vous avez lu du moins nos propres journaux ?

— Superficiellement Au reste, un juge ne peut pas tenir compte de l'opinion publique.

— L'opinion est fiévreuse… un peu excitée… il ne faudrait pas… Que pensez-vous qu'il se passera la prochaine fois ? Avec les nouveaux jurés ?

— Que voulez-vous qu'il se passe ? dit Sir Arthur. Très probablement la même chose.

— C'est impossible ! s'écria le ministre.

Sir Arthur souleva doucement ses mains et les laissa retomber.

Il y eut un assez long silence, et le ministre parut passer à un autre sujet.

— J'ai reçu hier, dit-il, la visite de mon collègue du *Board of Trade*[1].

Sir Arthur prit un air poliment attentif.

— Il m'a dit… naturellement tout ceci entre nous… Il m'a fait remarquer… je vous en fais part uniquement à titre d'information… il va de soi que votre charge… que vous ne pouvez entrer dans des considérations… mais enfin, il est bon pourtant que vous sachiez… pour votre information, je le répète… qu'on s'inquiète beaucoup dans certains milieux.

Le ministre jouait avec le cendrier d'un air absorbé :

— Il est impossible de ne pas tenir compte… quand est menacée gravement la prospérité d'une branche énorme de notre industrie… vous n'ignorez pas, dit-il en levant enfin les yeux sur Sir Arthur, certains projets australiens sur les tropis ?

Sir Arthur acquiesça d'un mouvement de tête. Le ministre reprit :

— C'est une heureuse coïncidence que… que l'intérêt de notre grande industrie textile s'identifie avec…

---

1. Ministère du Commerce.

avec la thèse du Ministère public. Thèse tout à fait humanitaire, n'est-ce pas ? Tout à fait. Et même si… même si votre impartialité vous empêchait d'y adhérer pleinement… il est hautement souhaitable, n'est-il pas vrai, de quelque point de vue qu'on se place, que les tropis soient décidément tenus pour des êtres humains ?

Sir Arthur fit attendre longtemps sa réponse.

— Ce pourrait l'être, dit-il enfin.

Il se tut de nouveau pendant un temps assez long.

— Ce pourrait l'être, reprit-il. Mais à une condition…

Il s'interrompit derechef, et le ministre, d'un geste vif qui dissimulait mal son impatience, l'invita à continuer.

— À la condition préalable que cette qualité ne puisse plus être mise en doute.

— Expliquez-vous, dit le ministre.

— Même si un jury, dit Sir Arthur – ce qui est peu probable actuellement –, même si un jury déclarait l'accusé coupable, qu'est-ce que cela prouverait ? Qu'on le tient pour avoir commis *légalement* un crime sur son fils. Mais ce fils n'en resterait pas moins un être de nature douteuse. Le doute subsisterait en tous les cas sur les tropis en général. Cela n'avancerait personne, il me semble.

Le ministre montra par son regard qu'il attendait la suite.

— L'accusé serait envoyé à la potence ou au *hard labour*, dit le juge, mais cela fait, qu'est-ce qui empêcherait la Société du Takoura d'employer les tropis comme bêtes de somme aux filatures ? À moins d'un nouveau procès, beaucoup moins clair encore que le précédent. Et engagé par qui, d'ailleurs ?

— Alors, que proposez-vous ?

Sir Arthur Draper affecta de réfléchir avant de suggérer :

— Il faudrait, je crois, pour obtenir un jugement, et un jugement susceptible de porter des fruits… il faudrait, voyez-vous, que ce jugement puisse s'établir sur une base indiscutable et formelle.

— Je vois, dit le ministre. Mais laquelle ?

— Celle que le jury a en vain réclamée.

— C'est-à-dire ?

— Une définition légale, claire et précise, de la personne humaine.

Le ministre ouvrit de grands yeux. Il hésita avant de dire :

— Mais… elle n'existe pas ?

— C'est exactement, dit Sir Arthur avec un sourire discret, la question stupéfaite que le président du jury m'a posée.

— C'est incroyable, dit le ministre. Comment est-ce possible ?

— Ce genre de « définitions » n'est pas le fort de l'esprit anglais… il les aurait plutôt même en horreur.

— Je sais bien… je voulais dire : comment est-ce possible que, par exemple, les Français…

— Et les Allemands, mon vieux, les Allemands ? Trouvez-vous concevable que des savants allemands puissent écrire leurs ouvrages méthodiques, sur des choses qu'ils n'ont pas définies d'abord ?

Sir Arthur souriait.

— C'est, dit le ministre, bien gênant pour nous en tout cas, actuellement. Que peut-on faire ? Comment pensez-vous que l'on puisse obtenir…

— Je pense qu'il faudrait, dit Sir Arthur, en saisir le Parlement.

Les yeux du ministre brillèrent. Enfin, cette agaçante histoire entrait dans un domaine connu et familier. Mais il fit la grimace :

— Vous le disiez vous-même : nos braves députés vont être horrifiés. Une définition ! Claire et précise ! Une définition de l'homme ! Jamais nous n'obtiendrons…

— Ce n'est pas sûr. Vous avez vu la réaction du jury, lors du procès. Rappelez-vous la vôtre, tout à l'heure. C'est le côté miraculeux de cette histoire, que même nous autres Anglais, surmontant cette horreur instinctive, nous nous sentions obligés…

— Vous vous moquez, Mr. Justice, dit le ministre avec un sourire mince.

— Je ne me permettrais jamais…

— Vous parlez sérieusement ?

— Très sérieusement. La nécessité de définir une bonne fois la personne humaine est devenue si pressante, que même le Parlement britannique en acceptera la charge, à mon avis.

Le ministre médita un peu et dit :

— Vous avez peut-être raison, après tout… En somme, il n'est pas impossible… qu'une interpellation… par quelqu'un de notre parti, de préférence… qui nous reprocherait… d'avoir laissé tourner en ridicule…

Il se mâchonnait une lèvre en souriant. Il semblait presque avoir oublié Sir Arthur. Il ne parut se rappeler sa présence qu'en l'entendant suggérer :

— Il ne faudrait pas, monsieur le Ministre, que les débats aux Communes soient en corrélation trop intime avec le procès. Vous n'ignorez pas, tant que l'affaire sera *sub judice*, qu'on ne saurait admettre une discussion publique susceptible ultérieurement d'affecter le verdict – dans un sens ou dans l'autre.

— Ah diable… mais alors… cela bouscule tout ?

— Peut-être pas, avec les précautions nécessaires.

— Nous conseillerez-vous ?

— Monsieur le Ministre, je ne saurais prétendre avoir plus de science juridique que M. l'Attorney Général, ou que…

— Bien sûr, bien sûr, mais ils manquent de temps. Allons, c'est dit, vous guiderez nos pas.

Il se leva. Le juge l'imita. Ils foulèrent en silence le tapis épais. Le ministre dit après une minute :

— Dites-moi… le conseil pour la défense… n'est-ce pas un M. P. ?

— Mr. Jameson ? Si fait, dit le juge.

— N'est-il pas à craindre de sa part, hasarda le ministre, je ne sais trop… quelque intervention pour entraver…

— Je ne pense pas, dit le juge en souriant. Au contraire, si l'on s'y prend bien, nous l'aurons sans doute pour allié.

Le ministre fit halte. Il ouvrit des yeux ronds, non sans plisser le front :

— Mais… commença-t-il avec embarras… ne nous méprenons pas… Si, comme nous l'espérons, les tropis sont, en définitive, reconnus comme êtres humains... son client ne court-il pas grand risque d'être pendu ?

— Ne le répétez pas, monsieur le Ministre, dit Sir Arthur, ne le répétez pas, mais... selon mon opinion... et quoi qu'il en soit en définitive... l'accusé ne court plus grand risque, je crois.

Il sourit davantage et ajouta :

— Ou alors, il faudrait que son avocat fût bien sot.

*
* *

Les choses n'allèrent pas toutes seules.

Au début, tout marcha bien : le Gouvernement fut interpellé aux Communes par un jeune député qui, avec un bel accent d'Oxford, accabla la magistrature du Royaume-Uni de traits, d'épigrammes, et de citations empruntées à Shakespeare et à la Bible.

En l'absence du Secrétaire du Home Office, le lord du Sceau privé répondit avec une dignité teintée d'humour ; il défendit courageusement le personnel judiciaire de Sa Majesté ; il montra qu'aucune juridiction n'aurait pu mieux faire, et sut mettre en évidence la sottise de la presse qui n'avait pas même distingué ce qui crevait les yeux : l'absence dans le Droit universel d'une définition précise de la Personne humaine.

Le jeune interpellateur demanda quelles étaient alors les intentions du Gouvernement, pour éviter que la même cause ne produise indéfiniment les mêmes effets.

Le ministre montra, dans sa réponse, que le Gouvernement, loin d'être pris de court, y avait mûrement réfléchi. Il en était venu, dit-il, à la conclusion qu'il était dans les attributions du Parlement de combler cette étonnante lacune. Le Gouvernement proposait que fût constituée une Commission chargée d'établir, avec l'aide de savants et de juristes, une définition légale de la Personne humaine. Il se laissa, à cette occasion, emporter par l'inspiration dans un discours brillant. Il dit comment la Grande-Bretagne, après avoir enseigné au monde la Démocratie, lui apporterait une fois de plus, ce faisant, la première pierre d'un monument sublime. « En effet, dit-il, imaginez les conséquences d'une telle définition et d'un tel statut, si, dépassant le cadre du Droit britannique, ils en viennent un jour à s'inscrire dans celui du Droit international ! Car, si ce qui constitue l'essence d'une personne est légalement défini, les obligations envers cette personne seront définies du même coup, puisque tout ce qui pourrait menacer cette essence serait une menace pour l'humanité. Tous les droits et devoirs des hommes, des groupes sociaux, des sociétés et des nations les uns envers les autres, sous toutes les latitudes, toutes les régions, toutes les religions, auront pour la première fois un fondement basé sur la nature même de la Personne, sur les éléments irrécusables qui la distinguent de l'Animal, et non plus sur des conventions utilitaires, c'est-à-dire destructibles, ou des théories philosophiques, c'est-à-dire attaquables, ou des traditions arbitraires, c'est-à-dire corruptibles et changeantes. Quand ce n'est pas sur les passions, qui sont insensées et aveugles.

« Et, en effet, ne voyons-nous pas souvent que ce qui est un crime pour les uns ne l'est pas pour leurs voisins ou leurs adversaires ? Auxquels parfois il apparaît au contraire, ainsi qu'on l'a pu voir pour les nazis, comme le devoir, sinon même l'honneur ? Et ne fut-il pas bien inutile de créer un nouveau Droit à Nuremberg, dès lors que ce Droit n'était point, sur sa base même, également reconnu par tous ? Puisque aujourd'hui les amis des condamnés, au nom des traditions allemandes, le ravalent du rang suprême de Droit des gens au rang fâcheux de Droit du plus fort, sans qu'on puisse les écraser sous l'évidence de leur abjecte erreur ? Et c'est pourquoi nous voyons le Droit de Nuremberg, malgré les espérances qu'il portait en lui, peu à peu se dissoudre dans l'ombre, et dans cette ombre se préparer de nouveaux crimes.

« Or voici que nous, loyaux Communs de Sa Majesté, nous sommes les personnes choisies par la Providence, si nous nous sentons à la hauteur de cette tâche, pour apporter peut-être aux hommes divisés une définition légale, constitutive et première, de ce qui distingue la Personne de l'Animal. Définition qui ne donnera point tort ou raison aux autres conceptions existantes, politiques, philosophiques ou religieuses, mais dont celles-ci ne sont, ne peuvent être que les branches diverses d'une unique racine, même quand elles s'opposent et prétendent s'exclure. Pour apporter, en d'autres termes, à cette cacophonie, la clef qui la transforme en symphonie. »

Il éleva la voix :

— Cette clef, dès maintenant, est dans nos mains. Elle peut nous intimider, elle peut nous choquer peut-être, puisqu'elle paraît bousculer nos habitudes, notre prudence. Mais la grandeur de la tâche condamne la pusillanimité, et, comme dit Shakespeare :

What custom wills, in all things should we do't,
The dust on antique time would lie unswept,
And mountainous error be too highly heap'd
For truth to o'er-peer...[1]

Le discours fut apprécié ; le ministre, s'adressant au Speaker, le pria de mettre aux voix la proposition du Gouvernement, mais avant de passer au vote, le Speaker demanda, selon les formes, si personne n'avait d'objection à formuler.

Mr. B. K. Jameson se leva et dit :

— L'initiative du Gouvernement l'honore et, en tant que simple citoyen, je me sentirais porté à le féliciter. Cependant je me trouve être, tout à la fois, parlementaire et avocat. Et même un avocat très particulier, vu la question, puisque, comme on le sait, j'assume la défense de Douglas Templemore. Ainsi ai-je le privilège d'être le lieu choisi d'un débat de conscience qui doit être aussi, selon mon opinion, celui du Parlement tout entier. En effet, si nous légiférons sur une défini-

1. « Si l'on faisait en tout ce que veut la coutume, l'on ne balaierait pas l'antique poussière des temps, et l'erreur montagneuse s'élèverait trop haut pour que puisse pointer l'œil de la vérité ! »

tion de la Personne, tandis que l'accusé est encore *sub judice*, il est indiscutable que cette définition affectera substantiellement le verdict du jury et, par suite, le sort de l'accusé. N'est-ce pas contraire à la justice, et ne serait-il pas indiqué plutôt d'attendre la fin du procès en cours ?

Le Secrétaire du Home Office répondit que ce n'était pas son avis.

— Il ne s'agit pas en effet, dit-il, que nous décidions rien actuellement concernant la nature du peuple tropi. Il s'agit précisément et uniquement d'une définition de la Personne humaine. Si cette définition intervient par la suite dans le déroulement des assises, ce ne peut être qu'indirectement, tout comme le tracé d'une frontière pendant l'élaboration d'un traité de paix peut indirectement intervenir ensuite au cours d'un procès de murs mitoyens. Il ne saurait évidemment être question qu'on retarde le traité de paix jusqu'à la conclusion du procès.

« De même la définition légale de la Personne humaine est un problème d'intérêt national et universel, dont sans doute l'urgence a été soulignée par la singularité d'un procès en cours, mais qui de toute évidence déborde celui-ci de toutes parts. »

Il demanda au Speaker si Mr. Jameson maintenait pourtant son opposition. Celui-ci répondit que, sûr d'être en cela d'accord avec son client, il se plaisait à reconnaître au contraire, tant comme avocat que comme parlementaire, la valeur démonstrative des arguments du ministre. Toutefois il suggéra que la Commission ne fût pas officielle, afin d'éviter tout reproche ultérieur au Parlement. Il lui semblait, dit-il, qu'une enquête officieuse et privée, menée sur cette question par une association éminente, telle que la Société Royale, pourrait ensuite servir de base au Parlement pour légiférer.

La suggestion parut d'abord favorablement accueillie, mais elle détermina une discussion fort vive. Un vieux M. P. déclara que, l'homme étant corps et esprit, il ne saurait être mieux défini que par les Lords temporels et spirituels. Un autre que, puisqu'il s'agissait d'une définition, en somme, judiciaire, il serait absurde de ne pas s'adresser, tout simplement, au barreau. Un autre dit que c'était l'affaire du Roi, dont le Conseil Privé n'était pas là pour des prunes. Un autre proposa un Collège d'anthropologues, un autre un Collège de psychologues, un autre demanda si la B. B. C. ne pourrait pas lancer un référendum. Au bout du compte, ce fut le Speaker qui proposa une société où voisinaient des personnalités appartenant à toutes les disciplines évoquées : le Collège Royal des Sciences Morales et Spirituelles. Il se tourna vers un député nommé Sir Kenneth Summer, et lui demanda s'il croyait pouvoir suggérer à cette illustre Société, dont il était un membre notoire, de désigner quelques-uns de ses confrères en vue d'une pareille enquête; et Sir Kenneth Summer, à son banc, hocha avec une ferme lenteur deux ou trois fois la tête en signe d'assentiment.

Mais le lord du Sceau privé dit qu'il ne pensait pas qu'il fût souhaitable de tenir le Parlement complètement en dehors de l'enquête. Il proposa que, sans que ce groupe d'étude fût davantage officiel, il comportât pourtant quelques MPs, désignés officieusement par les différents partis. Mr. B. K. Jameson, à qui il avait paru s'adresser plus particulièrement, leva un peu les paumes en souriant pour indiquer qu'il se ralliait à cette proposition.

C'est ainsi que, peu de temps après, Sir Kenneth Summer put annoncer au Parlement la constitution d'un « Comité pour l'Étude d'une Spécification de l'Espèce Humaine en vue d'une Définition Légale de la Personne ». Par commodité, ce groupe d'étude fut dans la suite plus ordinairement désigné sous le titre de Comité Summer, du nom de son président. Sir Arthur Draper fut invité à venir l'assister, tant pour son autorité juridique, que comme une sorte de garant, par sa présence, de la légitimité de l'entreprise. Et l'on décida de se réunir, le mardi et le vendredi, dans la fameuse bibliothèque qui, avant d'être celle du Collège Royal des Sciences Morales et Spirituelles, fut le petit salon de lecture de Cecil Rhodes.

C'est alors que commencèrent les difficultés.

*

*   *

Il apparut en effet que chacun des membres de la Commission avait sur la question une opinion plus ou moins préconçue, à laquelle il se tenait avec entêtement. Le doyen, invité à parler le premier, déclara qu'à son avis la meilleure définition possible avait été donnée par Wesley. Celui-ci, rappela-t-il, avait montré que la Raison, ordinairement choisie comme le propre de l'homme, ne peut pas être retenue. En effet, d'une part beaucoup d'animaux font preuve d'intelligence, et d'autre part des idées aussi aberrantes que le fétichisme ou la sorcellerie, étrangères aux animaux, ne plaident guère en faveur de la sagesse humaine. La vraie différence, disait Wesley, est que nous sommes formés pour connaître Dieu et que les animaux ne le sont pas.

Une petite dame quaker, menue et grisonnante, aux yeux ingénus derrière de grosses lunettes, demanda la parole et dit d'une voix dont la douceur touchait au chevrotement qu'elle ne voyait pas comment l'on pouvait savoir ce qui se passait dans le cœur d'un chien ou d'un chimpanzé, et comment on pouvait être sûr qu'ils ne connussent pas Dieu à leur manière.

— Mais voyons ! protesta le doyen. Cela ne se peut pas. C'est évident !

La petite dame quaker dit qu'une affirmation n'était pas une démonstration, et un autre membre à l'aspect timide avança d'une voix douce qu'au surplus, il était imprudent de dénier aux sauvages fétichistes le bénéfice de la Raison : ils la pratiquent mal, c'est tout, assura-t-il, comme un banquier qui fait banqueroute pratique mal la finance. Il n'en reste pas moins, toutefois, davantage un financier que ne le sont les mousses du *Victory.* « Il me semble, ajouta-t-il, que nous devrions au contraire partir de ce point-là : l'Homme est un animal doué de Raison. »

— Et à partir de quoi faites-vous commencer la Raison ? demanda ironiquement un gentleman élégant, orné de manchettes et d'un faux col impeccablement empesés.

— C'est justement ce que nous devrions définir, dit le monsieur timide.

Mais le doyen dit que, si l'on devait donner de l'Homme une définition d'où serait absente l'idée de Dieu, ses propres convictions religieuses lui interdiraient de participer plus longtemps aux travaux de la Commission.

Sir Kenneth Summer, qui présidait, lui rappela que le Gouvernement avait indiqué précisément que cette définition, dont la Commission avait la charge, devrait pouvoir satisfaire toutes les familles d'esprit. Par conséquent le doyen n'avait pas à craindre que l'idée de Dieu en soit absente ; toutefois, pas davantage pourrait-on s'en tenir à une définition exclusivement théologique, que nombre de personnes agnostiques, non seulement sur le continent, mais sur les îles Britanniques elles-mêmes, ne sauraient accepter non plus.

Un gros homme pourvu d'une forte moustache blanche, qui avait été colonel dans l'armée des Indes et avait connu des aventures retentissantes avec des dames en vue, dit que ce qu'il allait suggérer pourrait paraître extravagant ; mais que, dans son long commerce des hommes et des animaux, il en était arrivé à la conclusion qu'une seule chose était uniquement et entièrement propre à l'Homme : les perversions sexuelles. Il dit qu'il pensait que l'Homme était le seul animal de la création qui eût, par exemple, fondé des sociétés brillantes sur la pédérastie.

Mais un gentleman-farmer du Hampshire lui demanda si la particularité essentielle, à son avis, était dans l'existence de ces sociétés brillantes : dans ce cas il faudrait définir pourquoi l'Homme justement est porté à former des civilisations, ou bien si c'était dans la pédérastie : et dans ce cas il était au regret d'informer l'honorable colonel Strang que les ménages homosexuels, mâles et femelles, sont chose courante chez les canards.

Son opinion, quant à lui, était, ajouta-t-il, qu'on n'arriverait à rien si l'on restait dans le domaine des idées « fermées » : zoologie, psychologie, théologie, ou quoi que ce soit. L'homme est un complexe « ouvert », dit-il. Il n'existe que dans ses rapports avec toutes les choses et tous les autres hommes. Il est déterminé par son entourage, détermine en retour cet entourage, et c'est cette interaction sans fin qui provoque à la longue l'Histoire, hors de laquelle tout n'est que vue de l'esprit.

Le gentleman aux manchettes passa un index bagué dans son col empesé et dit que son honorable collègue semblait bien s'être collé, dans son château du Hampshire, une bonne indigestion de Marx. Et que s'il prétendait rendre marxistes, non seulement les membres de la Commission, mais tout le Parlement britannique, il serait nécessaire qu'il disposât d'un peu de temps. La petite dame quaker, de sa voix douce et chevrotante, dit qu'il n'était pas besoin d'être marxiste pour penser comme leur collègue, mais que si, pratiquement, ce qu'il disait pouvait paraître vrai, cela au fond n'expliquait rien. Car il faudrait encore expliquer pourquoi cette interaction ne se produit point pareillement dans les sociétés animales. Si l'Homme a une Histoire changeante, alors que les Animaux n'en ont pas, c'est qu'il existe quelque chose de particulier à l'Homme que justement il faut définir.

Sir Kenneth lui demanda si elle avait une opinion à exprimer. La petite dame dit qu'elle en avait certainement une. L'Homme, dit-elle, est le seul animal capable d'actes entièrement désintéressés. En d'autres termes, la bonté et la charité sont propres à l'Homme et à lui seul.

Le doyen, d'un ton un peu sarcastique, voulut savoir sur quelle preuve elle pouvait affirmer que les bêtes fussent incapables d'impulsions désintéressées : n'était-ce pas elle-même qui tout à l'heure prétendait qu'elles pouvaient peut-être connaître Dieu ? Le gentleman-farmer renchérit en disant que son propre chien était mort, pendant un incendie, parce qu'il s'était jeté dans les flammes pour sauver un enfant. Au surplus, quand même il serait démontré que ces sentiments sont propres à l'Homme, il resterait, comme elle le disait tout à l'heure elle-même, à découvrir les sources de cette différence.

Le gentleman aux manchettes prit la parole et dit que, en ce qui le concernait, il lui importait fort peu qu'on définît ou non la Personne humaine. Il y a, dit-il, cinq cent mille ans que les hommes se passent d'être définis, ou plutôt qu'ils ont inventé sur eux-mêmes des conceptions changeantes, utiles en leur temps aux civilisations qu'ils entendaient bâtir. Pourquoi ne pas les laisser continuer ? Une seule chose, dit-il, importe : ce sont les traces que ces civilisations nous laissent en disparaissant ; en un mot, conclut-il : c'est l'Art. Voilà le propre de l'Homme, depuis celui de Cro-Magnon jusqu'à nos jours.

— Mais, demanda la petite dame quaker, est-ce qu'il vous est tout à fait égal que des milliers de tropis, s'ils sont des hommes, soient réduits en esclavage, ou que, s'ils sont des singes, un citoyen innocent soit pendu ?

Le gentleman répondit qu'en effet, d'un point de vue un peu haut, cela lui était parfaitement égal. La vie fourmille d'injustices, on ne peut se flatter que de les réduire au minimum. Il y a, pour cela, les lois, les traditions, les usages, la forme. Le principal est de les appliquer. Qu'elles le soient plus ou moins bien, cela entre dans les imprécisions mêmes du juste et de l'injuste, que nous n'avons pas le pouvoir de réduire.

Le gentleman-farmer dit que c'était là, naturellement, une opinion discutable, quoiqu'il ne fût pas loin de la partager. Mais il demandait à son collègue s'il pouvait lui donner une définition de l'Art. Puisque, si l'on voulait que l'Art définît l'Homme, il fallait bien que l'Art fût défini lui-même tout d'abord.

Le gentleman aux manchettes répondit que, l'Art étant une manifestation unique et évidente, immédiatement reconnaissable, il n'avait pas besoin d'être défini.

Le gentleman-farmer dit que, dans ce cas, l'Homme étant lui-même une espèce évidente, immédiatement reconnaissable, il n'avait pas besoin d'être défini davantage.

Le gentleman aux manchettes dit que c'était exactement ce qu'il avait déclaré tout à l'heure.

Sir Kenneth Summer fit remarquer que la Commission se réunissait, non pour constater que l'Homme n'a pas besoin d'être défini, mais pour tenter de le définir.

Il dit que cette première séance n'avait peut-être pas beaucoup avancé les choses, mais qu'au moins elle avait permis de confronter des opinions intéressantes.

Puis il leva la séance.

*

* *

À la fin de la séance suivante, on put voir sortir des personnes moins calmes. Le gentleman aux manchettes arborait au coin de ses lèvres minces, sous la fine moustache soyeuse, un sourire un peu jaune, un peu crispé. Le doyen était pâle et la peau de ses joues tremblait convulsivement. La petite dame quaker, derrière ses fortes lunettes, n'avait-elle pas versé des larmes ? La sueur perlait au front du gentleman-farmer et le colonel Strang rongeait ses grosses moustaches blanches. On se dit au revoir avec une politesse affectée, et le président Sir Kenneth Summer fut laissé seul avec Sir Arthur, auquel il confia avec un soupçon d'inquiétude :

— Il me semble que nous sommes un peu moins avancés que la dernière fois.

Sir Arthur reconnut qu'il avait la même impression.

Sir Kenneth dit qu'il commençait à se demander si les membres de la Commission n'avaient pas des conceptions tellement inconciliables, qu'il serait peut-être difficile...

Sir Arthur dit qu'il ne pensait pas que ces opinions fussent aussi inconciliables qu'elles pouvaient le paraître.

Sir Kenneth dit, d'une voix où perçait un grand soulagement, qu'il était heureux d'entendre cette opinion, même si elle était optimiste. Encore, ajouta-t-il, qu'il ne pût distinguer nettement…

— Au fond, dit Sir Arthur, c'est un très bon signe.

— Que… je ne distingue pas nettement ?

— Non, non ! Que ces opinions paraissent inconciliables.

— Un très bon signe ?

— Bien sûr. Si tout le monde ici avait plus ou moins pensé la même chose, le Comité aurait torché une définition en deux coups de cuiller à pot. Croyez-vous qu'elle aurait été très valable ?

— Pourquoi pas ? Le temps ne fait rien à l'affaire.

— Sans doute. Mais une définition de l'homme issue d'une douzaine de sujets britanniques immédiatement d'accord aurait eu de grandes chances, il me semble, de n'être rien de plus qu'une définition de l'homme anglo-saxon. Ce n'est pas ce qu'on attend de vous.

— Bon sang. Vous n'avez pas tort.

— Tandis que l'éloignement même des conceptions de vos honorables collègues va les obliger peu à peu, au cours de disputes orageuses peut-être, à dépouiller ces conceptions de tout ce qui les sépare, pour ne garder en fin de compte que le noyau secret de ce qu'elles ont entre elles de commun.

— C'est parfaitement vrai.

— Il vous faudra de la patience, voilà tout.

— Oui… oui… ce n'est pas mon fort, j'en ai peur.

Ce n'était certainement pas le fort de Sir Kenneth.

Il s'ensuivit, de séance en séance, une sorte de glissement d'autorité. Sir Kenneth priait de plus en plus souvent Sir Arthur d'arbitrer les débats. Au bout de quelque temps, celui-ci fut presque seul à les mener, avec l'assentiment de tous.

Pendant la même période, Lady Draper avait fait connaissance avec Frances. La vieille dame avait dit à sa nièce :

— Tu la caches bien, ta protégée.

Elle savait que ce mot la fâcherait. Frances n'avait nul besoin d'une protectrice ! s'indigna la nièce en effet. « Alors pourquoi la caches-tu ? » dit sa tante. « Je ne la cache pas, dit la nièce, mais j'ai pensé… Est-ce que ce serait tout à fait correct ? » demanda-t-elle.

— Qu'est-ce qui ne le serait pas ?

— Eh bien, de l'amener ici… Oncle Arthur a jugé son mari, c'est lui qui le jugera peut-être encore… Je me demande s'il serait correct…

— Mais qu'ai-je à voir avec tout ça ?

— Voyons, ma tante !

— Est-ce moi qui dois juger son benêt de mari ?

— Non, mais quand même…

— Tu l'amèneras pour le thé, demain.

Avant d'accepter, Frances rendit visite à Doug dans la prison et lui demanda conseil. Que pouvait lui vouloir cette vieille femme ?

— Il faut y aller, dit Doug. Draper ne me jugera plus. S'il avait un doute sur ce point, il n'aurait pas accepté de joindre le Comité Summer. Il faut y aller ! répétait-il avec une excitation soudaine. Je donnerais cher pour savoir ce que pense Draper, ce qui se passe au comité, ce qui va sortir de tout ça !

Frances regardait son mari bouche close, à travers la grille du parloir. Puis elle murmura :

— C'est terrible, mon amour : mais je n'ose pas te dire ce que je pense.

— Frances !… Et pourquoi, grands dieux ?

— Parce que… parce que… Je suis dans un tel conflit avec moi-même !… Ce que je pense, j'en ai horreur. Oui, horreur. J'en suis malade. Et pourtant je ne peux pas m'empêcher de le penser.

— Frances, je ne t'ai jamais vue ainsi. Que se passe-t-il ? Tu me caches quelque chose ?

Elle secoua sa belle chevelure blonde et légère avec une ardeur enfantine. Elle le regardait aussi, les yeux humides, brillants de la même ardeur.

— Tu devais nier ainsi devant ton père, quand tu mentais, dit Doug avec une raillerie gentille.

Elle rit, mais en même temps une petite larme coula le long du nez poudré.

— J'ai honte de moi, avoua-t-elle.

Doug ne la pressait pas. Il la considérait, et son sourire était d'une tendresse si confiante qu'elle ne put retenir une seconde larme. Elle en rattrapa une troisième en reniflant comme une petite fille. Et elle rit de nouveau :

— Je t'amuse, mais si tu savais…

— Eh bien, dit Doug, je vais savoir.

Elle hésitait quand même.

— Tu me crois plus forte que je ne suis, dit-elle enfin.

— Mais tu l'es, forte !

— Oui… mais pas tant que tu crois.

— Voyons cela, dit Doug.

Elle le regardait à travers la grille du parloir. Elle le regardait. Elle regardait son bon visage un peu pâle sous la broussailleuse coiffe de safran.

— Je ne peux pas, dit-elle avec un soupir à fendre le cœur. C'est tellement… tellement inopportun.

— Mais tu seras encore plus malheureuse si tu le gardes pour toi.

— Oui.

— Je vais te dire ce que c'est, dit Doug.

Elle ouvrit muettement les yeux et les lèvres, comme un poisson rouge.

— Tu n'es plus d'accord avec moi, dit-il avec une gravité véritable.

Elle cria :

— Si !

Elle avait saisi la grille à deux mains, comme si elle avait voulu la secouer. Elle criait :

— Ne crois jamais cela ! Jamais ! Oh ! Doug, promets-moi… Jamais !

— De tout mon cœur, dit Doug, avec soulagement. Jamais.

— Tu sais que je t'aimerai et t'admirerai toujours autant, quoi qu'il arrive, et même encore plus, si l'on veut te… si jamais on… on décide… de prétendre… Je te fabriquerai une échelle de soie, dit-elle en souriant ; je te l'apporterai dans un pâté. Je fuirai avec toi. Je te cacherai dans une grotte. Je deviendrai peut-être une meurtrière aussi pour te défendre… Tu le sais, n'est-ce pas ?

— Je le sais. Mais ?…

Elle ne dit rien. Il répéta avec une ferme douceur :

— Mais ?

— Mais c'est vrai que ce ne sera plus la même chose, chuchota-t-elle juste assez haut pour qu'il l'entendît.

— Qu'est-ce qui ne sera plus la même chose ?

— Je t'aimerai autant, mais plus de la même… de la même façon… cristalline.

— … Tu me tiendras, toi aussi, pour un… assassin ?

Elle fit oui d'un hochement muet.

Doug demeura silencieux quelque temps, pour comprendre peut-être tout à fait.

— C'est drôle, dit-il enfin.

Il la dévisageait avec amusement, comme si ce qu'elle avait dit était seulement un peu bizarre.

— Pas moi, ajouta-t-il.

Le visage de Frances s'éclaira d'une flamme d'attente et d'espoir.

— Pas toi ? Non ? Même si les tropis sont des hommes ?

— Même, dit Doug. Je ne saurais pas très bien t'expliquer, comme ça, sur-le-champ, mais je suis sûr, de toute façon, que je n'ai tué qu'une petite bête. Peut-être parce que… en gros… c'est comme si…comme si, pendant la guerre, j'avais tué un Allemand de Prusse-Orientale, et qu'on me dise : « Oui, mais aujourd'hui, vous voyez, c'est un Polonais : donc, c'est un de nos alliés, que vous avez tué. » Je saurais bien que ce n'est pas vrai.

Frances réfléchit un bon moment et elle soupira :

— Ce n'est pas la même chose.

Elle secouait doucement la tête, les yeux à terre.

— Ton Allemand était d'abord ci, puis ça. Tandis que ton tropiot… il n'était rien. Il n'est encore rien. Ce qu'on va décider qu'il était, il le sera vraiment.

Et tout à coup elle sembla éclater.

— C'est ça que je ne peux pas supporter ! s'écria-t-elle. De ne pas pouvoir m'empêcher… si l'on déclare… s'il apparaît que les tropis sont des hommes… de ne pas pouvoir m'empêcher que ça me fasse « quelque chose »… Je trouve ça idiot, révoltant, stupidement conventionnel puisque… puisque toi, tu n'auras pas changé. Toi, tu resteras exactement le même, et malgré tout… si les hommes décident que tu as tué un singe ou s'ils décident que c'était un homme, tout sera différent et je… et je ne pourrai pas m'empêcher de penser comme eux !

— C'est assez beau, au fond, dit Douglas étrangement.

— Beau ?

— Oui… cela aussi est encore trop confus pour que je t'explique clairement à quoi je viens de penser. Mais… d'abord ça montre… ça montre qu'un meurtre, au fond, ça n'existe pas. Pas tout seul, je veux dire. Puisque ça ne dépend pas de ce que j'ai fait, mais de ce que les hommes – et toi, et moi aussi peut-être, après tout – en décideront en définitive. Les hommes, Frances, rien que les hommes. L'espèce humaine. Et nous sommes si profondément solidaires de l'espèce humaine que ce qu'elle pense, nous ne pouvons pas nous empêcher de le penser avec elle… Nous ne sommes pas libres de penser autrement, puisque ce qu'elle décidera, c'est ce que je suis, ce que tu es, ce que nous sommes tous ensemble. Et nous le déciderons seuls, pour nous seuls – sans nous préoccuper de l'univers. C'est probablement ça que je trouve beau. Le reste, ma foi, est un détail. Je m'attends à souffrir, si je te vois m'aimer, comme tu dis, d'une façon moins cristalline… Mais, après tout, j'aurais dû savoir que c'était compris dans le contrat.

— Doug, mon amour… commençait Frances ; mais le gardien s'était approché. Il dit : « C'est terminé, il faut partir. » Et elle dut enfouir jusqu'au lendemain tout ce qu'elle avait à dire encore.

*

* *

Il est difficile de savoir à quel point les idées de Sir Arthur Draper évoluèrent ou se précisèrent, en vertu de l'espèce d'osmose qui se fit dès lors entre Douglas et lui par l'intermédiaire des deux femmes. En fut-il conscient ou non ? Ce qui est sûr, c'est que Frances avait de semaine en semaine, comme son mari l'avait souhaité, des nouvelles régulières de ce qui se passait au sein du Comité. Elle en informait Douglas. Elle commentait ensuite pour Lady Draper les réactions du prisonnier. La vieille dame, laissée seule, méditait, et au breakfast elle disait à Sir Arthur :

— Allez-vous au Comité, aujourd'hui ?

— Assurément.

— Laisserez-vous longtemps encore ces stupides escargots se tâter les cornes l'un l'autre ?

— Je ne puis guère les bousculer, ma chérie.

— Douglas disait à sa femme, l'autre jour, que la lumière avait jailli, pour lui, lors du procès, après la déposition du captain Thropp. Ou celle du professeur Rampole, je ne sais plus.

— Ne serait-ce pas des deux, successivement ?

— Peut-être. Frances m'a parlé de ça, mais je n'y ai rien compris.

— Ils ont dit tous les deux comme vous, pourtant : les hommes portent des gris-gris. Les animaux n'en portent pas.

— Bien sûr. Mais après ?

— Eh bien, je suppose que Templemore en a tiré les conclusions.

— Et vous ?

— Moi aussi.

— Et ce sont les mêmes ?

— C'est vraisemblable.

— Mais lesquelles ?

Sir Arthur hésita. Jusqu'où sa femme le suivrait-elle ? Ou le précéderait, pensa-t-il, puisque, après tout, la primeur de ces idées lui revenait… Il expliqua :

— Il s'ensuit deux propositions qui s'éclairent l'une l'autre :

« Il n'existe pas d'espèce animale qui montre, fût-ce à l'état le plus rudimentaire, des signes d'esprit métaphysique.

« Il n'existe pas de race humaine qui ne montre pas, ne fût-ce qu'à l'état rudimentaire, des signes d'esprit métaphysique.

« Ne serait-ce pas là une distinction décisive ?

— Mais, s'écria Lady Draper, n'est-ce pas un peu comme si on disait : « Il n'existe pas d'espèce animale qui aille chez le coiffeur. Il n'existe pas de race humaine qui n'aille, de façon ou d'autre, chez le coiffeur. Donc ce qui distingue l'homme de la bête, c'est qu'il va chez le coiffeur » ?

— Ce ne serait pas aussi idiot qu'il y paraît, dit Sir Arthur. Si l'on creusait un peu votre histoire de coiffeur, on y trouverait que l'homme prend soin de son apparence, la bête non. Autrement dit, on trouverait les idées de rite ou de beauté : idées, toutes les deux, très métaphysiques. Tout se ramène à ça, voyez-vous : que l'homme se pose des questions, que la bête ne s'en pose pas…

— Qu'en savons-nous ? dit Lady Draper.

— Disons : que l'homme paraît se poser des questions, que la bête ne le paraît pas… Ou encore, plus exactement : la présence de signes d'esprit métaphysique prouve que l'homme se pose des questions ; leur absence semble prouver que la bête ne s'en pose pas.

— Mais pourquoi ? dit Lady Draper.

— Parce que l'esprit métaphysique… – oh ! ma chérie, n'est-ce pas là une conversation assommante ?

— Nous sommes seuls, dit Lady Draper en souriant.

— Elle est assommante quand même.

— Eh bien, je me ferai expliquer cela par Frances. Qu'en pensent vos escargots ?

— Ils n'en sont pas encore là.

— Pourquoi ne leur faites-vous pas venir Rampole et le captain Thropp ?

— Ma parole, s'écria Sir Arthur, voilà une idée géniale !

*

* *

Quand Rampole et Thropp se furent tus et retirés, le doyen s'écria :

— N'avais-je pas raison ? Ils ont parlé comme Wesley !

— Où prenez-vous cela ? demanda le gentleman aux manchettes.

— Ce qui distingue l'homme de la bête, c'est la prière.

— Je n'ai rien entendu de pareil !

— Parce qu'il n'est pire sourd… commença le doyen.

— J'ai même entendu tout le contraire. Rampole a dit : « Le cerveau de l'homme saisit la réalité derrière l'apparence. Celui de l'animal ne saisit pas même l'apparence : il ne peut dépasser la sensation. »

— Mais Thropp l'a démenti ! s'écria le doyen. Rappelez-vous le macaque de Verlaine : il distinguait un triangle d'un losange, un losange d'un carré, un tas de dix haricots d'un tas de onze !

— Je pourrais peut-être vous mettre d'accord, suggéra doucement Sir Arthur.

Sir Kenneth l'en pria.

— En comparant l'intelligence de l'homme et de la bête, reprit Sir Arthur, le professeur Rampole nous a en somme moins parlé de quantité que de qualité. Il a même précisé qu'il en va toujours ainsi dans la nature : une petite différence de quantité peut provoquer une mutation brusque, un changement total de qualité. Par exemple, si l'on chauffe de l'eau, on peut lui ajouter des quantités de calories sans qu'elle change d'état. Et puis, à un certain moment, un seul degré suffit pour qu'elle passe de l'état liquide à l'état gazeux. N'est-ce pas ce qui s'est passé pour l'intelligence de nos ancêtres ? Un petit supplément de quantité dans les liaisons cérébrales – peut-être même insignifiant – lui a fait faire un de ces sauts qui a déterminé un changement total de qualité. De sorte…

— C'est une opinion subversive, dit le gentleman aux manchettes.

— Pardon ?

— J'ai lu des choses pareilles dans… je ne sais plus. Mais enfin, c'est du pur matérialisme bolchevik. C'est une des trois lois de leur dialectique.

— Le professeur Rampole, dit Sir Kenneth, est le neveu de l'évêque de Crewe. Sa femme est la fille du recteur Clayton. La mère du recteur est une amie de la mienne, et Sir Peter lui-même est un excellent chrétien.

Le gentleman tira ses manchettes et considéra les poutres du plafond avec affectation.

— Le professeur Rampole, continuait Sir Arthur, a précisé ce changement de qualité : la différence entre l'intelligence de l'homme de Néandertal et celle d'un grand singe ne devait pas être bien grande en quantité. Mais elle a dû être énorme dans leur rapport avec la nature : l'animal a continué de la subir. L'homme a brusquement commencé de l'interroger.

— Eh bien… s'écrièrent ensemble le doyen et le gentleman aux manchettes, mais Sir Arthur ne se laissa pas interrompre.

— Or, pour interroger, il faut être deux : celui qui interroge, celui qu'on interroge. Confondu avec la nature, l'animal ne peut l'interroger. Voilà, il me semble, le point que nous cherchons. L'animal fait *un* avec la nature. L'homme fait *deux*. Pour passer de l'inconscience passive à la conscience interrogative, il a fallu ce schisme, ce divorce, il a fallu cet arrachement. N'est-ce point la frontière justement ? Animal avant l'arrachement, homme après lui ? Des animaux dénaturés, voilà ce que nous sommes.

Quelques secondes passèrent avant qu'on entendît le colonel Strang murmurer :

— Ce n'est pas sot. Ça explique la pédérastie.

— Ça explique, dit Sir Arthur, que l'animal n'ait pas besoin de fables ni d'amulettes : il ignore sa propre ignorance. Tandis que l'esprit de l'homme, arraché, isolé de la nature, comment ne serait-il pas à l'instant plongé dans la nuit et dans l'épouvante ? Il se voit seul, abandonné, mortel, ignorant tout – unique animal sur terre « qui ne sait qu'une chose, c'est qu'il ne sait rien » – pas même ce qu'il est. Comment n'inventerait-il pas aussitôt des mythes : des dieux ou des esprits en réponse à cette ignorance, des fétiches et des gris-gris en réponse à cette impuissance ? N'est-ce pas l'absence même, chez l'animal, de ces inventions aberrantes qui nous prouve l'absence aussi de ces interrogations terrifiées ?

On le regarda sans rien dire.

— Mais alors, si ce qui a fait la personne – la personne consciente, et son histoire – est bien cet arrachement, cette indépendance, cette lutte, cette dénature ; si, pour admettre une bête parmi les hommes, il faut qu'elle ait sauté ce pas douloureux ; à quoi, à quel signe enfin reconnaîtra-t-on qu'elle l'a fait ?

On ne répondit pas.

CHAPITRE XVI

Comment, d'un cristal dur, on fait une méduse. Inquiétude motivée de Doug. Templemore. Révolte et soumission du juge Draper. Une observation pertinente du professeur Rampole résout à point nommé un problème délicat. Une tradition vénérable tournée pour la deuxième fois. Satisfaction des textiles anglais.

Quand Doug apprit l'espèce de silence hostile qui avait accueilli les suggestions du juge, puis que le lord du Sceau privé avait de nouveau prié celui-ci à son club, une sourde inquiétude s'empara de l'esprit du prisonnier.

— Ils vont saboter l'affaire, dit-il à Frances avec une nervosité soucieuse.

— Qui ?

— Les politiques, dit Douglas. Je les connais. Du cristal le plus dur, ils finissent toujours par faire une méduse.

À la même heure, Sir Arthur buvait dans une petite pièce du Garrick Club meublée de chêne foncé et de cuir grenat, en compagnie du lord du Sceau privé, un grand verre de vieux whisky.

— Vous les inquiétez, disait le ministre.

— C'est ce qu'il m'a fallu comprendre, dit le juge. Mais je saisis mal ce qui les inquiète.

— Vous prêchez la révolte, disent-ils.

— Comment ?

— Ils n'aiment pas cette idée que l'homme se distingue de l'animal par son opposition à la nature. Comment dites-vous ? Sa dénature.

— Personne ne m'a contredit.

— Peut-être, mais ils n'aiment pas ça.

— Il ne s'agit pas d'aimer ou non.

— Ils n'ont peut-être pas trouvé d'arguments sur-le-champ. Il me semble qu'on pourrait vous dire... Nous ne nous sommes pas vraiment arrachés de la nature. Nous ne nous en arracherons jamais. Nous en faisons partie pour toujours. Chaque cellule de notre corps crie contre cette idée.

— Laissez-les crier. Ce n'est pas non plus ce que j'ai dit.

— Je sais bien... Pourtant...

— Nous nous sommes arrachés à la nature comme un homme s'arrache à la foule : il n'en fait pas moins partie des autres hommes, mais il peut enfin considérer la foule du dehors, essayer de voir clair, échapper à son emprise.

— Sans doute, sans doute, mais cela sonne mal, voyez-vous... Et puis... on vous dira aussi... ne traitez-vous pas la nature en étrangère, sinon même en ennemie ? Or que ferions-nous, que serions-nous sans elle ?

— Pourquoi en ennemie ? Ce mot n'a de sens que pour nous, il n'en a pas pour la nature.

— Peut-être, mais tout cela sonne mal aussi. Il faudrait donner trop d'explications… Jamais ces idées-là ne convaincront un Parlement tout entier… C'est déjà formidable que les faits aient obligé nos bons M.Ps à en venir là, malgré leur horreur pour les définitions. Ne leur rendez pas la tâche impossible. Car voilà la question, mon cher. Vous avez peut-être raison, je n'en sais rien, cela dépasse ma compétence. Mais, devant le Parlement, vous aurez tort ; cela, nous pouvons en être assurés.

Le juge but, par contenance, une large gorgée de whisky.

— Tandis, reprit le ministre, que si nous lui proposons… avec des explications acceptables… une définition engageante… qui ne choquerait personne et conviendrait à tous…

— Mais laquelle ?

Le ministre considéra le juge un moment et dit :

— L'esprit religieux.

Le juge demeura sans voix.

— J'ai vu le doyen, dit le ministre d'une voix volubile. Tout le comité est d'accord. Même ce jeune homme un peu fasciste, comment s'appelle-t-il ? Naturellement, il faut prendre ces termes dans leur sens large. Esprit religieux égale esprit métaphysique égale esprit de recherche, d'inquiétude, etc. Tout y rentre : non seulement la foi, mais la science, l'art, l'histoire et aussi la sorcellerie, la magie, tout ce que vous voudrez. En somme, c'est ce que vous dites, si on veut. Exprimé autrement, voilà tout.

— Mais, s'écria le juge, c'est pour le moins une expression bougrement équivoque ! Cela ne veut rien dire sans le contexte. Cela peut même servir à exprimer tout le contraire !

Le ministre dit en souriant :

— C'est… hmm… justement ce qui est commode…

— Et alors, de quelle utilité voulez-vous que soit une définition pareille ? C'est vous, monsieur le Ministre, qui avez évoqué le droit de Nuremberg. C'est vous qui avez souhaité que l'on dégage une base solide sur laquelle fonder un droit des gens irrécusable. L'esprit religieux ! Comment pouvez-vous espérer que la Russie, par exemple, accepte un pareil terme, même accompagné de toutes les explications du monde ! C'est comme si on nous demandait, à nous, de reconnaître comme universelle la définition d'Engels, qui n'est pas moins exacte ! Le ferions-nous ?

— Mon cher, dit le ministre, la passion vous fait parler comme un juriste romain. En théorie, vous avez mille fois raison peut-être. Mais pratiquement vous savez bien qu'en politique, avoir raison ne sert à rien.

« Nous avons un problème à résoudre d'urgence. Ce n'est pas un problème universel, mais très modestement celui du peuple tropi, et de notre industrie textile.

« Les signes de l'esprit religieux, c'est une proposition, je vous l'ai dit, acceptable par le Parlement britannique dans sa quasi-unanimité. Proposition incomplète, je veux bien. Mais est-elle fausse ? Non.

Disons que c'est le moyen pratique de reconnaître tout de suite si les tropis ont fait ou n'ont pas fait ce que vous dites : l'arrachement, l'indépendance, l'opposition et tout ce qui s'ensuit. Est-ce exact ?

— Oui… Mais justement… Vous ne craignez pas que les tropis n'aient donné précisément aucun signe d'esprit religieux ? Ils ne portent pas même de gris-gris…

— Je ne pense pas qu'il soit utile de s'inquiéter de ce côté-là… D'ailleurs, chaque chose en son temps. J'ai vu aussi le professeur Rampole. Il a fait, semble-t-il, des observations fort pertinentes. Donc, ce problème-là peut se trouver, de cette façon, résolu sans tarder. Tandis que si nous engageons le Parlement sur une définition plus complète sans doute, moins équivoque, mais qui déterminera des discussions sans fin, des amendements, des rejets, des ajournements *sine die*, nous n'en finirons jamais. Ce serait sans profit pour personne : ni les tropis, ni l'accusé, ni la justice britannique, ni même le droit des gens. Faut-il vous rappeler notre proverbe ? On ne prend pas un pont avant d'y être arrivé. Ne pressons pas les choses, je vous assure. Contentons-nous d'abord de ce que nous pouvons obtenir. Le reste viendra à son heure. Toute l'histoire de l'Angleterre est là pour vous le prouver.

Les pronostics du lord du Sceau privé se trouvèrent confirmés. Sur le rapport de la Commission Summer, le Parlement adopta, après divers amendements mineurs, les articles de la loi suivante :

Art. I. – L'homme se distingue de l'animal par son esprit religieux.

Art. II. – Les principaux signes d'esprit religieux sont, dans l'ordre décroissant : la foi en Dieu, la Science, l'Art et toutes leurs manifestations ; les religions ou philosophies diverses et toutes leurs manifestations ; le fétichisme, les totems et tabous, la magie, la sorcellerie et toutes leurs manifestations ; le cannibalisme rituel et ses manifestations.

Art. III. – Tout être animé qui montre un seul des signes mentionnés à l'article II est admis dans la communauté humaine, et sa personne est garantie sur tout le territoire du Commonwealth par les diverses stipulations figurant dans la dernière Déclaration des Droits de l'Homme.

Sitôt la loi votée, un interpellateur, connu pour ses attaches avec la grande industrie textile, demanda ce qu'il allait en être des tropis.

On lui rappela aussitôt que cette question, de l'avis même du Gouvernement, ne pouvait être traitée au Parlement, puisqu'elle interférerait illégalement avec un procès en cours.

Mais l'interpellateur s'éleva avec vigueur contre cette manière de voir.

Il demanda si, dans le cas – inimaginable – où l'Écosse, comme l'Irlande, entrait en dissidence, formait un gouvernement provisoire, et réclamait son indépendance ; si on refuserait de soulever au Parlement la question écossaise tant que ne serait pas réglé le procès de Mr. Macmish, poursuivi à Édimbourg pour outrage à la couronne – bien qu'il soit certain que les décisions prises pour ou contre l'indépendance de l'Écosse pourraient grandement influencer par la suite le sort de Mr. Macmish ?

Il dit que l'assassinat d'un individu tropi était une chose, et le statut légal du peuple tropi une autre, qui ne pouvait pas plus dépendre de la première que le sort du Royaume-Uni du procès d'un Écossais. Que c'était au contraire le rôle du Parlement de régler une question qui se montrait urgente, d'abord d'un simple point de vue humanitaire, ensuite d'un point de vue économique et national.

Un député de l'opposition lui répondit que c'était faire une distinction artificielle et spécieuse. Qu'il n'y avait nulle urgence comparable entre le statut d'une société à moitié animale comme le peuple tropi, et un débat pressant sur l'unité du royaume. En outre, demanda-t-il, en quoi un statut des tropis voté à Londres pourrait-il obliger en quoi que ce soit l'Australie ou la Nouvelle-Guinée ?

Mais l'interpellateur rappela que la Grande-Bretagne avait, en mainte occasion, su montrer son autorité non seulement sur les dominions, mais même sur les États étrangers, quand un principe d'humanité y était trop scandaleusement foulé aux pieds.

Quant à l'urgence, déclara-t-il encore, un homme de cœur pouvait-il déclarer « peu urgent » de sauver tout un peuple de l'immonde esclavage dont on le menaçait ouvertement ?

Après une discussion très vive, une proposition de suggérer au Comité Summer de proroger ses travaux pour étudier le cas des tropis enleva l'adhésion générale. Il était toutefois admis d'avance qu'un Statut des tropis, en aucun cas, ne serait du ressort du Parlement de Londres. Que celui-ci, le cas échéant, se contenterait d'une « recommandation » qui serait soumise à la fois à l'O.N.U., à l'Australie et à la Nouvelle-Guinée.

*

* *

Le comité, lequel s'était adjoint Sir Peter Rampole au titre d'expert en psychologie primitive, entendit tour à tour Kreps, Pop, Willy, les époux Greame, et divers autres anthropologues qui avaient pu étudier le comportement des tropis depuis leur arrivée à Londres.

Il sembla bien d'abord qu'on ne pût déceler chez ceux-ci aucun signe d'esprit religieux. Sans parler d'art ou de science, ils n'usaient ni de fétiches, ni d'amulettes, ni de tatouages, ni de danses, ni de rites d'aucune sorte. S'ils enterraient leurs morts, c'était à la manière dont enterre les siens mainte espèce animale; dont même la plupart enterrent leurs excréments, par un instinct atavique d'éviter les dangers de la putréfaction ou de dissimuler leurs traces. Aucun rite funéraire n'avait pu être observé chez les tropis. Ils ne donnaient pas même le moindre signe d'une tendance au cannibalisme. Ils ne se mangeaient point entre eux, et n'avaient jamais tenté de ravir ou d'attirer un être humain dans une semblable intention. Ils ne l'avaient pas fait fût-ce pour les porteurs papous, envers lesquels pourtant ils avaient témoigné une antipathie immédiate.

Sur ces constatations décevantes, on demanda à Sir Peter Rampole d'étudier en détail, avec Sir Arthur, ces diverses dépositions, afin de dégager si possible un signe plus encourageant. Sans être absolument explicite, Sir Kenneth rappela au psychologue que – sans naturellement lui suggérer la moindre entorse à la vérité – on considérait comme éminemment souhaitable qu'un tel signe fût découvert.

Au meeting suivant, Sir Peter annonça qu'un point très significatif ressortait en effet des dépositions que Sir Arthur et lui avaient étudiées de près.

— C'est celui du cannibalisme, dit-il. Les pratiques anthropophages, même dans les cas assez rares où elles ont pour but essentiel d'assouvir la faim ou la gourmandise, restent toujours dans leur essence une pratique rituelle.

« Il est regrettable assurément qu'on n'ait pu observer chez les tropis aucune tendance à l'anthropophagie.

« Heureusement les Papous n'ont pas montré à leur égard la même discrétion. Ils en ont mangé clandestinement à plusieurs reprises.

« Nous devons prendre garde à ce fait : ces repas des Papous étaient clandestins.

« S'ils étaient clandestins, c'est donc que les Papous voulaient, soit les dissimuler aux Blancs, soit tenir les Blancs à l'écart des pratiques ou cérémonies dont ils entouraient ces agapes.

« Or ils n'eussent pas pris ces précautions secrètes s'ils eussent pensé se régaler d'un gibier ordinaire. Il est donc à présumer qu'ils supposaient se livrer au cannibalisme, et manger non des animaux, mais des hommes. »

Sir Peter Rampole se tut quelques secondes et reprit :

— Ce n'est là qu'un indice. Nous ne pouvons pas nous fier, évidemment, à l'instinct des Papous plus qu'à la rigueur des observations faites, pendant six mois, sur les tropis, par un éminent personnel scientifique.

« En revanche, notre raison a moins encore le droit d'en faire fi. Nous devons tenir compte des indications fournies par l'instinct de ces hommes qui sont beaucoup plus près que nous des manifestations primitives de l'esprit humain. Qui peuvent ainsi, mieux que nous, savoir en reconnaître chez d'autres êtres la présence à peine ébauchée.

« Mon opinion, par conséquent, est que nous avons dû laisser passer, sans savoir l'identifier, quelque signe rudimentaire d'esprit religieux qui n'a pas échappé aux Papous.

« Sir Arthur et moi ne sommes pas sans avoir un sentiment de ce que cela peut être. Mais nous aurions besoin, pour le confirmer, de faire préciser certains aspects des témoignages que nous avons entendus. »

Il ajouta qu'il pensait obtenir ces précisions de son excellent confrère, le géologue Kreps. Celui-ci, dit-il, avait pu en effet observer les tropis d'une part avec la rigueur d'un homme de science, d'autre part sans les préjugés ni les œillères d'un zoologue ou d'un anthropologue. Aucun témoignage, assura-t-il, ne saurait être plus objectif.

On entendit donc Kreps une fois encore lors de la séance suivante.

Sir Peter lui demanda si les Papous s'étaient attaqués indifféremment aux tropis des falaises et à ceux de la « réserve ».

Kreps répondit que non : les expéditions papoues s'étaient faites exclusivement sur les falaises. Fait assez singulier, reconnut-il, les tropis domestiques étant bien plus commodément à leur portée. Aucune surveillance des Blancs, précisa-t-il, ne leur aurait rendu la chose difficile, au moins les premières fois.

Sir Peter demanda ensuite si, lors des toutes premières visites aux falaises, on avait trouvé dans les grottes beaucoup de viande fumée.

Kreps dit qu'on en avait trouvé très peu.

— Nous croyions, dit Sir Peter, qu'ils fumaient leur viande pour la conserver ?

— C'est ce que nous avions cru nous aussi d'abord. En fait, nous n'avons jamais constaté ensuite qu'ils en conservassent. Ils chassaient au fur et à mesure des besoins et consommaient leur chasse sur-le-champ.

— Êtes-vous sûr qu'ils fumaient leur viande sans la cuire ?

— Oh ! dit Kreps, absolument. Nous n'avons jamais réussi à faire consommer à nos tropis le moindre bout de viande cuite. Ils l'ont en horreur. Leur vrai régal est la viande tout à fait crue.

— Alors pourquoi la font-ils fumer, si ce n'est ni pour le goût, ni pour la conserver ?

— Pour tout vous dire, je n'en sais rien. En fait, c'est vrai qu'il s'est passé quelque chose de curieux, les tropis des falaises n'ont jamais mangé une bouchée de viande qu'ils n'aient laissée pendre au moins un jour sur le feu. Ils traitaient ainsi même le jambon que nous leur donnions, comme s'ils eussent voulu être sûrs qu'il était fumé dans les règles. Tandis que ceux de la réserve avalaient goulûment toute viande crue que nous leur donnions, sans se préoccuper de rien.

— Et vous n'en avez tiré aucune conclusion ?

— Ma foi, dit Kreps, il arrive souvent que des animaux captifs perdent rapidement certaines habitudes, même instinctives, de leur vie à l'état sauvage.

— Cependant, dit Sir Peter, voilà quelques faits qui sont tous bizarres par eux-mêmes, et plus encore si on les confronte.

« Premièrement, les tropis préfèrent la viande tout à fait crue. Deuxièmement, les tropis des falaises la passent pourtant soigneusement au feu ; cependant, ce n'est pas pour la conserver. Troisièmement, les tropis domestiques abandonnent sans délai cette pratique. Quatrièmement, les Papous se livrent au cannibalisme sur les premiers, et dédaignent les seconds.

« N'est-ce pas vous, demanda-t-il à Kreps, qui avez dit, en parlant des tropis domestiques : “Nous avons écumé tous les larbins” ?

— En effet, dit Kreps en riant.

— Mettons-nous maintenant, dit Sir Peter, à la place des Papous. Ils ont là, devant eux, un peuple étrange, mi-singe, mi-homme. Une part de ce peuple-là paraît fière, soucieuse de son indépendance ; elle se livre à une pratique en laquelle nos Papous savent reconnaître, beaucoup plus qu'un instinct ou une préférence, une très primitive adoration du feu, un hommage rendu à son pouvoir magique de purification et d'exorcisme. L'autre part de ce peuple, légère et insouciante, abdique sa liberté pour un peu de viande crue ; laissée à elle-même, elle abandonne aussitôt une pratique qu'elle suivait par imitation, non par instinct – encore moins par raison. Et nos Papous ne s'y trompent pas : ils traitent les premiers en hommes et les autres en singes.

« Nous croyons qu'ils sont dans le vrai. Chez ce peuple à la limite de l'homme et de la bête, tous n'ont pas également franchi la ligne. Mais il suffit, à notre avis, que quelques-uns l'aient déjà franchie pour que l'espèce tout entière soit accueillie avec eux dans le sein de l'humanité. »

— D'ailleurs, confiait plus tard Sir Arthur Draper à Sir Kenneth, combien d'entre nous auraient-ils droit au titre d'homme, s'il fallait qu'ils eussent franchi la ligne sans l'aide de personne ?...

Le rapport du Comité Summer fut donc que les tropis, ayant montré par une pratique rituelle de l'adoration du feu des signes d'esprit religieux, devaient être admis dans la communauté humaine.

Le rapport ajoutait que l'état de sauvagerie extrême dans lequel vivait ce peuple devait toutefois faire prendre en considération la nécessité de le protéger contre lui-même autant que contre des entreprises extérieures. Il conseillait l'établissement d'un statut spécial qui pourrait être proposé par la Grande-Bretagne à l'Australie et la Nouvelle-Guinée, sous le contrôle des Nations unies.

Toutes ces propositions furent adoptées à une large majorité, et, le soir du vote, un vaste soupir agita d'un frissonnement soulagé la grande famille industrielle des textiles anglais.

Chapitre XVII

Un procès de pure forme. Soulagement du jury. Tout paraît bien qui finit bien. Mélancolie de Doug Templemore. Frances découvre ses raisons d'espérer dans celles de désespérer. Contradictions souriantes du juge Draper. « L'âge du fondamental recommence. » Conclusions optimistes dans l'atmosphère du « Prospect of Whitby ».

Le second procès s'ouvrit dans une curiosité mêlée de sympathie pour l'accusé, non plus dans la passion. Les choses étant devenues claires, le meurtre aussi devenait un meurtre comme un autre. On souhaitait généralement que l'accusé s'en tirât au meilleur compte, car on n'oubliait pas son rôle dans l'émancipation des tropis. On espérait que la couronne se montrerait compréhensive, et le jury indulgent. Des paris s'ouvraient sur la peine qu'aurait à purger l'accusé. Quelques joueurs hardis allèrent jusqu'à parier l'acquittement. Des sommes considérables furent engagées.

Lady Draper tentait de tranquilliser Frances, et ne comprenait pas son abattement. Le nouveau juge, assurait-elle, était un vieil ami de son mari. L'avocat pour la couronne aussi. Sans doute était-il interdit à Sir Arthur de les influencer. Mais non de comprendre à demi-mot leur propre opinion. Celle-ci semblait favorable.

En fait, le procès, dans l'ensemble, se déroula comme une formalité. Il y eut le minimum de témoins, puisqu'il n'y avait plus à témoigner que sur les circonstances du meurtre. Le procureur du roi, comme on s'y attendait, ne se montra pas trop sévère. Il dit que, naturellement, un meurtre ayant été commis, et désormais amplement prouvé, il était hors de question de déclarer l'accusé non coupable. Toutefois, étant donné les mobiles du meurtre, étant donné aussi qu'à l'époque où celui-ci fut commis, l'accusé ignorait la nature exacte de la victime, la couronne ne s'élevait pas contre le bénéfice, pour l'accusé, de circonstances atténuantes.

Le conseil de la défense, Mr. Jameson, remercia la couronne de son attitude compréhensive. Mais il lui reprocha de n'avoir pas tiré jusqu'au bout la leçon des faits.

— La couronne reconnaît, dit-il, que l'accusé ignorait, à l'époque du meurtre, la vraie nature de la victime. Est-ce ainsi qu'il faut s'exprimer ? Nous ne le pensons pas.

« Nous pensons qu'à l'époque du meurtre, la victime n'était pas du tout une personne humaine. »

Il se tut un instant sur ces mots et reprit :

— En effet, il a fallu une loi pour définir la personne humaine. Il en a fallu une autre pour inclure les tropis dans cette définition.

« Cela montre qu'il ne dépendait pas des tropis d'être ou de n'être pas des membres de la communauté humaine, *mais bien de nous de les y admettre.*

« Cela montre aussi que l'on n'est pas un homme par une sorte de droit de nature, mais au contraire qu'il faut, avant d'être reconnu comme tel par les autres hommes, avoir subi, pour ainsi dire, un examen, une sorte d'initiation.

« L'humanité ressemble à un club très fermé : ce que nous appelons humain n'est défini que par nous seuls. Nos règlements intérieurs ne sont valables que pour nous seuls. C'est pourquoi il était tellement nécessaire qu'une base légale fût établie, tant pour l'admission de nouveaux membres, que pour l'instauration de règlements applicables à tous.

« Il va de soi, dès lors, qu'avant d'avoir été admis, les tropis ne pouvaient participer à la vie du club, ni les membres être tenus de leur reconnaître d'avance le bénéfice de ces règlements.

« En d'autres termes, nous ne pouvions exiger de personne de traiter les tropis en personnes humaines, avant d'avoir nous-mêmes décidé qu'ils avaient droit à cette dénomination.

« Déclarer l'accusé coupable serait dans ces conditions lui appliquer l'équivalent d'une loi rétroactive. Comme si, un nouveau règlement obligeant les véhicules de rouler désormais à droite, une amende était infligée à tous les conducteurs qui ont jusqu'à présent roulé à gauche.

« Ce serait une injustice criante, contraire au surplus à toute notre jurisprudence.

« Les faits sont clairs.

« Les tropis – grâce d'ailleurs à l'accusé – ont été légalement admis dans la communauté humaine. Ils participent aux droits de l'homme. Rien ne les menace plus. Rien non plus ne menace d'autres peuples arriérés ou sauvages, que l'absence de toute définition légale était seule à mettre en danger.

« Ainsi le jury n'a plus à craindre qu'en déclarant l'accusé non coupable, quelque conséquence fâcheuse puisse s'ensuivre.

« En revanche, il peut être assuré qu'en déclarant l'accusé coupable, il commettrait un méfait, une erreur, et une détestable injustice.

« Car non seulement la petite victime, à l'époque de sa mort, n'était pas encore reconnue comme être humain, mais surtout il est notoire que son sacrifice fut à l'origine même de l'émancipation de tout son peuple, et d'une clarification précieuse de la loi humaine en général.

« Aussi faisons-nous pleine confiance au jury pour qu'il rapporte tout à l'heure un verdict de sagesse et d'équité. »

Le juge résuma les débats avec bonhomie. Au travers d'une calme impartialité, son exposé sut indiquer pourtant que le bon sens favorisait la thèse du défenseur. Le jury en éprouva un soulagement extrême. Il délibéra quelques minutes, et rapporta bientôt devant un public enchanté un verdict d'acquittement.

*

* *

Dans le taxi, qui les ramenait dîner chez Lady Draper, Frances et Doug enlacés restaient silencieux. Elle n'osait rien dire devant ce visage las. Et qu'eût-elle dit ? Elle sentait trop vivement elle-même combien toute l'aventure devait, aux yeux de Douglas comme aux siens, se résoudre en demi-échec plutôt qu'en demi-victoire.

Devant leurs hôtes, tous deux firent toutefois bonne figure. Selon l'usage, personne pendant le dîner ne parla de ce qui pourtant emplissait le cœur de chacun. À peine s'il fut fait allusion au procès, et encore fut-ce pour parler des talents comparés du procureur et du défenseur, non dans l'art oratoire, mais dans l'art du cricket.

Après dîner, Lady Draper emmena Frances au salon, tandis que Doug et Sir Arthur passaient au fumoir.

— Vous n'êtes pas heureuse, dit Lady Draper avec affection.

— Doug n'a pas réussi, dit Frances.

— Ce n'est pas l'avis d'Arthur.

— Vraiment ? dit Frances avec espoir.

— Arthur est très content. Il pense qu'on a obtenu plus qu'il n'était permis d'espérer. Remarquez que moi, ma petite, j'ai probablement là-dessus d'autres idées que vous. Doug est libre, bravo. Et c'est le principal. Mais quelle idée d'avoir été remuer tout ça !

— Remuer quoi donc, Gertrude ? (Elles s'appelaient désormais par leur petit nom.)

— Croyez-vous que les tropis seront plus heureux d'être des hommes ? Ce n'est pas mon avis.

— Ils ne seront sûrement pas plus heureux, dit Frances.

— Tiens donc ! Vous pensez comme moi ?

— Ce n'est pas une question de bonheur, dit Frances. Ce mot-là fausse tout, il me semble.

— Ils vivaient dans une merveilleuse insouciance. On va les éduquer, probablement ? dit Gertrude avec une sorte de pitié caustique.

— Sans doute, je le suppose, dit Frances.

— Ils vont devenir menteurs, voleurs, vaniteux, égoïstes, avares…

— Peut-être, dit Frances.

— Ils vont commencer à se battre et à s'entre-tuer… Beau cadeau qu'on leur fait là, vraiment.

— Je crois que c'en est un, dit Frances.

— Un beau cadeau ?

— Oui. Un très beau cadeau. J'ai beaucoup pensé à cela, moi aussi, ces derniers temps, naturellement. J'ai eu d'abord énormément de chagrin.

— Pour les tropis ?

— Non, pour Douglas. On vient de l'acquitter. Mais c'est quand même un meurtrier, quoi qu'on en dise.

— C'est vous qui pensez ça ?

— Oui. Il a tué un bébé, son fils. Avec ma complicité. Toutes les arguties n'y changent rien. J'en ai pleuré nuit après nuit, d'abord. Je me mordais les poings. Je me rappelais… j'avais un parrain, quand j'étais petite fille. Il avait une auto. C'était assez rare encore, à l'époque. Je l'admirais, je l'adorais. Un jour, papa nous a raconté… Parrain était en prison, pour un mois. Dans une petite rue, des enfants jouaient à la marelle. Il ne s'était pas même rendu compte tout de suite qu'il en avait écrasé un. Ce n'est qu'en descendant de la voiture qu'il a vu dépasser une petite tête… On l'a presque lynché. Ce n'était pas sa faute. Papa nous disait : « Ce n'est pas du tout sa faute, il faut l'aimer autant. » Et je l'aimais autant. Seulement, quand ensuite il venait chez nous, j'éprouvais une sorte d'horreur… J'étais petite fille, naturellement… Je ne pouvais pas m'empêcher. Ce ne serait pas pareil maintenant. Mais quand même… je ne peux pas tout à fait m'empêcher non plus, quand je pense à Douglas… vous me trouvez affreuse, non ?

— Vous me surprenez un peu, avoua Gertrude pensivement.

— Je me suis trouvée très affreuse. Et puis… maintenant je trouve que c'est beau. Doug m'a expliqué pourquoi, un jour. J'ai un peu oublié. Mais c'est beau, je le sens comme lui. Cette douleur, cette horreur, c'est la beauté de l'homme. Les animaux sûrement sont plus heureux, qui ne les ressentent pas. Mais je ne troquerais pas pour un empire cette douleur, et même cette horreur, et même nos mensonges, nos égoïsmes et nos haines, contre leur inconscience et leur bonheur.

Lady Draper murmura : « Après tout, moi non plus, en somme », et demeura songeuse.

— L'affaire des tropis nous a du moins appris une chose, dit Frances : l'humanité n'est pas un état à subir. C'est une dignité à conquérir. Dignité douloureuse. On la conquiert sans doute au prix des larmes. Les tropis devront en verser, avec beaucoup de bruit, de sang, et de fureur. Mais maintenant je sais, je sais, je sais que ce n'est pas un conte sans queue ni tête et raconté par un idiot.

« Voilà ce que j'aurais dû dire à Doug », pensait-elle tout en parlant. Elle pensait aussi qu'on ne trouve ses propres raisons que face à la déraison des autres.

— C'est un fiasco, disait Doug amèrement en buvant son porto.

— Vous avez l'intransigeance de la jeunesse, dit Sir Arthur. Tout ou rien, n'est-ce pas ?

— Mais le peu qu'on a fait ne peut servir à rien, et de plus on l'a fait pour des motifs sordides ! C'est encore moins tolérable que rien.

— Non. On l'a fait, c'est le principal... Vous auriez de quoi rire de m'entendre parler ainsi, ajouta-t-il dans une petite grimace secrètement moqueuse.

— Je ne vois pas pourquoi.

— Parce qu'il vous aurait fallu entendre ma dispute avec le lord du Sceau privé. Je lui disais tout juste le contraire.

— Mais vous avez changé d'avis ?

— Pas du tout. Et c'est ce qui est drôle. Avec lui, je pense comme vous. Avec vous, je pense comme lui. Voyez-vous, au fond de tout ça, il y a un enseignement précieux.

— Je voudrais bien savoir lequel.

— Je ne me rappelle plus, dit le juge, qui a écrit : « Ce serait trop beau de mourir pour une cause tout à fait juste ! » C'est vrai qu'il n'y en a pas. La cause la plus juste l'est généralement par-dessus le marché. Il faut toujours, pour la soutenir efficacement, ces intérêts que vous appelez sordides. Mais vous et moi, nous savons désormais pourquoi cette qualité est inscrite dans la condition humaine – et loin de l'avoir choisie, c'est contre elle que nous luttons. Ainsi la dignité des hommes réside même dans leurs échecs, et même dans leurs chutes.

Douglas lui demanda :

— Que me conseillez-vous de faire, à présent ?

— Mais, mon vieux, dit le juge, de continuer !

— Comment ? Vous voulez que je tue un autre tropiot ?

— Good lord ! Non ! s'écria Sir Arthur, et il rit aux larmes. Bon sang, quelle idée ! Je voulais dire : vous êtes toujours écrivain, je suppose ?

Il tendit à Doug en souriant une poignée de journaux, dont il avait marqué au crayon bleu les passages qu'il fallait lire. Tous avaient trait à la définition légale de la personne humaine adoptée par le Royaume-Uni telle que l'avait explicitée Sir Arthur dans un numéro du *Times.* Tous la critiquaient vivement. Aucun n'en proposait une autre. Et les raisons avancées pour la combattre étaient aussi diverses que les fleurs des champs en été.

Un parlementaire français répondait à un reporter, qui lui demandait ce qu'il pensait de cette loi, « qu'il avait à l'égard de ses collègues britanniques trop d'amitié pour en parler ». Cela fit rire Douglas. « Quelle méchanceté ! dit-il. Il eût été plus honnête d'exposer franchement son désaccord. »

— Il ne le pouvait pas, sans doute, dit le juge.

— Pourquoi donc ?

— C'est ce que j'explique dans mon article : la simple existence d'un désaccord est la première preuve, et que la vérité des choses nous est refusée (sinon sur quoi pourrait-on être en désaccord ?), et que nous la recherchons malgré tout (sinon que discuterait-on ?). Or c'est quand même, en définitive, toute insuffisante et ambiguë qu'elle soit, ce que la loi exprime. Et comment discuter cela sans du même coup contredire la contradiction même ?

— Vous croyez que cet homme-là le sait ?

— Non. La plupart de ces désaccords, vous le verrez, viennent de raisons sentimentales ou de préjugés de l'esprit. Ils ne sont pas une fois, et pour cause, appuyés d'arguments logiques. Mais l'esprit est merveilleusement habile à repousser ce qui le gêne sans y mêler la raison.

« Il y a longtemps (lut Doug dans le *Welsh Worker*) que Marx et Engels se sont employés à prouver que l'homme se définit par les transformations qu'il impose à la nature. Nos braves Communs, qui ne sont pas communistes, se sont donné beaucoup de mal pour être, en somme, différemment du même avis. Retenons leur bonne volonté, mais montrons-leur avec amitié qu'ils ouvrent la route dangereuse de l'erreur. »

— Mais il n'explique pas pourquoi non plus, s'amusa Doug.

Un autre chroniqueur écrivait : « Cette notion d'esprit religieux, à condition d'être prise dans son acception la plus large, pourrait être utile et féconde. Mais elle est le produit d'une assemblée politique, et cela seul lui enlève toute valeur à nos yeux. »

— C'est formidable ! s'écria Doug. Il s'agit de savoir si la définition est juste, ou fausse, ou insuffisante ; il ne s'agit pas de savoir si les auteurs…

— Ne vous fâchez pas, dit Sir Arthur. Ce genre de malhonnêteté, il nous arrive à tous d'y succomber.

Mais Doug riait déjà d'un autre article : « Cette notion d'esprit religieux, à condition d'être limitée à son acception chrétienne, nous pourrions à la rigueur l'admettre si… » Doug cessa de rire et dit :

— C'est désespérant.

— Mais non, dit Sir Arthur, mais non. Et pensez à ce que c'eût été si nous avions essayé d'obtenir tout de suite la définition plus complète, l'arrachement, le refus, la lutte, la dénature !

— On n'y parviendra jamais, dit Doug.

— On y parviendra quelque jour, si elle est vraie, dit Sir Arthur. La vérité – et pour cause… – a toujours été la chose la plus longue à triompher. Mais à la fin elle triomphe. Toutefois là n'est peut-être pas l'essentiel, au demeurant.

— Alors, où diable est-il ?

— Il est dans ce que vous avez fait, mon vieux, dit Sir Arthur. Vous avez inquiété les gens. Vous leur avez mis le nez dans une inconcevable lacune qui durait depuis des millénaires. Quel est donc ce Français qui écrivait naguère : « La raison doit être fondée de nouveau. L'âge du fondamental recommence » ? Vous avez montré que c'est vrai, que tout a été bâti sur des nuages. On l'a compris, on est allé au plus pressé, on a comblé cette lacune comme on a pu, il faudra le faire mieux, et tout à fait. Ça n'ira pas sans grincements de dents. Mais vous avez mis le char en marche, et il est lourd, on ne l'arrêtera plus.

Il lui donna, comme un dessert, un dernier article à lire, paru dans la revue littéraire *Gargoyle* :

« Il était temps, écrivait un chroniqueur connu pour ses études sur le langage, il était temps que finisse cette stupide histoire de tropis. Il est vraiment déprimant d'avoir vu d'excellents esprits perdre leur intelligence (et leur temps) à de faux problèmes aussi vains qu'une définition de l'homme ! Dieu merci, voilà qui est fait, surtout qu'on n'y revienne pas ! Retournons, je vous prie, messieurs, aux choses sérieuses. Un extraordinaire roman (autobiographique) vient de paraître qui vous y convie instamment. Je ne saurais assez en recommander la lecture. Il nous montre comment (dans la psychologie de l'auteur anonyme), alors qu'étant adolescent il vient d'étrangler sa mère pour la voler (ou la violer), les mots subissent soudain une distorsion magique, qui d'emblée participe au sacré. Ainsi plongés dans les arcanes d'un vocabulaire inouï le roman nous entraîne à travers un labyrinthe d'obscénités stupéfiantes, où l'esprit, perdant pied à chaque détour, découvre dans une espèce de mystification essentielle le sens aigu de l'existence même.

« Ne pourrait-on pas dire que l'homme se définit dans cette poursuite exténuante (de mythes insaisissables) ? Sinon, comment s'expliquerait… »

Doug releva la tête. Toute trace de lassitude avait disparu de son visage, il regardait Sir Arthur avec une affection rieuse, détendue. Quand Gertrude et Frances les rejoignirent, les deux hommes riaient encore ensemble de bon cœur.

Et Doug, cédant à une impulsion soudaine, emmena tout son monde se plonger une heure dans l'atmosphère fumeuse et bousculée du *Prospect of Whitby*, où la musique et les chants, les mille objets hétéroclites, la tête momifiée, les souvenirs de mer, de mariage, de catastrophes, d'affaires, de jeux, d'aventures, illustraient joyeusement l'amour des hommes pour cet univers affranchi qu'ils ont créé à leur image.

Moulin des Îles, novembre 1951

Table

CHAPITRE PREMIER. – Qui s'ouvre selon les règles par la découverte d'un cadavre, d'ailleurs très petit, mais déconcertant. Colère et stupéfaction du docteur Figgins. Perplexité de l'inspecteur Brown. Le meurtrier insiste déplaisamment pour être inquiété. Première apparition du *Paranthropus* 9

CHAPITRE II. – Qui vient ajouter, comme il se doit, à un peu de crime, un peu d'amour. Présentation de Frances Doran dans son petit village au cœur de Londres. Présentation de Douglas Templemore dans l'atmosphère du *Prospect of Whitby*. Leur rencontre n'a d'ailleurs lieu ni ci, ni là, mais parmi les jonquilles en fleur 18

CHAPITRE III. – Où Frances et Douglas proclament tous les deux la supériorité de l'amitié sur l'amour. À cet égard, commodité de la littérature. Incommodité du silence. Dangers du sourire. Panique et imprudence de

Doug Templemore. Imprudence et courroux de Frances Doran. Comment se prennent les grandes décisions. Trois dents sur une mandibule scellent un double destin. La littérature mène à tout, à condition d'en sortir 27

CHAPITRE IV. – Embarquement pour Sougaraï. Frances et Douglas consentent à l'amour, mais séparément. Commodité du silence. Facilités du sourire. Présentation sur le navire d'un géologue allemand, d'un bénédictin irlandais et d'un anthropologue britannique. La belle Sybil initie Doug aux luttes de l'Orthogenèse contre la Sélection. Des coquillages fossiles aux circonvolutions du cerveau. Hofmannsthal au clair de lune 41

CHAPITRE V. – Six cents milles à travers la forêt vierge. Commodité des erreurs de direction. Une dérive de quatre-vingts milles mène opportunément l'expédition où l'auteur le désirait. Le camp est attaqué à coups de pierres par des primates. Dispute sur l'habitat des singes. Avantages de l'ignorance vierge sur les œillères des spécialistes. Douglas triomphe sans modestie. Une trouvaille de Kreps fait sensation 52

CHAPITRE VI. – Petit cours élémentaire de génétique humaine à l'usage des femmes (et des hommes) de lettres. Une chute de dix mille siècles devant un crâne de trente ans. Survivance inespérée des hommes-singes fossiles. Hommes ou singes ? Douglas voudrait une réponse, mais Sybil et l'objectivité scientifique l'envoient promener. Naissance et prospérité des tropis 58

Chapitre vii. – Détresse et indécision du père Dillighan. Les tropis ont-ils une âme ? Mœurs et langage des hommes-singes. Vivent-ils déjà dans le péché originel, ou encore dans l'innocence bestiale ? Baptisera, baptisera pas. Comme à l'ordinaire, l'étude, l'expérience et l'observation multiplient l'incertitude 67

Chapitre viii. – Les tropis peuvent-ils servir de rôti à des créatures chrétiennes ? Les porteurs papous résolvent la question. Détresse accrue du père Dillighan, et consternation du camp. Visites des tropis, leur amitié pour Doug et ses compagnons. Première déroute de l'objectivité scientifique. La Société Fermière du Takoura. Lainages australiens et concurrence anglaise. Projets d'équipement industriel à partir d'une main-d'œuvre gratuite. Les tropis seront-ils vendus comme bêtes de somme ? Deuxième déroute de l'objectivité scientifique. L'œuf de Christophe Colomb. Une proposition délicate. Indignation du père Dillighan 83

Chapitre ix. – Un câble laconique et une réponse concise. Les surprises du désert.

L'aveu est le courage de la faiblesse. Une tentative trop riche en lendemains. Le racisme entre en scène. Julius Drexler met en question « l'unicité de l'espèce humaine ». Enthousiasme à Durban. Les Nègres sont-ils des hommes ? 108

CHAPITRE X. – Hiérarchie des émotions dans le cœur féminin. Une promenade sous la pluie. Triomphe de la hiérarchie des causes. Une étrange passagère. Franc-maçonnerie des femmes. Derry et Frances. Frances et Sybil. Délivrance de Derry. Premier baptême d'un homme-singe. Premières difficultés avec l'état civil. Une veillée funèbre 121

CHAPITRE XI. – Triomphe des tropis au Zoo de Londres. L'Affaire Templemore. La Guilde des Amis des Bêtes. L'Association des Mères Chrétiennes de Kidderminster. Peut-on laisser les tropiots sans baptême ? Silence du Vatican. Perplexité de l'Église anglicane. « Ils me passeront la corde au cou. » Un signe de reconnaissance 146

CHAPITRE XII. – Conscience professionnelle du docteur Figgins. Lumières sur le métissage, l'hybridation et même la télégonie. Prudence du docteur Bulbrough. Affirmations du professeur Knaatsch. « L'astragale, voilà l'homme. » Affirmations contraires du professeur Eatons. Disputes sur la station droite. « L'homme a des mains parce qu'il pense. » Étranges conclusions du professeur Eatons 158

CHAPITRE XIII. – Méditations du juge Draper sur le citoyen britannique considéré comme être humain. Méditation sur la personne. Universalité des tabous. Surprenante intervention de Lady Draper. « Les tropis n'ont pas de gris-gris. » Universalité des gris-gris . 176

CHAPITRE XIV. – Déposition du professeur Rampole et contradiction du captain Thropp. Dernières dépositions, réquisitoire, plaidoirie. Le juge Draper résume les débats. Perplexité des jurés. Nécessité, pour pouvoir définir les tropis, d'avoir d'abord défini l'homme. Incroyable absence d'une définition légale dans les codes de jurisprudence. Le jury refuse de se prononcer 188

CHAPITRE XV. – Les inquiétudes du lord du Sceau privé et celles des filateurs d'Angleterre. « Tropi or not tropi. » Proposition du juge Draper de saisir le Parlement. Comment on tourne une tradition vénérable. Constitution d'un Comité d'étude. Contradictions au sein du Comité. Menaces de démission. Les dissensions s'aggravent. Bienfait des opinions inconciliables. Un pénible aveu de Frances. Solidarité de l'espèce humaine. Différence essentielle entre l'homme et la bête. Commodité du silence 219

CHAPITRE XVI. – Comment, d'un cristal dur, on fait une méduse. Inquiétude motivée de Doug Templemore. Révolte et soumission du juge Draper. Une observation pertinente du professeur Rampole résout à point nommé un problème délicat. Une tradition vénérable tournée pour la deuxième fois. Satisfaction des textiles anglais 253

CHAPITRE XVII. – Un procès de pure forme. Soulagement du jury. Tout paraît bien qui finit bien. Mélancolie de Doug Templemore. Frances découvre ses raisons d'espérer dans celles de désespérer. Contradictions souriantes du juge Draper. « L'âge du fondamental recommence. » Conclusions optimistes dans l'atmosphère du *Prospect of Whitby* 267

Vercors
dans Le Livre de Poche

Le Silence de la mer suivi de *La Marche à l'étoile* n° 25

Les Éditions de Minuit ont été conçues par Vercors à l'automne 1941 et créées par lui avec Pierre de Lescure. *Le Silence de la mer* est le premier titre à y être publié. Une vingtaine d'autres suivront jusqu'à la Libération, mais c'est le texte inaugural de Vercors qui connaît le plus grand retentissement. Cette sobre histoire, où une famille française s'oppose par le silence à l'officier allemand qu'elle a été obligée de loger, est un réquisitoire implacable contre la barbarie hitlérienne. Sous la calme surface des eaux, c'est la terrible « mêlée des bêtes dans la mer » qui se trouve soudain révélée, et toute « la vie sous-marine des sentiments cachés, des désirs et des pensées qui se nient et qui luttent ». Les récits qui accompagnent ici *Le Silence de la mer* ont une portée peut-être moins complexe mais tout aussi forte. Ils lancent un vibrant appel aux vertus d'un humanisme conscient de ses devoirs.

Le Livre de Poche s'engage pour l'environnement en réduisant l'empreinte carbone de ses livres. Celle de cet exemplaire est de :
300 g éq. CO_2
Rendez-vous sur
www.livredepoche-durable.fr

Composition réalisée par DATAGRAFIX

Achevé d'imprimer en juillet 2013 en France par
CPI BRODARD ET TAUPIN
La Flèche (Sarthe)
N° d'impression : 72378
Dépôt légal 1re publication : novembre 1957
Édition 47 – juillet 2013
LIBRAIRIE GÉNÉRALE FRANÇAISE
31, rue de Fleurus – 75278 Paris Cedex 06

30/0210/2